中国专业作家小说典藏文库

肖克凡卷

别墅

肖克凡 ◎ 著

中国文史出版社

目 录

别　　墅

　　又是从闲聊开始的。从这幢楼房的厕所太小太少说开来然后说开去。我吃着早点——一种被人们叫作面包的食物，听着味道十足的议论，胃口感觉很好。上班之前，办公室总要热闹一会儿：上谈天，下说地，中间论天气。铃响了，人们就迅速把自己简化成一个个字母：A、B、C、D……工作起来。要说呢，这幢楼房至关重要：市经委。一个偌大的工业城市的工业心脏。大至万吨钢锭，小至朱古力糖豆儿，凡是称为产品的东西，这儿都要过问。

　　"听说咱们要搬家！"

　　"好像是。"

　　"麻烦啦！警备区至少得派一个加强连来，咱们是什么？整个一个大保险柜呀！"

　　"又得有人尿裤子了。"

　　办公室南墙一排窗户，又高又宽，阳光随意地流泻下来。一束光线斜打在靠窗的一块黑板上，上面写了一行字，很结实："今天上午谁都不要外出。"

　　门外的地板嘎吱嘎吱哼唱起来，又有人来了。

　　我说："来了……"

　　"谁来了？"

我说："不知道。"

地板已经糟了。大楼大概建于一百多年以前。那时这块地盘属于意大利人，称为"意租界"。达·芬奇留下的基因，他的子孙多少都有点艺术天才，楼房建得极为考究，凡是见过这幢楼房的都会咂着嘴巴高高挑起大拇指。屋顶壁炉花窗阳台浴室厕所……变化莫测，星月争辉，犹如一个丰富而完整的艺术宇宙。虽说门径多了一些，形同迷宫，但那是一所高级公寓所必需的格局。常有电影厂的导演跑来搞搞蒙太奇之类的玩意儿。这下苦了或英俊或俏丽的大小演员们，因为门径迷乱，甬道歧错，演员们为找厕所疲于奔命，高呼："憋死我啦！"确有面红耳赤尿了裤子的，不大雅观，导演们只好扫兴而归。看来公寓只好当公寓。

门开了。我们的处长悠悠地站在门口。他五十多岁，五短身材，五官完整，五根粗壮的手指平举着。

"都来了吧？"他托着两只"螺丝转儿"烧饼，表情很烫。

"小秦人工流产去了……"有人应声。

处长满脸褶子："我知道！我问的是你们这些不会流产的人。"又指黑板，"今天上午谁也不要出去！耐心等着，傅主任来跟大家见面。"

准确地说，"傅主任"应该是"傅副主任"。荣任市经委副主任三个月了，终于想起观光这块领地了。

我抬起头，揣摩着傅副主任的模样。揣摩不出。意大利人的天花板倒挺有趣：一个圆圈儿，又一个圆圈儿，互相勾连，彼此呼应，又组成一个很大很大的圆圈儿。意大利人当时想了些什么？难道是无数太阳汇成一个太阳？唯心主义，太阳明摆着只有一个。

"你们知道了吧？"处长查看着金丝楠木墙板。

"不——知——道！"众人回答。

"啧！这楼有一百多年了吧？"处长并不吃惊，四下环顾着，"还是这么坚固，还是这么漂亮！不行喽，如今的建筑达不到这个水平喽！"

他居然有今不如昔中不如洋的思想。

我说:"高级公寓嘛!"

处长说:"是的,改成高级公寓。我正式通知大家,市部委级干部就要搬进来……大家不要外传。"

处长庄重地说完,脸上突然露出秘密警察的神态,盯住我们。我意识到问题严重了。

处长指着我:"你,好像有什么想法?"

我忙摆手:"不,不,只有三点体会……一、中心区,集中,便于市领导指挥;二、市部委领导住在一幢楼里,便于横向联系;三、三我忘了,待会儿想好再说。"

有人说:"处长,是不是每个人都得谈点体会?"

处长没有说话。

我说:"我想好了三。三、等于给大楼落实政策,它本来就是意大利人的高级公寓,'文革'中委屈了它,做了好几年的纸盒厂。"

处长沉吟片刻:"你对我市工业发展很有了解嘛!"

我说:"我有个大姨在纸盒厂干过。她说咱们办公室存了几十桶糨糊,是个糨糊仓库。"

处长说:"是啊是啊,前几天一家纸盒厂着了一场大火,损失巨大。消息大家不要外传。"

我说:"报上好像已经报道了……"

处长目光变得锋利了,盯住我的脸,好像那场大火与我有关。

我说:"报上说,大火之后始终找不到值班的副厂长,决定寻找尸体,并派人安抚副厂长妻小。谁知进门一瞧,他正搂着老婆睡觉呢!他老婆……"

"打住。别提他老婆了。"处长不耐烦地打断我的话。

有人问:"将来我们搬到什么地方办公呢?"

处长答："领导自有安排。领导信任我们，没请搬家服务公司而请我们帮忙，做好准备吧，搬家时要让领导满意。"

他手里始终托着那两只"螺丝转儿"烧饼。

门外楼道的地板又有了响动，由远而近，吱吱扭扭。处长忙把烧饼塞到我手里，跨前两步。

处长说："来了。"

"谁来了？"

我说："来看房子的呗。"

"傅副主任吗？"

吱扭声停在门外。我们都默默等待，处长迎了一步。

我想，应该告诉傅副主任，这间办公室四十二平方米，冬暖夏凉，春温秋爽，当卧室最为合适……

门被咣地撞开，一个高大魁梧的身子塞在门框里，一声干咳，核爆炸似的。

"厕所，厕所在哪儿？"

大家松弛下来。

"厕所……请问。"来人五十多岁，脸大得像个小广场，通红，满是膀胱挤压的痛苦。

处长说："左拐，然后向右，然后斜穿一个过道，然后再左……"

来人问："远吗？"

我说："不远，但是道路曲折。"

来人嘟哝了一句，也不道谢，转身踩出一串怪响，寻舒坦去了。

大家喘口大气，好像刚刚干了一场很重的活计，累得不行。

处长说："下边来人办事，经常找不到楼里的厕所，大问题呀！"

电话铃响了，处长急忙抓起听筒。

"是，是，六扇窗子一个阳台，是，天花板墙板地板完好无损，是，

4

是，是……"处长放下听筒，"傅副主任今天不来了。"

处长一下子衰老了十岁。

办公室有了活气。几个人嘻嘻哈哈拥着，夺门而出，大声说："去厕所喽……"

"工作吧，大家工作吧。"处长看着瞬间便告瓦解的人们，苦笑着摇摇脑袋，拔腿向外走去。

"处长……"我叫住他，把他的烧饼递过去，也去了厕所。

时间到了，我站在市经委大门一侧候着接我下厂的小汽车。眼前这条马路禁止鸣笛。水泥电线杆、洋槐树、垃圾桶、邮箱……一切景观都成了静物。

一个人飞车而至，扶定院门的墙柱，啪的一掌，将一张十六开的纸拍在上面，四角抚平，贴实，又去了。一个宽大的背影很快消失了。

我凑上去。

是一则换房启事。眼下城里换房已经风起云涌，异常时髦，启事之类贴得到处都是，就像专治男科疾病的广告，已经司空见惯。但是，这则启事比较新鲜，当头四个大字：越级换房。我才要去读下文，忽听有人大声喊我。

马路对面站着轻工业局的老郭。

马路上的人突然多了许多，身影匆匆。

一个用特大号口罩捂了五官的清洁工走了上来，性别难辨。他或她举着一把蘸了水的棕刷飞快地刷着墙柱，那则换房启事落了下来。之后，嘴在口罩里咕哝，似乎说："天天贴，准是神经病。"

老郭接我下厂，小汽车就在他身边停着。我们寒暄了几句，各自把身子塞进汽车，都是瘦肉型，不大费劲。老郭对司机说了声"开"，车就动了。

老郭问："吃了吗?"

我说："吃了。"

老郭说："你身上的料子不错呀!"

我说："处理品。"

老郭说："住得不错吧?"

我说："一间零一角儿。"

司机动动后脑勺儿："一角儿,西瓜呀!"

我不敢幽默。老郭居然在一分钟之内一揽子问齐了我的衣食住行,不愧为领导。我宣布我的重大新闻。

"我们要搬家了!"

却没人理我。

马路上嘈嘈杂杂。有人显得很忙,有人显得很闲,有人显得不忙不闲。路面像缩了水的棉布,越走越窄。驶过一个自由市场,车速慢了,学乌龟,在人们的腿间爬行。

司机又动动后脑勺儿："挤,暖和!"

一岔三折,汽车拐进一条大巷。两边都是摇摇欲坠的门脸房。我瞥见巷边有个茶摊,摊主十分眼熟:一个正在轰赶苍蝇的老太婆。很像我的大姨。

老郭说："你知道孙德元吗?"

我说："我们市经委公管处处长。"

老郭说："嗐,中国重名重姓的人太多。"

我说："没什么不好。"

汽车停住。车门不能完全敞开。我和老郭收腹、缩肩、团身,钻出来,贴着墙根,一步一步蹭到前边。

人瘦是一宝,有缝儿就能跑。

这是一条死巷的巷底。巷底,有个小得可怜的门楼,门楼上挂了块

6

横匾：永久铝壶厂。

我们进了门楼。

几乎没有院子，迎面一座破旧不堪的小洋楼。年头太多了，大小门窗离了榫子，砖墙上裂了条指头宽的缝子，檐子上有几处的瓦剥落了，很像老太太的牙床。人间烟火给小洋楼抹了一层保护色，说红不红，说灰不灰，朦朦胧胧的。在大街上，这座小楼肯定早被有关部门贴上了封条，还要写上"此房危险"之类的大字。而现在，这座小楼里却像住着一个交响乐队，发出叮里咣当的响动。

一个老头怒气冲冲地跑过来，脚下的声音很怪，像钉了铁掌的马，"嘚嘚嘚"。他虎着脸乱吼，音量却不高："车！倒回去，快倒回去，食道瘤呀？"老头足有一米八的个头。

我回头看看，小巷被我们的小汽车塞了个严严实实，真像金属瘤子。

老郭对我说："早先，这是孙德元的外宅。"

我记起来了，北洋时期有个军阀叫的是这个名字。

"解放了，四周盖满了平房。"老郭又转向老头，"厂长在吗？市经委同志检查生产来啦！"

老头打量着我，怪模怪样地挤了挤眼睛，"嘚嘚嘚"跑到楼角，扯动一根细麻绳，麻绳另一头通向楼上的一个窗子。老头咕哝句"没在"，又扯动另一根通向地下室的细麻绳。

老郭说："他是这块出了名的高跷大王。"

我看清了，老头的裤管里确实蹭着一对一尺多高的木制高跷。

地下室的出口有了动静。一个五十多岁的宽脸大汉破土而出。他的眼睛好吓人，大得出奇，向外凸着，眼泡溢着浑浊的泪水。他的脑袋似乎受过什么挤压，眼睛才成了这个样子。

"欢迎。我是厂长。"他说,不冷不热不温不火,"忙!职工正等着分房子呢!"

工人住房是个敏感的问题,我装作没听清。

我问:"厂长贵姓?"

厂长说:"免贵。我姓费,跟废品的废一个音。您,市经委?"

老郭说:"市经委市经委。"

突然,小洋楼里拥出十几个工人,每人手中都捏着一张纸片,站在院里大叫:"到点啦到点啦!"

高跷老头扬了扬腕子,骂道:"滚吧!"

工人们嗷嗷喊叫着窜出厂去。

我问:"工作时间这么随便就出厂?"

没人搭理我。

我又问老头:"老师傅,不怕崴了脚吗?"

老头有些动气:"我颈椎增生!穿上高跷可以平着看你,节约脖子能源!"

厂长说:"人尽其用。走吧!"

老郭小声说:"每天允许工人三次出厂是老费立的规矩。"

我们走进小洋楼,这是一个专门"制造噪声"的工序。一瞬间,世间的一切都消失了,只有机器的轰鸣震得眼睛发酸,耳膜胀痛。"咣,咣——咣!咣,咣——咣!"冲床挨着冲床,巨响接着巨响。一张张铝板填进冲床,随着上下起落的声音,一个个壶嘴壶底或者壶盖儿被冲压出来。冲床之间的通道窄得叫人担心,每个人都有可能稍不注意就会被冲压成铝壶的零件。老郭大声向我喊着什么,我使劲儿摇头:"我听不见!"他只好作罢,绝望地闭住嘴巴。

一个工人停下手里的工作,冲厂长挤挤眼睛,飞快地用手比比画画,还伴着大笑。厂长也在比比画画。他们的动作如此娴熟协调又富有张弛有序的节奏。天啊，我终于明白了，工人在和他的厂长用哑语交谈。

我环顾左右。工人的脸上满是自给自足的静谧，仿佛车床并没发出如雷巨响。每台冲床旁都摆着一盆塑料花：或兰或梅或菊或竹……绿意盎然，让人看着舒心。

总算走出噪声王国。刚才出厂的工人们已经回来了，他们三五结伙从我们身边走过去。我发现他们耳朵上都塞了什么东西。

厂长说话了，半天没听到人的声音，他一张嘴竟吓了我一跳："叫壶，我们厂出叫壶。壶出厂能叫，工人出厂能乐和！"

我说："敢情他们不聋不哑呀！"

厂长的眼里射出两道寒光，我有些心虚。

老郭说："瞧你怎么说话？这根本就没有聋哑人，让工人听见，兴许就得揍你一顿。"

我完全相信。咱们工人有力量。

厂长说："我们厂都是甲级合格品，就我例外。"

我们走着。拐角处有一扇暗暗的小门，门上用白漆刷了一个很大的"男"字，我感到非常亲切。

厂长说："厕所，见缝插针。"

老郭说："厂里没有食堂。"

厂长又把我们领进一个车间。一进门，我差点被逼人的热浪推倒。热雾，满是腾腾的热雾，滴着水滴，打着旋涡，足有四五十度。热雾中厂长的背影让我想起一个人来。忽然，一个女人湿漉漉地大叫起来："又——来——啦，包子！"很有几分"狗不理"跑堂的味道。热雾弥漫，只见声音不见人。

厂长说："包子，真是狗不理包子，你倒成了全国名牌产品呢！美得你！"

一个胖得滚圆的女工跳过来。她几乎是赤身裸体的，上穿毛巾衫，下穿大裤衩，热汗淋淋，活像飘然出浴的仙女她姥姥。

我不敢看，使劲儿闭住眼睛。

又围上一群女工，个个衣着简单但汗流满面。一群被热成现代派的女性。她们围住费厂长叽叽喳喳地喊，像在吹水泡。

"费大爷，什么时候找着房子呀？"

"这辈子还有戏吗？"

"一年又一年，一年又一年，无期徒刑！"

胖女工发现了我："这位大派头干部是哪儿来的包子？"

老郭说："不是包子不是包子……"

厂长说："都蒸过火了吧？快给我各就各位干活！"

热雾来自靠墙的一个又宽又大的池子。那里边银色的铝板被水激得刺刺作响，腾起一团团水汽。

走出车间的时候，我确实嗅见自己的呼吸里有浓浓的狗不理包子的味道。费厂长和老郭的脸上也都多了几道褶子。

又拐过一个小门，上面写了个"女"字。

老郭说："地下室就不要看了吧？"

厂长说："由你们。"

从小洋楼的后门钻出，又是一个小得不能再小的院子。阳光下，烟尘弥漫，肉眼也能看见飘浮在空气中的颗粒。院子里有几个工人正忙碌着。一堵东扭西歪的围墙圈住了这块杂乱的天地。

我问："厂里要分房子呀？"

厂长说："您……市经委？"

老郭说："市经委市经委……"

厂长说："很好。"

老郭说："费厂长每个季度都要给市里打一个申请报告……"

厂长说:"坚持数年,必有好处。好了,看看我们的化铝炉吧!"然后是一个长句:"为了满足不同层次消费者的需求我们目前还在坚持生产这种原始的不赚钱的靠人工铸造的生铝壶!"

我说:"路子对头。"

厂长反感地瞥了我一眼。

我们正在交谈,"啪"的一声,半块红砖落在离我一米远近的地上。我吃了一惊。

"刘久,睡着了吗?"厂长大声问,"为什么没有报警!"我发现一张椅子上坐着一个四十左右的汉子,两只袖管空荡荡的。他躲在小洋楼的楼角里。

刘久在椅子上动了动身子,瞟了一眼围墙:"费大爷,刚才我走神啦!"

我怀疑墙外潜有"恐怖组织"。

老郭说:"喏,刘久,有名的书法家,用脚写字。"

化铝炉紧靠墙根。两个头戴铝制安全帽的工人正朝炉口填送燃料。他们的帽子是用大号铝壶改制的。

老郭说:"墙外是住户。"

我说:"目无法制!"

费厂长幽幽地笑了。

我说:"住户叫什么名字?我要通过单位制止他们的野蛮行为。太不像话了!"

费厂长说:"您,市经委?"

老郭说:"市经委市经委……"

想不到这个厂里也有会议室。在三楼。

碰疼了头我才意识到会议室的狭窄,只能坐着,不能站着,否则脑

11

袋就要受皮肉之苦。会议室里只有几把椅子和一张方桌。我扫视一番，得出了结论，这间会议室是利用了"△"形楼顶空间，用木板隔出来的。冲床的"咣当"声从楼下传来，给人麻酥酥的快感。隔壁有人睡觉，鼾声如泣如诉。

厂长说："那边，单身宿舍。听这呼噜，夜班肯定没偷懒。"

我问："夜班多少工人？"

"二十。主要工作是把白班生产的铝壶倒腾出去。"

"为什么白天不干？"

"白天？您……市经委？"

老郭说："地方太小，人来齐了转悠不开。厂里只有一个小浴室，男女轮用；原先厕所也一个，也轮用；更衣室也是男女合用……"

"什——么?!"

"中间当然得拉道布帘。"厂长说，"好在工人们大都沾亲带故，没多少外人。"

厂长开始汇报厂里的生产情况。他谈起产值利润税金、固定资产、原值净值以及劳动生产率，等等。他两眼微合，像美餐之后的养神。

"……太窄了太小了太低了。每年吞进几万吨铝板，吐出八十五万只铝壶。我跟大家说，咱们才不盼搬家呢，就咱这儿好。没办法，拣着好听的说吧，抱怨就让大伙儿抱怨我一个人。"

老郭说："是啊，心灵美啊！"

厂长笑了："就你破锅嘴甜！"

老郭说："老费二十年前也在市经委工作。"

天啊，竟在这幢破败的小洋楼里遇见了我的老前辈了！

我把费厂长说的工厂情况尽可能详细地记在本子上：噪声超出规定的分贝，环保局每月罚款一千五百元；火灾重大隐患单位，防火部门每月罚款一万元，因此只好撤去所有炉灶，只留下一个小锅炉烧温水给大伙儿洗澡……

忽然隔壁一声怒吼："哪儿来的鸟人，干扰革命职工睡觉，你母亲的！"

厂长拍了拍木板："儿子，好好睡吧，大宾馆怎么样？没咱这好！"

儿子果然太平无事了。

厂长说："进厂顶替时他才十七岁，不够岁数，我给保进来的，他爹非让他认我作干爹。嘻嘻，老工人啦。"

我才注意到隔壁的木板上方贴了一副莫名其妙的对联：

房小人更高
圈小猪才肥
横批：就咱这好

屋角的一个铜铃响了起来，一根细麻绳从窗户通下去，绳子在抖。这是在叫费厂长了。

我们起身。

厂长说："市经委同志，我听说食品三厂空着一座厂房，求您呼吁呼吁。我们也想伸伸胳膊伸伸腿，舒坦一下。"

我指了指对联的横批："就咱这好？"

厂长小孩般笑了。

"送给你们一人一只叫壶吧。"说着，厂长从抽屉里拿出两只壶盖儿。壶盖儿上有个"肚脐眼儿"，水沸时它就像个汽笛，发出警世之音。

我接过壶盖儿，却不见壶。

"回家换上这个盖儿，就变成一只叫壶了。"厂长幽幽地笑。

蹬高跷的老头正在和一个汉子争吵。

汉子吼："找费厂长。我老婆在家出出进进总穿背心裤衩，丢人现眼呀！说破嘴皮子她也不改，说是习惯了。这是个什么习惯，我倒要看看她干活的地方什么德行的，露着屁股大腿呀！"

厂长迎上去："没法子，我们高温作业，热。甭说难听话了，只要你老婆愿意，我发给她一件翻毛水獭皮大衣，保准严实。"

一个来给丈夫送饭的中年妇女，插言说："早些年我们那口子说话打雷似的，也说是厂里的习惯。现在不打了，得，吃冰棍拉冰棍没话（化）了。有时还用哑巴那套手势跟我比比画画，说是你费大爷的发明。缺德呀，家里添了个半路出家的哑巴！"

厂长嘿嘿地笑。

我们坐进小汽车，厂长追上来。他拍着车窗玻璃，大声喊着："市经委同志，厂房是食品三厂的，给呼吁呼吁。"他的眼睛拼命向外凸着，好像正向世界争求生存空间，纯真而执拗。

老郭说："还是回机关工作吧！"

车开了。我下意识按了一下衣袋，那只水沸之后就会尖厉鸣叫的壶盖儿还在。

我问："谁研制的这种叫壶？"

老郭答："老费。"

又路过巷边的那个茶摊。老太太还在轰赶苍蝇，她可能是我大姨。一群工人，男女都有，围着茶摊边聊天边吃饭。几个小伙子拔出耳朵里的橡皮塞子，那些耳朵眼儿，大得像一个个山洞。

孙德元，地道的土军阀，他要是把小洋楼盖在繁华的租界里，情况就大不相同了。

我们终于搬了家。工程浩大得让人感到体力不支。我们承包了市委组织部长的迁居。据说这个美差是我们处长努力加努力争取来的。工作完成得非常出色，组织部长很满意，奖给我们处长一支良友牌香烟，并且记住了我们处长的大名：宗达翰。几天里，处长兴奋得像个孩子，之后就发高烧。他那正读研究生的儿子研究一番给处里打来电话：我爸搬家伤了元气。

我们像一只被托运的包裹——中转，搬进一座尚未使用的全新厂房。

厂房坐落在市区。厂房完全是按洋人设计的式样建造的。面积大得让人觉得害怕，宽上百米，长得一百五十米。水磨石地面，瓷砖砌墙，墙根有一条明渠，自然无水，无窗，绝对无窗，全凭灯光照明，通风靠的是上好的空调系统。

我们要在这里工作半年，然后搬进正在建设中的办公大楼，楼高二十三层。危乎高哉！

处室与处室的界限被彻底打乱了。整个市经委共有二百五十人，都被罩在一个空间里执行公务了。宽敞的厂房里，从东到西摆了三行办公桌，浩浩排去，难见首尾。

每天还是从闲聊开始，参加人员变多了。

处长病愈上班，脸上的气色比高烧之前还要受看。

我身后坐着综合处的小李。熟了，话就多起来。一天，她扶了扶眼镜对我说："知道这是座什么厂房吗？"

"听说是高级骨灰盒制造厂。"

小李笑了："开玩笑呢！说正经的，你知道不知道？"

"不知道。"

小李说："咱们打算从小日本引进两条自动化豆腐生产线。厂房盖了又改了主张，听说上海已经引进，生产出来的东洋豆腐成本太高卖不出去。咱们当机立断停止引进。我认为这个决策是英明伟大的。"

"这叫什么厂？"

"食品三厂。"

我一下愣住了。我的面部表情一定很怪，而且持久，因为小李的眼神像在欣赏罕见的稀有动物。我站起来向处长走去。

"处长，您家里有叫壶吗？"

"什么？糨糊！"

处长埋头收拾着抽屉，表情激动。看来发烧几天烧坏了他的耳朵。

我开始汇报工作：有那么一家工厂，有那么一个厂长，有那么一群工人……

处长干咳一声，和颜悦色地打断了我的话："我嘛，被任命为市经委办公室主任了。当然，不升不降是平调。后天我就要过去，办公桌在那边，喏，第一排右数第八张。"

我循声望去，眼里模糊一片。

小李凑过来打趣："恭喜，真得谢谢这次百年不遇的搬迁呀！恭喜恭喜！"

处长说："是平调是平调。"

电话铃尖厉地叫起来，处长抓起听筒："对，我是宗达翰。什么？你是市公安局？对，对，是我于本月十日、十六日、二十三日报告过这个可疑事件。什么超级换房？十之八九是别有用心！对，噢，内容吗？让我想想，大体意思是这样的：'今有小洋楼一座，可做宾馆饭店，也可做高级公寓，或做办公机关，愿换厂房一座，地点面积均可面议。'对，对，天天都贴，联系电话，89 局 8420，没错。"

处长的记忆力如此惊人，竟然脱口背出一张与自己毫不相干的启事内容，甚至电话。我几年来对他产生的印象发生了动摇。

处长放下电话对我说："正在调查。"

我说："应该调查。处长，我想向您提个建议，您应该毛遂自荐去当我市公安局长，副的也凑合了。"

处长狐疑地盯住我看，半天才作罢。

小李隔着十几张办公桌正跟另外一位女同志打招呼，一问一答，显得山长水远。

"听不清呀!"

"声音太大影响人家工作。"

"干脆咱们学学哑语吧?"

"那就好了，只要两手比画心里就明白了。"

我对小李说："你们就到永久铝壶厂学习哑语吧，速成。"

小李问："是个聋哑人工厂吗?"

我说："不——知——道。"

几个月后我在本市日报的头版右下角读到一则消息。消息很光明。某厂因为严重干扰居民休息常闹纠纷，刚刚退休的老厂长主动把自己两室一厅的楼房换给那户居民，自己住进工厂墙外两间平房之中，解决了一个多年遗留的老大难问题。消息最后说，老厂长崇高的风格受到了住户和全厂职工的一致好评。

我对着报纸直了半天眼睛，一只苍蝇落在报纸上，我想我应该去看看我那永远挥舞破芭蕉扇轰赶苍蝇的大姨了。

我又走进那条巷子。

茶摊的矮凳上坐的果然是我大姨。她老多了，松弛的眼皮盖住了眼睛，两手枯枝般不住地抖动。几个工人围住茶摊。大姨一手抓着扇子，一手抓着茶壶朝几个碗里斟水。

我对大姨点点头，大姨也点点头。我端起一碗大姨的茶水有滋有味地喝起来。

大姨对工人说："你们厂多好，年年都要分上一批房子，找媳妇不难了。"

工人们哈哈大笑，有人把含在嘴里的茶水喷到我碗里。

大姨说："你们不是天天都叫唤着去看房子吗？看房子就得分房子呀！"

工人们又笑。一个工人干脆把碗里的茶水泼了，大声说："自己找乐吧！我们看什么房？厂房！干活的地方！说是把体育用品厂的闲房给我们，黄啦！又说把绘图仪器厂的空房给我们，又黄啦！又说食品三厂，更惨啦，只是我们自己做做梦。年年看房年年黄。找乐吧！"

"在哪儿干活不成，又不是自家。我老婆子倒在一座大洋楼里糊过纸盒，管什么用？现在照样在这儿摆茶摊。"

"老太太，您的茶摊也快黄了！"

工人们开始骂娘。在他们的骂声中我听明白了，原来他们厂里实行每人每天三张茶水券制度，一张券允许喝上十分钟。新厂长上任取消了茶水券，几天后就要实行。

大姨说："往后谁都不许喝茶啦？"

一个工人说："不许啦！一闷就得八个小时。行啦，赶上闷臭豆腐了！"

我说："大姨，黄了也好，跟费厂长学学，退休回家享几年清福吧！"

一个工人说："退休？那是劝退！不知哪个小人反映费大爷天天到市府大楼贴换房启事，是破坏市容，是散布坏影响，是别有用心。市里责怪局里，局里吓慌了神，赶紧让费大爷退休。退就退吧，干吗拿挺好的房子换下那两间平房呀！费大爷也真是的，别人不疼你，你就自己疼自己吧！"

世界上的怪事忒多。费厂长为工厂的房子求爷爷告奶奶地跑了一辈子，死活换不成，到头来倒把自己的家换进厂子了。

工人们交了茶水券，你推我搡回厂去了，边走边唱："我心中埋藏着小秘密，我不愿意告诉你……"

大姨又要给我添茶。

我说："不喝了。我想去工厂后墙走走，怎么走好呢？"

大姨说："看费大爷？"

我说："看费大爷。"

于是大姨唠唠叨叨讲了一番话，流水账一般。

遵照大姨指点，我在小巷里缓缓穿行，东拐西折，如同进入了一个深奥的八卦阵。大姨告诉我："老费把那堵砖墙改为钢板墙了，炕头就连着化铝炉，大热天的，还不热出痱子来。"我却想，空了袖管的书法家刘久该失业了，那个蹬着高跷的老头还当他的门卫吗？

从工厂前门到工厂后墙，我居然走了半个小时。曲线害死人了。有个名词怎么会叫"曲线救国"呢！

小巷的巷底居然有个小院。院门千疮百孔，半敞着。院子里一南一北两间矮房，我怀疑是违章建筑，自由化的产物。

如今，市经委大楼正式改成公寓。壁炉全部修复，据说疏通烟道比意大利人建筑烟道还要费工费时。但终究修复完毕，今冬明春它就会重放异彩，壁炉这种典雅的取暖设备，气死暖气不偿命。

迎面矗立着一堵钢墙。早被打磨干净，锃亮锃亮，泛出袅袅硝烟似的青光。钢墙那面就是那座化铝炉，火的高温，非得下过地狱的人才能消受。咣里咣当的声音不时从钢墙那面传来，好不热闹。

费厂长正站在院子里，给我一个背影。胖墩墩的身子舒展开了。他脚下放着一个盛了面团的大号铝盆和一个盛食油的罐子。

我想不出费厂长在搞什么把戏。

费厂长对着钢墙端详了一会儿。忽然飞快地弯腰、直起，用一把棕刷把食油涂在钢墙上，钢墙冒出一股油烟。他又飞快地从铝盆里捧起一个面团，"啪啪啪"，拍到钢墙上。钢墙分明是个立体铁铛。

我不敢相信自己的眼睛。费厂长正在运用他超人的创造才能和魄力烙制一种食物。一种似面包非面包、似烧饼非烧饼、似面包烧饼非面包烧饼的既形而上又形而下的最新食品——尚未被命名的怪玩意儿。

钢墙那边人声嘈杂。

费厂长喊："吃饭的都来了吗？"

那边喊："都来啦！"

费厂长喊："张枚生，六两！李梦常，四两！刘大个子，八两！看门赵大爷，一两……"

费厂长嗓音好豁亮，花脸的坯子，爽脆、乐观，带着几分潇洒。潇洒是个值钱的东西。

钢墙上有个喇叭口子。一只只风味独具的食物投入其中，滑到墙那边。一阵欢呼，一阵咀嚼，一阵食物滑进胃里幸福的颤动。

我一步跨进小院。

我大声说："生意兴隆。"

费厂长并不回头："心跳正常。"

又熟了一墙食物。浓郁的香气钻进人的汗毛孔里。

街灯亮了

"要是任凭事态这样发展下去，我家桂芸就会发疯的……"孟亦群站在楼下抽烟，抬头望着五楼自家防盗窗不锈钢管护栏。这个眉清目秀的好丈夫，连续吸了几支香烟，仍然显得心事重重。

前几天施工队来安装防盗窗护栏，他拜托工头儿说："我安装窗外护栏的目的，主要是防止从五楼跳下去……"

施工队工头儿不理解他的意图："入室盗窃又不是贩毒死罪，盗贼不会跳楼自杀的，他们抓进去最多判两年，放出来继续从业嘛。"

孟亦群花钱安装窗外护栏，其实是担心妻子情绪失控，推开窗户跳下去，便拜托施工队工头儿："师傅，我要最结实的材料……"

"不论多结实的护栏，也是防好人不防坏人。"施工队工头儿态度坦诚，并不夸大自己产品的性能。

这样他反而有了信心，既然这种护栏防好人不防坏人，那么妻子桂芸是好人，只要能够防止好人跳楼轻生，这人民币就没有白花。

于是，无论卧室、厨房还是客厅，他都选了三毫米厚不锈钢管的窗外护栏。妻子嫌贵，认为两毫米厚足够。他说三毫米的比两毫米的结实，盗贼肯定选择薄弱环节下手。

妻子将信将疑说："盗贼怎么会知道钢材薄厚？你不可能告诉他们的。"

21

"我怎么会告诉盗贼呢？他们都是坏人。"他觉得妻子好笑，就笑了。

"是啊，咱们是好人，好人不接触坏人的。"妻子自言自语，突然爆发了。

"谁说我不接触坏人！性侵我的副厂长李广才难道不是坏人？陷害我的副科长孙家兴难道不是坏人？还有羡慕忌妒我漂亮的保管员黄艳，难道不是坏人？"

"当然，他们都不是好人！所以咱们必须远离坏人。"他抚摸着情绪激动的妻子的披肩长发，连声安抚着。

妻子名叫尹桂芸，是美成药业的化验员。她曾经告诉丈夫，副厂长李广才以安全检查为名来到化验室，多次从工作台下伸手抓摸她大腿甚至触及私处。她表示平生最恨性侵的坏男人，可是美成药业化验员的薪水颇高，这令她敢怒不敢言，继而不敢怒不敢言。

久而久之便抑郁了，尹桂芸下班回家多次情绪失控，几次揪起秀发号啕大哭："我冰清玉洁的身子，生生给李广才弄脏了……"

孟亦群不知如何缓解妻子桂芸的心理压力，只得以商议的口吻说："咱们去公司举报李广才，把这只老色狼暴露在阳光下……"

妻子低头撞过来，使人想起笼中困兽。"你这是让我丢人现眼啊！那个该死的黄艳肯定出庭做证，诬陷我主动献身勾引领导，那样我还怎么活啊……"

是啊，这就毫无办法了。他安慰妻子居家休养，独自去了美成药业公司的下属制药厂。

他把辞职信递给副厂长李广才。对方认真阅读着，流露出惊讶的表情。"尹桂芸为什么辞职呢？她是个很好的化验员嘛。"

这是性侵者的明知故问。他顾及妻子名誉不便当面揭穿，只是虎视着李广才的磨盘脸说："是的，辞职总会有原因的。"

李广才继续冒充好人说:"可惜了,可惜了,这是尹桂芸主动请求辞职的,一旦后悔连申请劳动仲裁的机会都没有了。"

他越发看透李广才龌龊心理,一旦漂亮女化验员辞职,便没了性侵对象,这家伙当然舍不得。尽管妻子不年轻了,她的丹凤眼,她的瓜子脸,她的美人颈,她的腰身线条,凝聚出成熟女人新颖而独特的味道,无疑成了老男人喜欢的菜。

"小尹肯定不认为我会同意她辞职的。"李广才提笔在辞职信上签了"同意"二字说。

这是他第一次听到有人叫妻子"小尹"。妻子身高一米六九,个子不小。

他一声不吭替妻子办了辞职手续,回家烧了满桌好菜,笑着说祝贺资深美女远离坏人。没想到桂芸情绪再度失控,掀翻餐桌躲进卧室,号啕大哭。

既然娶了洁身自好的老婆,他束手无策只好打电话向岳父岳母求援。妻子桂芸是娘家的掌上明珠,岳父火速派出岳母前往婿家,执行安抚女儿的任务。

年过花甲的岳母涂抹过厚的护脸霜和淡色唇膏,显得风韵犹存。她进门摘下彩色丝巾对女婿说:"我的女儿我了解,她天生钻牛角尖儿的性格,还带有精神洁癖。"

女儿见到母亲反而越发冲动:"李广才摸我大腿,我要打断他的小腿!如今怎么没有金庸小说里行侠仗义的人物呢?这太令我失望啦!"她居然幻想当今社会出现替天行道的侠客,情绪偏激而混乱。

孟亦群困惑了。女人出于以牙还牙的报复心理,应当要求打断李广才大腿,怎么降格要求打断小腿呢?他请求岳母大人排疑解惑。

"是啊,小腿……"岳母大人苦笑了,"好在我女儿没有失身,可是没有失身也就没有掌握对方犯罪证据,公安局也难立案的……"

岳母对这类事情显然颇有经验，一语概括敌强我弱的现实处境。女儿扑到母亲怀里哭泣说："我当然没有失身，否则该死的黄艳早就告发我勾引领导啦!"

既然岳母出马也难以缓解妻子的情绪波动，他只得花钱安装窗外护栏，以防不测。

岳母心疼女儿，借机住了下来。岳父属于"醋坛子"，年近古稀仍然保持高度戒心，一天数次打来电话联系老妻，恨不得给她身上安装GPS定位系统。

泰山大人属于爱情病毒变异吧？孟亦群暗暗寻思，对仍然热衷淡妆的岳母充满同情。

谁让她老人家风韵犹存呢，岳母只得乖乖回家。老妻重返自己视线范围，岳父大人踏实了。孟亦群意识到自家安装窗外护栏只是开始，如何让不甘受辱的妻子走出心理阴影，及早恢复正常生活状态，那是任重而道远的。

国庆黄金周放假，他天天在家陪伴妻子。夫妻相对而坐，备感冷清。

"我想孟雪!"妻子直抒胸臆。他安慰说："闯过模拟考试大关，宝贝女儿就可以回家不住校了。"

这个家庭的独生女孟雪就读本市重点高中，节假日学校顶风作案仍然偷偷给学生补课，学生一律住校不许回家，争取明年高考再创佳绩。

妻子情绪越发不稳定。要么反锁厕所里落泪，要么躲进厨房里抽泣，要么半夜惊醒尖叫"打断李广才小腿"，要么白天凝神念叨"该死的黄艳会诬陷我的"……

眼见爱妻这般境况，他知道如此发展下去，好端端的家庭就毁了。

想起当年职校教师曾大典，孟亦群悄悄前往诉说苦衷，请求他指点迷津。曾大典多年潜心研究社会心理学，后来辞职下海成为自由职业者，专门给民营企业家们出谋划策，好事坏事都做。

"为了尽早消除情绪记忆，应当实施心理脱敏治疗。心理不脱敏，情绪不消除，阴影不摆脱，你妻子后半生不会有艳阳天的。"

好丈夫孟亦群紧张得手心出汗，询问怎样实现心理脱敏，曾大典古怪地笑了："谁人欠的债，谁人偿还嘛。"

高人的指点，令他茅塞顿开。这位曾大典说得对，女人在哪里跌倒，你就扶她在哪里爬起来。

心里拿了主意，他走进家门将桂芸搂在怀里说："我要打断李广才的小腿！"

她浑身颤抖起来："你要打断李广才小腿！你真要打断李广才小腿？"

他双手捧起她的脸颊："是的，你说过他摸你的大腿，你要打断他的小腿，所以我肯定要打断他小腿的。"

妻子桂芸瞪大眼睛望着他，目光充满惊恐："对，小腿……"

尽管尚未打断对方小腿，他感觉心理脱敏治疗已经开始，毕竟语言同样具有治病救人的功效，比如甜言蜜语和铮铮誓言。

晚间上床歇息，妻子要求丈夫搂着她，喃喃自语。他就紧紧搂着她，护送这个可怜女子沉入梦乡。

我要让她心理脱敏，我要给她消除情绪记忆，我要让她重返正常生活……孟亦群心情悲壮起来，轻轻亲吻着桂芸的额头说："你在家做全职太太吧，家里只有好人呵护你，没有坏人欺负你。"

其实他供养妻子做全职太太，银根还是吃紧的。然而长痛不如短痛。他期待桂芸尽早走出心理阴影，恢复身心健康，夫妻重返美好生活。

一根铁棒经常浮现脑海，他感觉自己患了偏执症，内心词库里只有两个字：小腿。之后又添了两个字：打断。四字组合起来就是"打断小腿"，必然联想到铁棒。

他的理性仿佛小壶乌龙茶，一波波被沸水冲淡，渐渐消失殆尽。他不声不响构思行动纲领：一、选择可靠的打手。二、选择隐蔽的打击地点。三、打断后迅速拍摄伤腿照片，及时交给妻子观赏，以复仇效果促进心理脱敏。四、选择付酬方式给打手，支付现金不要银行转账……

他沉浸在深度构思状态里，变身为买凶伤人的雇主，在虚拟世界里享受血性快乐，情不自禁哼唱起战斗歌曲"向前，向前，向前……"

他在现实世界里是文化传媒公司的高级文案，平时少言寡语被同事们称为"沉默的人"，许久不曾体验如此强烈的激情，平添几分尚武欲望。

然而，妻子桂芸彻夜难眠，只得开始服用抗焦虑药物，短短十几天便从"舒乐安定"升级到"氯硝西泮"，速度惊人。

他担忧妻子过量服药不再醒来，便偷偷藏了安眠药。晚间桂芸发疯似的寻找着，尖声叫嚣要挖地三尺。

"咱家住五楼怎能挖地三尺呢？首先四楼邻居会坚决反对的。"他只得假装从沙发角落里找到小药瓶，主动递给妻子。

妻子开心地笑了，这笑容远远超过结婚钻戒失而复得时的笑。他意识到桂芸心理疾病越发严重，应当及早实施"心理脱敏计划"——打断那条小腿。

他认为打手这种营生，好人心肠是干不来的，只有坏人心毒手狠。他是良家子弟，不认识坏人，只能先做好案头准备工作——认真思索划定范围，勾勒出五大类可以充当打手的人物。

一、完全彻底的坏人。二、内心充满坏人欲念但尚无恶行的人。三、内心不乏美好愿望但依然作恶的人。四、对他人作恶行为充满好奇并且跃跃欲试的人。五、由于命运多舛对社会抱有敌视心理的人……

这样想，他感觉寻人难度陡然增加，几乎接近中彩票的概率。为了拯救妻子实施"心理脱敏计划"，即使上天揽月下洋捉鳖他都要找到打手的。

为了扩大寻找范围，他变成个热衷怀旧的人，以幼儿园为起点，仔细追忆历年交往的人物。小学时代满眼荒芜，想不起哪株小草值得探讨。回想中学青春期，记忆河流两岸果然显现风景，一个个男生好似一棵棵杨柳，站立岸边。要么是身姿摇摆的少爷，要么是女里女气的娘货；要么是满嘴豪言壮语却手无缚鸡之力的文体委员，要么是假装思考人生其实意淫同班女生的数学课代表……

孟亦群生气了："我们的教育这些年都培养一堆什么人？还号称市级重点中学呢！没羞。"平时极少发火的他，为了拯救爱妻竟然迁怒于母校。

渐渐消了火气，重返沉默寡言的常状。"沉默的人"没有朋友。没有朋友是因为沉默。自从结婚以来妻子便占据他大半生活内容，有了女儿孟雪便占据了全部生活。如今，他感觉到自己被抽空了，除了家庭什么也没有。

"当然，我还是文化传媒公司的高级文案，星期天爱看央视体育频道的世界拳王争霸赛，平时还爱抽云烟喝滇茶……"他为自己辩解着，不愿被生生晾成当代木乃伊。

他果断将妻子送回娘家，拜托岳父岳母照顾桂芸。老当益壮的岳父哈哈大笑，似乎含有几分嘲讽成分："亦群啊，从前你舍不得让桂芸回娘家住，一定是不放心她吧？桂芸是我们的亲女儿，我们保证她不会出现任何瑕疵的。"

听泰山大人的口气，好像他老人家对自家产品实行三包，同时还能做到假一罚十。

不知为什么，他不喜欢岳父这个人，对生理年龄远远大于心理年龄的岳母则抱有好感。可是不知为什么，桂芸反而喜欢她的父亲。

实施心理脱敏计划，孟亦群不能亲力亲为，只能依靠买凶。于是，这个好丈夫向公司请了年假，游走于本市大街小巷，企图唤醒多年深层记忆，从往事河流里打捞出几条大马哈鱼来。

他外出穿着米黄色外套。其实它原来是件长风衣。有次夫妻吵架，桂芸怒不可遏抄起剪刀发威，哗地剪掉风衣下摆，然后冲出家门去向不明。事后妻子消了气，跑去改衣店让师傅包缝锁边，对这件惨遭阉割的长风衣进行改造，摇身变成风格新颖的短款外套，公司的同事们以为这是当年新款，纷纷称赞不已。

经过迎水街彩票销售点，他无意间发现老板娘眼熟，暗暗辨认后断定这是当年暗恋的高一六班女生曾晓欣。她的鸭蛋形脸庞幸存着，并没有孵成鸭子。

卖彩票的曾晓欣显然不记得他，抬起鸭蛋脸询问打印几组号码。

"你这销售点出过大奖吗?"他试探问道。曾晓欣说在她接手前出过二等奖，税后奖金七十六万，接手后出过五万的。

他不甘心被当年暗恋的曾晓欣遗忘，自愿掏钱买了两张彩票，说号码随机。

接过彩票，他轻声问曾晓欣认不认识尹桂芸。她再次抬头注视着他，似乎陷入回忆里。

"我跟尹桂芸中学同校，小时候住过几年邻居。你是……"

他说出自己的名字。曾晓欣显然对"孟亦群"毫无印象，却打开话题说："尹桂芸很聪明也很漂亮，只是从小受她母亲的影响……"

分明听到妻子的前世履历，他集中精神竖起耳朵。这时来了两个人买彩票，大声吵嚷上期大奖擦肩而过，马上就要煮熟的鸭子飞了。

"不过，她母亲也真是的……"曾晓欣带住话头，急忙给顾客打印彩票了。

"只是从小受她母亲的影响……"他品咂这句话的含义，特别希望自己立即成为语言大师，考证这句话的具体出处和真实含义。

没了顾客，曾晓欣扭脸问道："我好多年没见尹桂芸了，看来你认识她？"

"我倒是经常见到她……"他说着起身就走，好像越狱逃犯躲避熟人。

曾晓欣的声音追过来："尹桂芸婚姻幸福吗？"

他走远了，经过路边小树林，绿荫深处窝藏着一堆堆打扑克的闲人，已经形成小面额赌博场所。他突然决定返回彩票销售点询问曾晓欣，"只是从小受她母亲的影响"这句话究竟什么意思。

你是个沉默的人，今天怎么变成话痨呢？他冷静下来没有反身折回彩票销售点，抬头朝前走去。

自从邂逅曾晓欣，猛然敞开另类记忆闸门，不经意间记起中学同窗包红雷，外号"包大胆"。这家伙自幼胆大包天。十四岁抽高价洋烟喝极品洋酒，十六岁泡了十九岁的留学生洋妞，十七岁进了管教所。重返社会打架斗殴恶习不改，成了著名的坏学生，之后就从坏学生成长为坏人。

他不光想起"包大胆"的外号，还对"坏人是怎样炼成的"有了切身理解。比如有的人天生胆子小，从来不敢做什么坏事，所以就成了好人。坏人呢？那是因为胆子大，做起坏事来无所畏惧，毫无心理负担，日积月累成了坏人。当然也有胆子大的好人，比如战斗英雄和革命烈士，还有流血不流泪的见义勇为者。

他承认自己胆子不大，有时甚至胆子很小。然而为妻子实施"心理脱敏计划"，他的内心充满大无畏精神。这就是爱的力量。

被曾晓欣唤起的青春记忆，使得包红雷从岁月深处走出，威风凛凛站在面前。记得读高中时当面询问包红雷为何经常街头斗殴，对方满脸欢喜答道："我热爱打架呀，打得上瘾了。"

事隔多年，他学会抽烟喝茶，切身感受到"上瘾"便是难以克服的终身嗜好。于是想起"技痒"这个词语，既然早年包红雷打人成瘾，此番我若请他出山，岂不正是给提供过把瘾的机会。

于是，趁着妻子回娘家休养，这个好丈夫开始寻找老同学包红雷，也就是寻找充当打手的坏人。可是寻找这种人物要去什么地方呢？应该是"吃喝嫖赌抽"的场所吧。

从"吃喝嫖赌抽"联想"坑蒙拐骗偷"，他颇有杨子荣勇闯威虎山的预感，仿佛手心握着泉眼，滴滴涌汗。

来到"远大前程"练歌房，说是房实为大厦，六层楼房里有很多间KTV包厢，寻人等于大海捞针。他知难而退，走出"远大前程"重返微粒生活。

一瞬间，突然脑海里冒出个古怪念头，他吓得停住脚步肃立马路中央。

一辆路虎刹车停稳，开车的满头红发探出车窗问道："冤家，您这跟谁的遗体告别呢？不会是兜里没钱交火化费吧。"

他打个激灵清醒过来，连忙抽身返回路边，出了一身冷汗。开路虎的不甘寂寞继续说道："咱们好死不如赖活着，您即便自杀也不要选择撞车，死亡成功率接近百分之百……"

他颇为诚恳地答道："跳楼自杀成功率已经达到百分之百，比飞机空难还厉害呢。"

路虎车里传出哈哈大笑声，好像车里坐着好几百人听相声。之后这辆路虎载着落幕的笑声开走了。

他坐上边道牙子，脸色苍白气喘吁吁。他颇有酒醉初醒的感觉，掏出手机拨通岳母家电话，急切地询问妻子状况。他断定是岳父接听电话，因为泰山巍峨小天下。手机里果然传来黄钟大吕之声，历来强势的岳父开口告诉女婿"天下本无事，庸人自扰之"。

他当然不相信这种豪言壮语，请求岳父让岳母接听电话，谎称询问红烧丸子的具体做法。

"你为什么不清蒸呢？就像做狮子头那样！"岳父将淮扬菜谱摊派给他，这才将电话听筒转交岳母。

"桂芸她还是白天发呆不说话吧？"岳母非常聪明，只是回答"嗯"。不给岳父任何插嘴的机会。

"桂芸她还是半夜不睡觉掉眼泪吧？"岳母仍然回答"嗯"。

"桂芸她还是念叨打断李广才小腿吧？"这时岳母略有迟疑，更换回答语式说"是啊"。

他叹了口气说："我只相信您老人家，如今看来没有别的药方，只有打断李广才小腿了……"

岳母突然说话了："小腿？这可不是小事情哇……"

他强调自己是遵纪守法的好人，恳切拜托岳母严防死守，绝对不能让桂芸走了极端。

"我不会让亲生女儿走极端的，你就放心吧。"岳母主动挂断电话，丝毫不给岳父留有插话的缝隙。

他突然觉得这座城市里只有岳母是亲密战友，其他人充其量属于友军，当然他不会忘记桂芸的死对头，除了李广才还有孙家兴和黄艳。

其实，他明白无论打断谁的小腿，那都是违法行为。可是妻子的"情绪记忆"，偏偏卡在这里，那条小腿便成了医治桂芸精神创伤的特效药，而且没有任何同类替代品。

稳步朝着住家方向走去，路过"大海洗浴城"。他觉得这名字取得不好，只有哪吒大海里洗浴，凡人谁能踩着风火轮来这里呢。

"大海洗浴城"大门外，方才满头红发的路虎司机发现了他，跑上前来问他贵姓。他备感意外，顿时提高警惕。

"我跟你无冤无仇，你到底要干什么？"近来内心辞典只有"打断小腿"这个词组，他有些从文人向武士转化的趋势。

对方捋了捋红色鬓角说："你姓孟吧？孟子的孟？我们老板坐在车里认出你，说是老邻居发小儿。"说着，抄起手机拨通老板号码，大声报告说："我又遇见您那位老邻居发小儿啦，他死眉耷眼的不回答自己姓什么……"

之后，红头发司机连声朝手机里的老板说"是！是！是！"收了线。

"我们老板说如果你真是孟亦群的话，那么周六晚间'老派酒馆'见面，多年不见了他要请你喝酒！"

"我真是孟亦群，孟子的孟，亦老亦少的亦，微信群主的群……"他放弃"潜水姿态"进而问道，"请问你们老板尊姓大名？"

红头发司机嘎嘎地笑了："我们老板说让你猜，你要是猜不出来呢，那就周六晚间'老派酒馆'会面吧。"

他认为这个世界自称老板的人太多，反而对老板司机产生兴趣："你天生红头发？家族有红色基因吧。"

红头发司机好像不知如何回答。他只得转身就走。这时候对方慌了，小步追赶着说红头发是自己花八百块钱染的，人家《水浒传》里赤发鬼刘唐才是天生红头发呢。

"梁山好汉肯定敢打断别人小腿吧？"他这样把对方问蒙了。

独自回到家里，进门脱掉标志性的米黄色短款外套，重返单身汉生活。单身汉状态使他变得干练，从储物箱里翻找出那部弃用多年的老式手机，充电后打开手机通讯录，不禁顿生感慨。

唉！住在手机通讯录里的这些人物，久不联络就等于不存在，或许有人真的不存在了。这样思忖着，他有些感伤。依照他的性格，情绪很少波动，稳定得活像一块黄铜镇纸。此番妻子遭到性侵，这黄铜镇纸要变成黄铜锤子，要狠狠砸断对方小腿。

他在老式手机通讯录里找到石金铎的名字，这是住平房时的发小儿，此人十几岁便继承其父打打杀杀的遗传基因，二十几岁成了心毒手辣的狠角色，专门从事欺行霸市的营生，收人钱财，替人消灾。

踏破铁鞋无觅处，得来全不费工夫。他急忙拨打石金铎的电话号码，出人意料地接通了。电话里对方振振有词："那些经常变换手机号码的人，要么是躲情要么是躲债，大多不靠谱。我这辈子，行不更名，坐不改姓，手机不改号码！"

听石金铎的口气，江湖本色依旧，这使他感到欣慰，试探询问周六中午可否会面。对方毫无犹豫选了地点和时间："周六正午十二点'老派酒馆'二楼雅座！"

他知道地处旧城区的"老派酒馆"，它被周边崛起的高楼大厦包围，等于坐落在四面环山的盆地里。这家酒馆旨在满足社会怀旧心理，装修风格保持市井古风，前台上百只锡制酒壶浸泡开水桶里，小伙计操起铁夹子捞出锡壶，当场注满老白干，那酒便热了。一只老式木制托盘摆放四只锡壶，高声吆喝上桌。当然顾客也有愿意站着喝酒的，并不是因为没有屁股而是为了突出老派风范。

"老派酒馆"一楼菜档里，一只只白色脸盆里盛着十几宗下酒菜，没人伺候，抄起马勺往黑釉碗里盛，丰俭由己，力争体现主顾之间原始般的信任。

二楼雅座则不然，尽管还走老派路线，却是升级版的豪华装修。高端白酒论斤计账，主菜是烤肉，有鹿肉狗肉狍子肉，还有大鲵和鳄鱼肉，青菜也随时令变换。吃主们没有站着的，全是带着屁股来的。

他在家洗澡刮脸，给皮鞋打了油，仍然身穿米黄色短款外套，毕竟它曾是长款风衣，穿着颇有历史厚重感。

提前来到"老派酒馆"，径直上了二楼，他稳稳落座等候主家驾到。跑堂的小伙计听他报出石金铎的名字，表示楼上雅座都是老主顾预订，没有生脸儿。

他打量着二楼店堂的格局，十几间雅座，红漆门面，气氛热烈。店堂正中有黑漆横匾高悬，匾面镌刻五个金字：好人俱乐部。

他苦笑了。我处心积虑寻找坏人，偏偏遇到好人俱乐部，这真是对我的莫大讽刺。他深度苦笑着，专心等待约会时间的到来。

已然过了预约时间，石金铎没有出现。老邻居多年不见，他想象着发小儿的模样，眼前渐渐模糊起来，似乎在回忆素不相识的人物……

楼梯响起，陆续有人走进悬挂"好人俱乐部"横匾的雅间，并无大声喧哗。一个身穿长袍佩着围巾的男子走上楼来，不慌不忙走向"好人俱乐部"。他扭脸认出此人正是曾大典，惊讶得吸了口凉气。

曾大典这家伙专门给人出谋划策，其中不乏阴损招数，他也跻身这里，看来不光是吃吃喝喝而已。

这时手机响了。电话里石金铎抱怨二楼雅座预订客满，只得移步楼下13号桌。他遵命起身下楼，大堂角落位置有人起身相迎。

难道这就是石金铎吗？光阴催人老，容貌变化大。他不敢立即相认。对方主动伸手紧握，张口叫他小时候外号："布拉吉！多年不见你没啥变化，我一眼就认出你啦……"

他名叫孟亦群，小伙伴们叫他"裙子"，俄语连衣裙叫"布拉吉"，从汉字"群"谐音为"裙"，几经演化成了俄语"布拉吉"。此时猛然听到自己的外号，他感觉置身时间隧道，重返儿提时代。

膀大腰圆的石金铎，形象变化不小，脸庞布满雕刻般的痕迹，有着强烈的沟壑感，流露出硬朗的内涵。仔细打量五官依旧，譬如肉乎乎的大鼻子，还有扇风耳。

多年不见照样热络，石金铎高声吆喝伙计"上酒上酒"，说要老派高粱。他随即受到感染，不再拘谨，起身去自助菜档取来"糖醋酥鱼"和"水晶肘片"，外加"香脆鸡腿"。

石金铎选了"凉拌麻蛤"，使人觉得他铁嘴钢牙，什么都嚼得烂。

一壶老酒下肚，石金铎说了话："有酒就喝，有话就说！咱俩发小儿不用藏着掖着！"

"如今别人都不可靠，只有知根知底的老熟人……"外号布拉吉的他，简明扼要说明情况然后压低嗓音，"老兄，劳你帮我这个忙吧……"

石金铎听罢无声地笑了，说杀鸡也要用宰牛刀，这种营生非要请专业人士不可，"咱们就说小腿吧，这对打手的技术要求很高，既打不死也打不残，只要达到目的即可，绝对不能让对方后半辈子坐轮椅，否则就会逼得公安重案必破，非把自己玩进局子不可。"

"是啊，既打不死也打不残，这才是真本事。"他对石金铎发出邀请说，"所以我想请你主办这件事儿……"

石金铎呼地起身，顿时变了脸色："这种事情你要找坏人来做，我可是好人啊！"

意犹未尽，石金铎满脸不可思议的表情："难道我给你留下坏人的印象？你肯定是记错了人，你把我当作六号大杂院的包红雷了吧？听说这家伙从监狱里出来了……"

这样说着，石金铎起身去银台结了账，道了声"你自己慢慢喝吧"，迈着正规的步伐，走了。

难道真是我记错了人？石金铎小学就打断别人胳膊，明明是个打架斗殴的坏学生，如今成了遵纪守法的好人？尽管不敢完全相信如此巨大的反差，他还是有些气馁了。

清平世界，朗朗乾坤，寻找个打手真难啊。

一时难以起身，索性自斟自饮，一壶酒喝得头昏脑涨。"老派酒馆"不打烊，这令他感到安全，重温儿时整托幼儿园的感觉。

已经下午时分，大堂里酒客，能走的，自主走了。不能走的，就像留级生似的，留在原地不动。

果然有个中年男子凑过来，红脸膛小平头的形象，手里端着酒壶，满脸友善的表情。

"嘿嘿，刚才那家伙给你吓跑了吧？我看他赶紧结账溜号了。"红脸膛小平头火眼金睛，评论着已然退场的石金铎。

他打量着这个不请自来的酒客，倒有几分江湖气质，说话一针见血。

红脸膛小平头落座补充说："百年修得同桌共饮，你有难处我要帮。我看你是被人家欺负了吧？这年头肚里苦水没处倒，你交给酒仙就是了……"

他承认自己被人欺负了，乘兴提出具体复仇要求。对方眯着眼睛听着，连连点头："这要寻找具有高超打人技术的专业人士……"

"如今你让我去哪里寻找专业打手？"他显然喝高了。

"你不要过于悲观，难道刺杀秦始皇的荆轲不是真的？"红脸膛小平头满嘴酒气说，"我给你讲个真实的故事吧！有个钉子户不同意搬迁，油盐不进，软硬不吃，死扛着不动窝，人送外号'大钉子'，就这样拖了半年多，房地产开发商主动提高补偿款，没用。只好去找黑老大求援。"

红脸膛小平头得意地喝了口酒，好像他就是黑社会老大："先礼后兵，高规格请'大钉子'喝酒洽谈，明言限期搬家。没想到被'大钉子'拒绝了。结果怎么样呢？半夜来了人，一棍子下去打折'大钉子'两条腿，非常专业啊！"

对方讲得如此活灵活现，他立即小声问道："一棍子下去，是不是打断两条小腿？"

"你说什么呢……"红脸膛小平头酒客突然坏笑了，"你非要打断对方小腿哇？那可是毁人的大活儿。"

说罢，红脸膛小平头酒客起身要走。他伸手拉住对方说："我看你就像那个专业打手……"

"嘿嘿，你这家伙眼光真毒，什么事儿也瞒不过你！"对方似乎不愿暴露身份，脚步凌乱地走了。

酒劲发作，他歪坐桌前睡着了，梦里来了很多人，有扶老携幼过马路的，有忙着清扫大街积雪的，有抢修破裂自来水管道的，有追到医院无偿献血的，有公交车站抢救发病老人的……一张张陌生面孔，争先恐后学雷锋做好事，就是不见坏人。

一觉醒来，显然接近晚餐时间，"老派酒馆"大堂里顾客渐渐多起来。一个红头发小伙子走进"老派酒馆"大门，侧身撩起珠帘给身后老板模样的男子开路。这老板模样的男子身穿宝石蓝色缎料华服、驼色西裤、黑色皮鞋，全然没有昔日街头打架斗殴的痕迹，一派温文尔雅的社会贤达风范。

"老派酒馆"大堂领班迎上前来，点头哈腰叫了声"欢迎包老板"。红头发小伙子说二楼六号雅座，保护着包老板上楼去了。

坐在大堂角落里的名叫孟亦群的中年男子渐渐清醒了，摇摇晃晃起身叫来酒馆伙计。

不等他张嘴说话，酒馆伙计表情神秘地说："刚才跟你喝酒的那家伙，他就是'大钉子'！当年他被打断双腿让家属紧急送到骨科医院，躺在病房里还没接好骨头就同意搬迁了。"

"你是说那红脸膛小平头……"他几乎难以置信，说，"既然他被

37

打断两条腿，怎么反而把挨打说成打别人呢？"

酒馆伙计笑了："是啊，扬扬自得逢人便讲，真好像他把别人腿打折了。"

大半天泡在"老派酒馆"里，他好像看了场奇幻魔术，似乎白酒是白水变来的，然后白酒重新变成白水。他咬了咬舌尖，确认自己还是孟亦群，小时候外号"布拉吉"，如今人称"沉默的人"。

"那么，当初他被打断的是小腿吧？"他好奇地发问。

"当然不是小腿！"酒馆伙计惊异地说，"小腿儿是男人裤裆里的玩意儿，人家黑社会才不干那种断子绝孙的活计呢。"

"什么！小腿是指男人裤裆里的……"他蒙了，完全不懂城市的江湖词典。

他暗暗寻思着，妻子桂芸要求打断李广才小腿，那肯定是指膝盖下面的肢体部分，因为女化验员也完全不懂江湖黑话的……

这时候外面街灯亮了，他起身走出"老派酒馆"，抬头看到红脸膛小平头倚着门柱抽烟。这家伙怎么成了无处不在的人物？他怀疑自己出现幻觉，再次咬了咬舌尖，疼。

他四小时没抽烟了。于是就凑过去借火。在这没有抽烟的四小时里，仿佛过了半个世纪，那时光既漫长又短暂，令人难以确认。

红脸膛小平头迎上前来，满脸紧张表情，说："要是被他们看见咱俩同桌喝酒，肯定认为你是前来调查的公安便衣呢。"

不知出于何等心理，他突然恶作剧般告诉对方："我就是公安便衣，专程前来调查断腿案件的。"

红脸膛小平头瞪大惊恐的眼睛，随即露出满脸傻相，急忙掏出香烟递上说："您是来寻找拆迁事件受害者吧？我有图有真相，当初被打断的确实是两条腿，不过，你冒险出马当心黑老大废了你！"

"这光天化日的，好人不怕坏人！"这个儿时外号"布拉吉"如今沉默寡言的中年男子，终于大声喊叫起来，这声音顿时响彻街头，好像震得街灯更亮了，令人身心通泰。

　　一辆黑色轿车行驶过来。红脸膛小平头仿佛出现幻觉，以手作枪，横身挡车，大喊"执行公务"。

　　这辆黑色轿车速度不快，稳稳刹住。红脸膛小平头伸手拉开车门，使出蛮力将"公安便衣"塞进副驾位置，尖声说不许黑社会追杀人民警察。

　　他落座副驾驶位置，本能地扭头看到后排坐着男女二人。他嗅到熟悉的香水味道，一眼看到女的正是妻子尹桂芸。这时迎面开来大卡车的灯光照亮车里，他认出坐在妻子身旁的男人竟然是被她多次诅咒"打断小腿"的副厂长李广才。

　　红脸膛小平头砰砰拍着车顶，如临大敌般催促开车。司机满脸茫然，侧脸看看前排的不速之客，扭头看看后排男女。

　　这个名叫孟亦群的男人极力镇定情绪，侧身望着坐在后排的男女说："咦，你们怎么会在一起呢？"

　　继而轰然耳鸣，满脑海嗡嗡作响，宛如敌机当空盘旋。渐渐清醒了，他仿佛醍醐灌顶："噢……"

　　名叫尹桂芸的女人不吭声。坐在后排的男人李广才解释说："我带小尹去看专门治疗心理妄想症的大夫……"

　　他听罢笑了："嗯，你们去医院看夜班专家门诊，这是孙家兴还是黄艳推荐的名医？"

　　似乎不明所以，坐在后排的男女没有回答他的这句问话。

　　"其实你们……"这个好丈夫一时想不起说什么，便自言自语着，"真是的，真是的。"

他抚了抚米黄色外套的衣襟，主动催促司机开车，并不询问去哪家医院。司机职业精神极强，绝不张口说话，默默挂挡提速，朝着不可预期的前方驶去。

　　这时候，站在"老派酒馆"门外马路边的红脸膛小平头，已经从虚拟的坏人角色恢复原本的好人身份，伸长脖子望着远去的汽车尾灯，欣慰地笑了。

　　"你是公安便衣不带武器就出来，真的遇到坏人怎么办……"

　　街灯眨了眨眼睛。

组合风景

A

每天起床后都是这样，轻轻撩起清晨窗帘瞭望楼下，已然成了功课。我居住的 18 号楼与 13 号楼间隔着篮球场大小的草坪。我佩戴三百度近视眼镜足以看清草坪旁边的健身器械：一个红衣瑜伽女子起跳抓住单杠，四肢柔软得好像面条，一瞬间便攀缠单杠上，身体反悬倒挂，久久不动，远远望去好似红色物件晾着。我不忍心说此时她像条等待风干的赤蛇。

这是我清早的风景，也曾担忧单杠沾有露水，令她湿滑脱手。远远凝望这挂红色，愉悦身心效果明显，如今我生机勃勃没有多少暮气，尽管我属于未老先衰的男人。

那团红色就这样静止着。人生就是这种反悬倒挂的状态吗？好像她固执地等待跌落时刻的到来。这是个难解之谜，包括清晨的露水。

她身穿红色紧身衣，因此不怕身体走光。她的持久倒悬状态使我的时间也静止了。然而临近八点钟必须走出家门，我停止思考去上班。

匆匆走出楼门经过草坪旁边的健身器械，单杠变得空空荡荡，没了人影。每天均是如此。这使我觉得只能站在自家窗前瞭望，一旦走近她便倩影消失。

这也是个难解之谜，包括健身器械和草坪。

我付费定制的手机铃声响了，扰得我走思分神。这不合时宜的电话是朋友阿汶打来的，这位摄影师声音颤抖，说他躺在高速公路水渠边，等待救援呢。

我半路给公司请了假，扫码小黄车赶往武警医院。一路上很想给远在邻市支教的妻子打个电话，说阿汶出了车祸。为什么告诉远在乡村教书的妻子呢？我也说不清楚。

躺在武警医院急救室里的阿汶，奄奄一息。他原本长发披肩，不知何时剪成短发，直到看清嘴角那颗黑痣我才确认。

阿汶好像很满足，努力微笑着说独自开车赶往清水湾，那是个美丽的地方。可是刚上高速公路手机就响了。

我大声问他是谁打来电话，他咬咬牙摇摇头，苦笑了。然后说了句"埃派"便不再出声。我知道他说笔记本电脑，就请他放心。之后经过抢救，我的朋友缄默不语了，被白布蒙身推进冷冻室。

我知道他生性害怕寒冷，几次经过内蒙古根河雪景都不敢去拍摄，不愿把心冻伤。如今他去了比内蒙古根河更冷的地方，我为摄影师未竟事业感到悲伤。

年轻交警来了，他要求值班医生给车祸抢救记录签字，然后扭脸冲我说："你看他多得意啊，敢在高速公路开车打手机，一下吻了大货车铁屁股。他放着那么多肉屁股不吻，偏偏爱找这种刺激……"

这个年轻交警说话表情生动，模样有些像郭德纲的徒弟。

"你是怎么知道他高速公路开车打手机的？"我好奇地追问。

没想到对方被我问住了，生生把白脸憋成红脸说："推断，依照科学逻辑推断！他要是不接电话怎么会追尾呢？"

我随即掏出手机给阿汶妻子打电话报丧，此时她已是阿汶的遗媚了。

B

阿汶的儿子叫亚金。举凡亚金便不是足赤。阿汶这家伙为什么给儿子取这样的名字呢？原本24K的，却叫亚金。看来阿汶是理想主义者，他确信事物的不完美性。

江牛这样想着仿佛受了误导，走进阿汶家小区两次找错楼门，每次都认为是对的其实都是错的。恍恍惚惚成了毫无主张的迷路人，只得打电话给亚金请他下楼引路。

一个身穿保安制服的黄脸男子微笑着评价说："呵呵，大白天的你怎么不认识路呢？"

在熟悉的地方迷路，江牛感觉两腿发沉。记得阿汶在世时说过，男人两腿发沉说明本钱不足，因此有"养精蓄锐"的成语。他解释"精"指男人的精气，"锐"指男人的器利。好像在修正汉语词典。

摄影师阿汶除了摆弄镜头，便是给中国成语添加另类注释。生前被他糟蹋过的汉语词汇，肯定不少。他很像非要把满盆清水弄脏的顽童。其实江牛知道，阿汶的戏谑是向往更为清澈的水。

"您有耳鸣吗？反正我有耳鸣，耳朵里经常敲锣打鼓，好像庆祝什么重大节日，其实什么节日都不是，从周一到周五，周六周日倒没有什么响动。"身材瘦小的亚金无辜地说着，望着满床父亲的遗物。

江牛觉得亚金不是寻常孩子，他的耳鸣周六周日竟然公休，极其夸张地遵循着国家劳动法。亚金与他父亲相比性格拘谨，言谈举止像个没有按时完成作业的逃课差生。

环视阿汶的家，江牛顿感陌生。严格说这不是阿汶的家了，他独自搬到另外的世界去了，那路程非常遥远，此时可能仍在迁徙途中。

“我父亲确实死了吗?”身高一米六的亚金是个少年怀疑主义者。

江牛告诉亚金自己亲眼目睹阿汶在武警医院急救室去世:“你为什么不参加父亲的遗体告别仪式呢?”

亚金摇摇头:“一旦参加了,我便相信他死了。”

没有参加遗体告别仪式,父亲就没死。这是亚金的逻辑,这逻辑显得很特别。

两人着手整理死者遗物,首先是那台“埃派”。阿汶遗孀认为笔记本电脑里存有亡夫“小金库”账号和密码,不能让这笔钱沉没在黑洞里。

点击鼠标打开页面,江牛看到阿汶的“年度纪事”文件夹,小声跟亚金商议暂时不要涉及文字内容,先从图像入手。

房间里隐约透出檀香的味道,勾人想起印度。早年阿汶曾经跑去拍摄泰姬陵,那时还用柯达胶卷呢。他拍了很多印度女人的朱记,一张张都是特写,好像世界溅满红色斑点。这些印度女人身后的背景几乎空白着。使人觉得阿汶喜欢印度女人但不喜欢泰姬陵。这就使他的拍摄有了难度。

亚金点开名为“细水长流”的文件夹,一张张女性玉照呈现出来,一个个光彩照人。大量女性以少妇为主,少女为辅,不见老媪,一个个穿戴整齐,不露春光。

“你父亲是摄影师嘛,这都是他的采风作品。”江牛没让亚金关闭美女页面。亚金扭头看着江牛,嚅嚅说好像是三八妇女节了。江牛想起今天是四月一日。

一个身穿紫色风衣的女士出现了,佩戴白色丝巾。这张照片背景是水帘洞,天色晴朗。亚金随手点开旁边的照片,这位女士换了衣裳——身穿米黄色休闲装,天色依然晴朗。

江牛瞪大眼睛,把狭长的目光睁得滚圆,定定注视着电脑屏幕。

"关了它！关了它！"江牛从亚金手里抢过鼠标，违反操作程序直接关闭这台该死的笔记本电脑，狠狠耸了耸鼻子，起身走了。

阿汶遗孀追出门来，身材小巧玲珑满脸惊异："今后无论你怎样看待我，我都可以理解的。"

江牛心思已然乱作烂泥塘，污水流淌。他没有心思过滤阿汶遗孀这句话，毫无目的跑出小区大门。黄脸保安呵呵笑着，望着江牛远去的背影。

超级怪事！我妻子左晓溪在邻市乡村支教，她何时身穿紫色风衣和米黄色休闲装呢？这两张照片怎样跑到阿汶的"埃派"里呢，况且这两件衣服我从来没见她穿过，好像道具似的……

江牛认出那两张照片的背景，分明是黄果树瀑布。

这真是不可思议。左晓溪何时去了贵州？甚至跟阿汶到过黄果树……江牛走进"小瀑布酒吧"下意识叫了苏格兰威士忌，在酒精的辅佐下思索起来。

手机响铃了，这是他私人定制的洪水决堤声响。他不愿接听，摁掉了。他喝第二杯时，微信铃声响了。江牛拿起手机点开微信图标，是"上善若水"的语音。

"江牛啊，威士忌是粮食蒸馏酒，你千万不要喝多，洋酒醉人更厉害呢，三天醒不过来。"上善若水是阿汶遗孀的微信名。

阿汶遗孀知道我在"小瀑布酒吧"喝酒？而且还是威士忌。江牛眯起眼睛四处搜寻，一瞬间从顾客变成保安。

还不是酒吧消费高峰时段，店堂里空荡冷清，有些像无人光顾的博物馆。只有店主饲养的黑色鹩哥关在鸟笼里，一语不发。

上善若水好似精灵，隐身空气里。江牛继续找酒保要酒，一杯杯喝着。这时候，他眼前不断晃动着紫色风衣和米黄色休闲装，这座酒吧顿时变成服装店。

想起阿汶笔记本电脑里数不胜数的美女玉照，江牛觉得这家伙死得其所。他蹬腿闭眼走了，却留下难以破释的秘密。就连我也沦为"猜谜先生"。我妻子左晓溪是谜面，阿汶是谜底。如今谜面还活着，可是谜底死了，这会成为无解的死谜吗？

江牛步伐零散走回家去，完全忘记了白天的经历。

转天醒来有亚金发来的微信："江叔，倘若我父亲真的死了，我想认您做我的亚父。"

中国历史上只有范增是项羽的亚父。亚金这孩子竟然从故纸堆里找出这个词语。"好孩子，即便你父亲真的死了，我又能教给你什么呢？我只会讲些无法验证的传说，比如从前有座花果山，山上有座水帘洞，洞里藏着两个人，然而没有孙悟空……"

亚金回复说："您放心，我已经把左阿姨的两张照片删除了，特意使用了粉碎机软件。任何人不会看到紫色风衣和米黄色休闲装了，包括我妈妈。"

江牛瘫坐自家沙发里，一语不发。亚金删除那两张照片，无疑湮灭了未经推敲的真相。这对怀疑主义者来说，等于丧失了自虐的依据。

突然觉得生活特别没有意思——他在缺乏恒久理想的背景下，如今连短期目标也失去了。

此时反而觉得亡友阿汶好安逸，身居起价每平方厘米三百元的方格公寓里，毫无纠结的理由了。

C

我决定改乘长途汽车旅行，这样可以在长途颠簸中忘记烦恼。走进长途汽车站给妻子打了个电话，我坦言想去贵州旅游，因为那儿有黄果树。

"黄果树？我们这里的校长抽黄果树牌香烟呢……"

我给妻子背诵了著名散文《小瀑布群》里的片段，以此检测她的心理承受能力。

"瀑布终于垂直降下了。她是义无反顾的勇士，宁愿粉身碎骨也要从高空跳下；她是不改忠心的情圣，宁可放弃高位也要与爱人同归；她是激情的奔流，她是狂野的跳跃，一路飞奔疾走，接连跳跃抵达山脚，终于落足宁静的深潭，并不甘心地停止喧嚣……"

电话里的左晓溪语气惊诧，迫切地询问我去贵州是不是休年假。她的发问猛地推我返回现实世界。是啊，不向公司请假便外出游荡，这是自毁饭碗的行为。

"晓溪，你知道阿汶车祸去世了吧？"

妻子问哪个阿汶，因为省城学校有个体育老师叫阿汶。我说曾达汶。妻子语气越发惊诧，请我代她向阿汶遗孀致哀。这时候电话里传来上课铃声，左晓溪匆匆挂断电话。

夜间有梦。梦见阿汶满面微笑对我说："你外出旅游还能够想起向公司请假，说明你并没有对生活产生怀疑。"

我想问他紫色风衣和米黄色休闲装，不知是谁拔掉了梦境连线，我不合时机地醒来了。

转天上班，我到文案室打印申请带薪休假报告。部门经理当即答复说："你就别做白日梦啦，这月忙。你准备接待东北来的重要大客户吧。"

怪不得半夜梦见阿汶突然断片，敢情是部门经理拔了梦境连线。我重新沦陷紫色风衣和米黄色休闲服的氛围里，从心伤到肝。下班回家痛饮自慰酒，独吃两盘下酒菜：猜忌凉拌颓唐，妒火红烧恼怒。

我寻求第三盘下酒菜，听到手机响了，并不是洪水决堤的声响。为感受那种排山倒海的气势，我付费定制了铃声。此时变成不用付费的格式化响铃，这肯定是运营商作祟。

手机显示陌生来电号码。近来我讨厌熟人，熟人意味着背叛。我乐意接听陌生电话，即使是骗子也有新奇感。

这是个操着普通话的女人，音色优秀听不出地方口音。她说间接得知我是阿汶的朋友，所以拜托我陪同去阿汶墓地祭奠，因为她是路盲。

"如果您同意的话，我马上动身赶到你那里。"

我觉得事情有些唐突："请问您是阿汶什么人？"

"情人，生死不渝的情人。"电话里传来悦耳的声音，好像女主角念诵台词，坚定而从容。我被她的坦荡打动了。

"我叫俞秋漪，是雒城人。当然，你没有必要把我的姓名和身份透露给阿汶遗孀，我与阿汶毕竟是婚外恋情，我要保护爱人的身后名声。"

爱人。这是当下含金量极高的词语。我再次被她打动，一时忘记自己属于疑似婚外恋情受害者。"俞秋漪女士，眼下阿汶还没有墓地，他的骨灰暂存殡仪馆，至于何时入土为安，只能由他的遗孀决定。"

电话里传出嘤嘤哭声。我揣测这是俞秋漪为亡故的情人没有墓地而感伤。我无法打断她发自肺腑的哭泣，只得静静听着。

她渐渐冷静下来，恢复话语。"您不会认为我在做戏吧？"

"我与您素不相识，您没必要在电话里给我表演嘛。"

她声音颤抖："谢谢您信任我！请问在你们城市购置两块墓地要多少钱？"

我报出我们这座二线城市墓地的均价。她立即向我讨要银行账号，说立即筹集十五万元打款过来。"虽然我先生是富豪，但是我不会用他的钱给阿汶购置墓地的。"

我说如果这样做你俩的婚外恋情肯定暴露了，这对阿汶遗孀打击太大。俞秋漪意识到自己鲁莽了，电话里连声致歉。

"一旦阿汶下葬墓地，劳您马上告诉我。我会第一时间也在那里购置墓地的。请您记下我的 QQ 号。"

我难以抑制好奇心理:"我记下您的 QQ 号。不过恕我冒昧,请问您为何也要购置墓地呢?"

"我死后也想葬在那里,远远望着阿汶墓碑……"

我久久被这位不曾谋面的女士感动着,她令我相信人间存在超越生死的爱情。尽管这发生在婚姻窗外,却通往心灵之门……

"您真的不认为我在做戏吧?谢谢您……"

我暗暗羡慕阿汶了,他生前拥有如此痴心的女人,死而无憾了。

D

江牛供职的公司乔迁新址,从那座写字楼搬到这座写字楼。新的工作环境带来陌生感,他恍惚觉得自己灵魂滞留原址,只是把身体 PS 到这里了。他跑去商厦给身体添了件新西装,藏青色。左邻位同事陶晓宝好奇地问道:"老江,你怎么又去参加追悼会啊?"

他这才意识到今天打了条深蓝色领带。慌忙跑到更衣间找同事借了红色领带。他返回办公位置,这时右邻位同事马小迅问道:"大牛,下班后出席婚礼吧?你的藏青色西装太暗了,不喜庆呢!"

江牛感觉自己置身生死之间,方生方死,方死方生。

这时部门经理来了,递给江牛一条金黄色领带:"东北的大客户提前到了,你马上参加接待工作,万万不可掉以轻心。"

好像遭受突然袭击,江牛跟随公司高管队伍下楼迎接。果然是个大客户,气宇轩昂跨出轿车,介于高官与富商之间的样子。

江牛被指派陪同这位大客户娱乐。紧张的商务谈判使客人面露倦色,每天晚间娱乐活动足不出户,坐在宾馆房间聊天。东北人聊天时频频饮酒,直抒胸臆很是率性。

江牛受到他的感染，便将俞秋漪的故事讲给大客户，以助谈兴。这个故事让对方听得泪流满面，砰地打开第三瓶香槟说："你的故事让我相信了人间真有爱情，可惜它不属于我啊！"

说罢，他号啕大哭："这种感人至深的爱情，为什么属于别人？这他妈的绝对不公平……"

一夜间大客户与江牛成了推心置腹的好友，无拘无束，无话不谈。他甚至告诉江牛至今难以戒掉手淫恶习。尽管江牛喝得有些头重脚轻，还是牢牢记住他的尊姓大名：梁铁峰。

转天梁铁峰来到公司继续洽谈合同，执意要江牛在场。这令公司老总颇感意外，上下打量着部下仿佛审视外星人。梁铁峰起身指着江牛说："一滴水足以见太阳，他是我的贵人啊！所以这单生意谈成了。"

江牛不知道自己贵在哪里，不会是眼角的泪痣吧。

送梁铁峰到机场，这位大客户紧紧拥抱他说："我永远不会忘记你讲给我的故事。因为只有不相信爱情的人，才会对生活果断出手的。"

不相信爱情？这时候江牛已经不那么激动了，毕竟紫色风衣和米黄色休闲装还在困扰着他。

他总算请准年假独自去贵州旅行了。一路风景首选黄果树瀑布，他要寻找紫色风衣与米黄色休闲装的拍摄背景……

E

这不是旅游旺季，而是狼少羊多的季节，安顺附近的小餐馆里能够吃到"斑鸠"。我认为这种湖南省三级保护动物不该飞来贵州，因为在黔省它不属于保护动物，这就如同紫色风衣和米黄色休闲装不该来这里一样。

然而左晓溪还是悄然来了，这便成了人类和鸟类的共同憾事。

走出小餐馆，看到远处有个身穿蓝白颜色校服的背影，走走停停，不时打量着路边风景。我快步从这个学生身边走过，听到有人叫"江叔叔"。

转身看到身穿蓝白颜色校服的是亚金，他赤手空拳嘴里衔着根树枝，好像要展翅飞去搭建鸟窝。这孩子不会是从湖南飞来的吧？

不待我张口发问，话语好像小瀑布从亚金嘴里喷涌而出。我惊异地望着从前寡言少语的高中生，怀疑这是替身。

"我爸爸的电脑里满是黄果树风景照片，好像这儿是他的家乡。可是我看了他的记事本，敢情他根本没有来过这里！所以这次我替他来了。我当然不会告诉妈妈，她表面对爸爸的事情不感兴趣，还说爸爸只是个形式大于内容的摄影师而已……"

我突然感到恐怖袭来，随即拦阻他说话："亚金！你跑来这里要做什么啊？"

亚金突然笑了，说不做什么。"妈妈说爸爸形式大于内容，我就替爸爸充填些内容好啦！好比包子馅儿太小，我就给加点馅儿呗。"

亚金说罢猛地反问："江叔叔，您来这里做什么呢？"

"我嘛……"仿佛受到神示，我瞬间涌出答案："我想给包子减馅儿，好让它成为真心馒头。"

"嗯，这样您就不会迷路了。"亚金欣慰地点头称是。

这时我觉得自己变成小孩子，反而亚金成了大人。此时这个"大人"朝"小孩子"挥了挥手，说了声"您多保重吧"便离开大道，沿着小路蹦蹦跳跳走去了。

"如果阿汶真没来过这里，他就是个理想主义者了。"

我也随手掐了根嫩树枝，大大咧咧衔着，满嘴青涩回到小宾馆，立即给妻子打电话。今天星期天学校没课，此时左晓溪应当在宿舍备课呢。

妻子接了电话，匆匆说给孩子们上课呢。这令我感到意外。因为星期天不上课的。左晓溪也不作解释，压低音量说了声"我爱你"就挂断电话。

好像很久没有听到这句话了，眼泪夺眶而出。我快速走出小宾馆上街寻找亚金，恨不得立即把我认为的真相告诉他。因为，真相是稍纵即逝的。

晚间在小吃街看到蓝白颜色校服背影时，我已然冷静下来，重新成为大人。亚金自然又是小孩子了。

第二天清早，我悄然找到妻子身穿紫色风衣的地点，发现这个位置不在黄果树瀑布核心景区，因此要调焦拍摄。既然阿汶没有到过这里，那么左晓溪的紫色风衣照片从何而来呢？

我又在不远处确认了米黄色休闲服的"案发地"。倘若左晓溪确实不曾来过这里，她的照片从何而来呢？黄果树大瀑布的故事储存在阿汶私人电脑里，照片却被他儿子删除了。

似乎成了个混沌的人，重新体验到某种责任感，我起身赶往那条小吃街寻找亚金。我要告诉这个孩子有些事情终将真相大白，不必风尘仆仆寻觅结果。一旦操之过急，疑惑本身反而变成答案了。

小吃街上亚金吃着米粉。我替他付了钱，催促他赶快买票回家。"你删除了紫色风衣和米黄色休闲装的照片，可是谁也无法改变身后的风景啊。"

亚金端着大碗说："是啊，只有身后风景是真实的，谁站在它前面都是人物。这就是我爸爸做过的工作。"

童子口中出箴言。亚金好似未成年版哲学家："这次来到黄果树我彻底明白了，我爸爸就是把他爱的人和他爱的风景弄到一起，所以'埃派'里才有了那么多照片，好像瀑布群。"

"我妈妈说爸爸只是个形式大于内容的摄影师，这不对！我爸爸是个内容大于形式的美学家。我爸爸是个纯情的人，所以请您不要介意……"

早熟的亚金挎起双肩背包，赶班车去了。

我回到小宾馆接到部门经理打来电话说东北大客户没有按时履约，公司高层决定派我充当"亲善大使"前往沟通，争取保住这单大生意。要求我马不停蹄立即返回。

"呵呵，真是山不转水转，没承想我成了公司的关键先生……"越发觉得生活充满变数，所以要以不变应万变，就跟亿万年不变的黄果树大瀑布似的。一个个游客变换了，身后风景永恒着。

我并没有急于返程，跑到"紫色风衣"和"米黄色休闲装"地点，烦劳路经此处的旅行团领队为我拍了两张照片，一瞬间就把自己定格在这里，深感不虚此行。

F

江牛再次见到东北大客户梁铁峰，时值漫天大雪。大客户的脸色比雪地还要苍白，完全没了首次会面的酒红脸色，人显得颓废，似乎对生活失去信心。江牛小心翼翼询问详情，建议去北京协和医院就诊。

"我身体没病去协和医院干啥?"梁铁峰颇为反感地注视着江牛，态度不太友好。

江牛环视着他的"奥飞斯"，金碧辉煌的确是大老板的气派，比如那只鎏金的地球仪，说明主人曾经以天下为己任。

"全都怪你给我讲的那个故事，全都怪你给我讲的那个故事，全都怪你给我讲的那个故事啊……"

他连说三遍，终于带住话头，脸色复杂。江牛认为这是喜忧参半的表情。

"你给我讲那个故事的时候，我就寻思女主角是我妻子。派人打印她的电话清单，果然查出她婚外恋的线索，然后顺藤摸瓜！嘿嘿，私人侦探工作效率非常高……"

江牛以小伙伴的身份惊呆了。天啊，梁铁峰从感叹生死不渝爱情的观光客，已经变成妻子红杏出墙的受害者。

既然是来争取生意大单的，江牛躬身表示歉意："我不该给您讲那个故事，实在抱歉……"

梁铁峰转忧为喜，连连啪啪拍手："我要谢谢你！你要是不给我讲那故事，真不知道前妻还要潜伏多少年呢。喝酒，我给你喝庆功酒！"

江牛听到"前妻"这个字眼儿，知道梁铁峰离婚了。是啊，像他这种富豪男子肯定容不得妻子出轨的。

"其实，我还真有些舍不得跟她离呢……"梁铁峰流露出骑虎难下的窘色，"事已至此，漂亮管什么用！也只好休了她。人们看戏还有散场的时候呢，何况男女婚姻。"

江牛趁机询问那单生意何时履行。梁铁峰端起酒杯干了，说准备关闭公司金盆洗手了。

"您洗过手金盆里还有水呢怎么办？"江牛惦记着大单生意。

梁铁峰眉头紧皱注视着江牛说："当街泼了呗！"

想起阿汶生前为"养精蓄锐"的注解。是啊，梁铁峰情感生活遭受重创，精气大损。公司的大单生意肯定泡成方便面了。

起身跟他握手告别，江牛送上祝福言辞："东山再起，重振雄风！"梁铁峰听罢脸色恢复酒红，念念叨叨着。

漫天大雪，不依不饶下着。江牛猛然想起梁铁峰的公司总部就设在雏城，只是本人常住哈尔滨。由此看来夫妻不可两地分居，那样院内黄桃容易变成出墙红杏的。

坐在高铁站候车室里，江牛打开笔记本电脑消磨时光，用的不是苹果。俞秋漪在 QQ 里露头了，发了个哭泣的表情符号。

"不知道丈夫从哪儿探得我有婚外恋情，指责我出资十五万给情人购置墓地。我一句解释他都不听，抓住十五万的把柄不放，法院起诉离婚。"

俞秋漪文字显得急迫，有火线告急的气息。

"法院判决女方不忠诚婚姻，男方属于受害方，所以没有判给我多少财产。即便我真想履行承诺给阿汶买墓地，也没有多少钱了。这里没人同情我，却有不少人嘲笑我演砸了……"

江牛没有想到俞秋漪落到这步田地。"您丈夫怎么会知道你的婚外情呢?"

"请放心，我是不会怀疑您的。您毕竟不认识我丈夫，当然他已是我前夫了……"

江牛猛然想起梁铁峰。"您前夫叫什么名字?"

俞秋漪 QQ 里说："您就不要提我前夫了，我想起他的名字就反胃。他始终不听我的半句解释，好像高压电网碰不得!"

莫非梁铁峰是俞秋漪的丈夫?我把那段生死不渝的墓地故事讲给梁铁峰，他听到的恰恰是妻子的婚外恋情……

好像罪犯逃离作案现场，江牛啪地合上笔记本电脑，起身跑进候车室厕所，好像钻进防空洞。

之后，他把俞秋漪 QQ 拉黑时，发现她已将他拉黑了。

G

走进"小瀑布酒吧"，我伸手抄起别人扔在吧台的《新闻故事选刊》，随手翻开是"人生如戏"这篇新闻故事。

这个新闻故事流传很广，已经引发演艺界关注，有些女演员甚至担忧悲剧重演，不敢再接感情戏。

话说雒城话剧团女演员章洁红怀才不遇，多年不得演戏的机会，去年意外被外籍导演选中，去省城出演话剧《大瀑布》女主角，章洁红久疏于舞台演出，依然坚信"演员要死在角色上"这句名言。她接过剧本熟读数遍，沿着人物命运线索悄然体验生活，渐渐兴奋起来。她体验生活入戏太甚，一步步走进人物内心深处，驻足难返。

这引发我的阅读兴趣，开始喝酒以助阅读兴致。

章洁红命运多舛。这出话剧审察未能过关，外籍导演愤然离去，其他导演接手剧本，认真清除婚外恋情节，大量删减剧中女主角俞秋漪的戏份，再次送审获得通过，还获得了大奖提名。

然而"借壳上市"的章洁红却难以自拔，她把角色彻底生活化，频频深度体验，戏里戏外都是"俞秋漪"，疑似成为他人情妇，于是导致家庭破裂。

有记者采访离婚后的章洁红，以为她会大谈生活的荒谬。没想到这位生活版俞秋漪颇为感慨地说："是啊，虽然没戏可演了，我章洁红从此获得新生。"

读过《新闻故事选刊》，我不知不觉喝多了，昏头昏脑离开酒吧。冷风迎面吹来，清醒几分。

"俞、秋、漪，经常跟我 QQ 连线的女士就是她吗？她怎么变成剧本里的人呢？那字里行间也住不下啊……"

亚金迎面走来，伸手拦住满脸酒红颜色的我："我爸爸总算冲破思想束缚，开车去那个他喜欢的地方给那个他喜欢的女人拍照，可惜高速公路出了车祸，没有完成他的首次原创。"

"交警说你爸爸接了个电话，一分神就追了尾。"我补充内容说，"究竟是谁给他打的电话呢？这真是宿命啊！"

"我妈要求我爸全天二十四小时不关机。"亚金说。

我回家倒头便睡。半夜醒来，寻思着白天的事情，找出手机拨打东北大客户梁铁峰的电话，我要问他认不认识俞秋漪。

电话通了，这家伙当头就说："你小子还好意思来电话？我的私人侦探告诉我，我前妻手机清单尾页里有你的手机号码！敢情你也吃了这颗红杏？"

第二天清早醒来，我再次拨打梁铁峰的手机，可是电话里有个塑料声音的女人说，对不起，您拨叫的号码是空号。

匆匆下楼去上班。路过草坪旁边的健身器械，看到红衣瑜伽女子身体倒悬攀缠单杠上，四肢柔软得好似面条。

我不由瞪大眼睛望着她。

红衣瑜伽女子溜下单杠，气定神闲。"我每天这样倒挂起来，反而感觉很舒服。"

阿汶遗孀这样解释着。我点点头："你要提醒亚金不要删除'埃派'里的照片了，那都是阿汶精心合成的人物风景，不可重复的。"

"好啊，你开车时不要接电话，不论是谁给你打来的。"她竟然叮嘱我。

我说："是啊，阿汶开车时不应该接你电话的。"

我的手机响了，恢复了洪水决堤的铃声。我接听过电话，转身告诉她："左晓溪结束支教了，星期二就回来。到时候我跟她合影，肯定不用 PS 的。"

说罢，我不禁眼含热泪，头也不回去公司上班了。

没错。我清楚地记得公司搬迁新址，从这座写字楼搬进那座写字楼了。

黑　匣

——无法证明的故事

一

　　我所侍奉的那个人，据说就是我的处长了。他的特征是白且胖，有时显得很矮。我爱偷偷端详他，以为他是个肠胃很好的人，早早就换了一口假牙。不知为什么，我总觉得自己有愧于他。难以自拔，每天就多喝了许多茶水。

　　他不止一百次对我说："喂！年轻时候我记性最好。全局下属二百五十个企业的电话号码，我伸手就能拨出一连串儿……"

　　我听着，就不止一百次认为自己仍然是个孩子，远远没有成年。其实我早过了"不惑"之年。

　　我们的办公大楼像个大茶馆。天天人来人往，都是很忙的样子。天天有生面孔变成熟面孔。天天有熟面孔变成生面孔。

　　当然，我讲的不是面孔的故事。

　　我的处长姓汪。有一天他去了厕所，屋里的高级动物只剩下我一个。我就乘机胡思乱想。屋角堆着一小撮类似膨化食品的耗子药。这时走进来一个人，身材高大，嗓音朗朗。"汪处长干什么去啦？哈哈……"

58

我文明待客，站起说："可能去了食堂。您是……"只觉得屋中光线顿时暗了许多。

"老熟人老熟人。"他哈哈着走了。

很快汪处长就回来了。我说："刚才有个人找您……"我以为他们已在楼道里相遇。

汪处长在嗓子深处"嗯"了一声。

"他大个子，嗓门挺亮堂的。"

汪处长说："听说猪肉又要调价。"

我说："南方人还有吃耗子肉的呢。"

汪处长说："这个月的工作总结……"

之后他就埋头看报纸。我却想跟他说话。

他至今也不知道我已在他身上赚了不少稿费。我作小说的笔名叫杨伟，还上过一次什么所得税。他永远也不会知道自身会有如此牌价。

这时又走进一个人来，哈哈一笑："汪处长你好呀？我来局里办事儿顺便看看你。"

汪处长被哈哈得猛然抬头，很惊讶的样子。

我连忙问："刚才来了一次是您吧？"

"哈哈！我常来常往。"

我又觉得自己办错了一件事情。

1

小院里两间屋，一南一北。那台日本进口大彩电摆在北屋里，像殖民地的户主。每天晚上都是这个格局：前排是独眼爷爷和跛腿奶奶，构成了一个伤残的世界；二排是女孩儿平静和男孩儿尚武；三排是他和妻子。三世同堂。

言语很少，这是个节能型家庭。

他双手抱在胸前，若有所思若有所悟。

彩色屏幕上映出了那部外国电影的片名：伯爵行侠记。据说伯爵是个侠客。

平静这个十四岁的姑娘平静地说："来了。"

他心里想着南屋小阁楼上那部写了八万字的中篇。刹不住车，看来要写成长篇了。

伯爵弄来了一个穿红裙子的女人。两人骑着一匹大马一颠一颠到了湖边。红裙子叫个什么克洛特夫人，正美得咧嘴笑。

屋里的空气显出沉甸甸的分量。发痴。

妻子在他身旁飞快地织着毛衣。这毛衣被红裙子映得更红，似一团火。

一下子没了红裙子——克洛特夫人像一条美人鱼钻入水中。伯爵前胸毛茸茸的。

他和妻子常年睡在南屋小阁楼上。

伯爵搂住女人的纤腰，在湖边旋转。慢镜头，很慢很慢很慢。

人们便显得很闲且闲不住了。爷爷低头用手帕擦拭那只唯一的眼球，很长久。奶奶埋首用嗓子咳嗽着，很缠绵。两个孩子仍然是两个孩子，死看。他看着妻子手中的大红毛衣。妻子匆匆错动着手中的织针。

他莫名地难堪起来，感到一种畏罪感。

屏幕里那双嘴唇儿依然胶合着。

屋里的空气沉甸甸像灌了铅。

"你会做南煎丸子吗？"他兀的问妻子。

妻子似乎获得了拯救，热烈地攀住这个话题就像溺者抓住救命索："焦熘丸子比南煎丸子好吃。还有红白丸子……"

爷爷奶奶同时回过头来关注着"丸子"。

便逃避了。入世的只有两个孩子——永恒地注视着彩色屏幕。

很艰难。做爹做儿子都比做人难。

伯爵将红裙子抱上马去，奔向一座古堡。

心悸，不可预卜的是屏幕里的人们究竟还会做出些什么。

爷爷合上独眼——这是个有力措施，在椅子上睡着了。奶奶跛着腿站起，毫无必要地表白着："厕所，上厕所……"

他蓦地想起南屋的小阁楼上……

身边的妻子停住了手中的织针。

伯爵把红裙子拥入一间大房子里。

两个孩子竟异口同声："空房！"

他定住眼睛……觉得太阳穴胀痛起来。

"啪！"屋中一片黑暗。

这是一个意外，虽说今天不是停电的日子。

传来一个女孩子的低叹，是平静。

没人动弹，就这么黑着。黑得有些惬意。

妻子的织针刺痛了他。他没吱声，尽管他习惯于黑暗。他突然想哭，又一时搞不清哭之缘由。就没动阶级感情。

妻子是毛衣厂的女工。家里家外她永远地织。只有躺在小阁楼上的时候，不织。

跛腿奶奶去罢厕所，十分安全地回来了。

二

那人哈哈着告辞走了。我的处长冲他的背影说了声"有空儿常来"。就又复平静。

我问："这人贵姓？"

处长说："不知道。"

我又问："他，哪个单位的？"

处长又答："不知道。"

"什么？"惊讶的当然是我。

处长并不惊讶，用唯物史观的口吻说："常有这种情况。人家见了我就'汪处长汪处长'，叫个不停，聊得十分热乎。可我怎么也想不起这人是谁。越这样就越不便问询。久了，就更搞不清楚，反正是熟人呗。"

我听罢觉得不可思议，就去了厕所。

楼道里一个小伙子迎着我："杨同志，您好哇？"之后就主动伸过手来。我连声说"你好你好"，却觉得眼前分明是个生面孔。

我蓦然意识到我正在重复着处长的经历。

对方仍在热烈地望着我。

我体会到了处长宏论的正确，面对如此"老相识"，你的确无法开口询问："你是哪个单位的？贵姓？"

一种渴望驱使我顿时聪明了十倍，我问得十分巧妙："你，没调动工作单位？"

"我始终就在那个单位呀，没动。"

我说："咱们可有很长时间没见面啦！"

"对，很长时间没见了。"

他告辞，匆匆走了。我觉得他的背影整个就是一个大谜语。

回到办公室我对汪处长说："今天天气不错。"

他说："来了一个紧急文件，咱们要迅速传达到每个企业……"

我和汪处长的伟大工作就是同厂里的不知何时发生的伤亡事故做不屈不挠的斗争。力图每个工人都平平安安活到一百岁。

这是一个很难实现的理想。

2

"咱爸的那一只眼是怎么瞎的?"黑暗中妻子爬上小阁楼,十分丰腴地喘着。

"不知道……"他无法得知自己出生之前的事情。

妻子明起一支烛,亮了半个小阁楼和人。

安歇时又是一种格局,十年一贯制。男孩儿随爷爷奶奶睡在北屋里,那是个伤残的世界。南屋的小床上睡着女孩儿——十四岁的平静。于是一切平静。夫妻睡在"天上"。小阁楼的楼板便是床。便无床。

小阁楼上盛着他的小说。妻子从来不看他的小说。他的小说是写给"非妻子"看的。

妻子躺下,说:"刚才……"

他盯着稿纸上的故事,说:"嗯……"

小阁楼角落里弃着一台黑白电视机。日本大彩电的进入,使它落入冷宫。

妻子防污染似的用被子裹严了自己:"今天在厂里,我正看着织机。我在第三排织机……"

他说:"有个工厂,昨天砸死了一个人。"

"早点儿睡吧,只有一根蜡烛。"妻子闭眼。

他凭着烛光开始爬格子,他觉得烛光比灯光柔美,灯光太强了,总给人一种裸感,催促着你快快穿上皮大衣。

他在写一个自己从未经历的故事。

他的一切都与老头子的那只独眼有关。

地面上女儿平静发出轻微的鼾声。

他匆匆写着,渐渐出现冲动。他的面孔泛出血色,肌肉有了线条儿。

他扭头，无意中看了看身边的妻子。

妻子正睁大眼睛看着他！

"你……你以前根本不写小说。"妻子轻声。

已成残烛——光焰慌乱地跳着。

他说："以前没故事……"

"那个人是怎么砸死的?"妻子兀的问。

"不知道。明天就知道了。"

妻子突然哭了。这时恰恰灭了烛。

他把稿子压到枕下，睡。

"爸，又写了三千字?"

他吓得一抖：女儿居然醒着。女儿的声音平静，于黑暗之中升腾起来，撞响楼板。"可能……有三千多字。"他悻悻说。

身边妻子声音极轻："为什么要写小说呢?"

三

我上班从不迟到。每每走进办公室，又常常怀疑自己"今日迟到了吧?"心中惴惴不安。

今天我走进办公室，汪处长就抬头看我。我的血立即凝固了。汪处长的左眼戴着一只纱布眼罩，当然就只剩下右眼敞露着。

那只孤零零的右眼枪口似的瞄着我。

"暴发火眼。与天天看电视有关……"

我觉得在汪处长摘掉眼罩之前，我肯定要生活在恐怖中。就绝望。

之后我就随处长去局长办公室汇报工作。

那个人是被一块砖头砸死的，正中脑顶。

出了局长办公室。楼梯上，一个人与汪处长打招呼，十分熟悉的样子。这人身材高大，声音洪亮。他居然也认识我，说："你很有福气！遇见汪处长这么个好领导。"

汪处长自然哈哈一笑，随着笑声我看到这个人额上有一块黑斑。我心中大喜。

"黑斑"与汪处长又热乎了几句，就下楼去了。

处长问我："这人是哪儿的？"然后捂捂眼罩。

我说："我正想问您呢。"之后我就伏在楼梯的窗子上，向楼下的院子里看。

汪处长说了声"注意安全"，就独自走了。我果然看到那个人走到院子里，正与人握手聊天。我看清了与他握手聊天的人正是我们隔壁处室的老杜。我飞快地冲下楼去。

"小杨你跑什么呀？"楼梯上一个活人拦住我，与我握手。我只觉得这是个老者，就握了手告了别继续往楼下冲。

我捉奸似的冲到楼下院子里，已空空如也。

并不绝望。因为还有老杜的存在。

于是我开始寻找老杜，问谁谁都说今天没有看到老杜。我怀疑老杜已乘哥伦比亚号航天飞机去了太空。那样我将永远失去一个证明。

有时一切都无法证明。

上楼的时候我觉得是在爬向一个小阁楼。

我对汪处长说："会搞清楚的……"

他惊异："已经搞清楚了，那块砖头是从十五米高处落下的。"

这时他已经摘了眼罩，绝非"一目了然"了。

第二天我终于在厕所里寻到了老杜。

我的心跳得像一台打夯机。

"昨天当然是昨天上午在院子里跟你握手然后聊天的那人是谁？姓

什么哪个单位的？"

老杜正拉肚子，痛苦地望着我。

"昨天上午在院子里……"

他颇费思索后，说："至少有十几个人跟我握过手聊过天，在院子里。"

"大个子亮嗓门额上好像有块黑斑！"

老杜一笑："我从不留意人物的细微之处。"

"这个人我们汪处长也认识。"

"那你去问汪处长吧，他准比我清楚。"

走进办公室我说："真累呀！"

汪处长说："明天是星期日。"

我说："后天是星期一。"

3

他醒的时候，身边已没了妻子。小阁楼的屋顶有一片天窗。窗外是宇宙，他呆呆望着天空，突然明白了自己为什么要写小说。之后就觉得脑袋发涨，像一颗将爆的炸雷，他掀起枕头，看见被压迫了一夜的稿子。他捧在手里读。

如果不作小说，他简直无法想象自己能否坚持活下去并永远健康。面对稿纸他居然如同面对情妇，他读着。

渐渐他僵住了面孔。背后，似有一双如锥的目光在叮咬着他的肉。他不由"啊"了一声。

手中正捧着一个裸体的自己。

有一年浴池着火，人们光身跑上了街。到处都是水灵灵的肉。

全家坐在北屋里吃早饭。唯平静吃得最快。

之后平静去了南屋。她爬上小阁楼。

他写的小说，女儿是第一个读者。无论他把稿子扔在什么地方，女儿都能找到，很执着。找到稿子她就静静读完。爹夜里写多少，女儿早晨就读多少，成了一条流水线。

许久不见平静从小阁楼上下来。

妻子吃罢早饭，对他说："我去上班了。"

他心不在焉"嗯"了一声。

她出巷子拐上街角。根本没有约会，但她还是走出家来。她吃惊地看到一个小她十岁的小伙子，正推着自行车迎着她走来。

是厂里的同事，也在织机上干活儿，隔着一条甬道。偶尔抬头时常相视一笑。昨天小伙子对她说："你早晨上班几点从家里出来？"

今天她就莫名其妙地走到了街角。

小伙子领她走出十几米并说了三句话。说完第四句话时，她僵住了身子，驻步。然后十分愤怒地挥了挥手，但不是去打小伙子的耳光。她奔回家，躺在南屋女儿的小木床上，发出少妇的喘息。她心中充满失望。

女儿平静从小阁楼上滑下来，无声地走了。

他走进南屋，很惊讶："怎么又回来了？"

妻子说："今天，我争取迟到。"

他救火似的爬上了小阁楼。楼上还残存着女儿身上的少女气味。

妻子躺着说："莫名其妙。"之后又说，"有一个年轻人想跟你学写小说。这个浑蛋。"

他在小阁楼上说："今天我不去上班。在家里给局长写明天大会上的发言稿……"

"都一样……"妻子激动地说。

四

机关里的生活常使我想起佳能牌复印机。最新动向是汪处长又配了一套假牙，备用。

我写完了那份工作总结，这东西不给稿费。

电话铃响了。事故报告：金属结构厂一人因公死亡。我是世界收到噩耗最多的人。

人是最宝贵的生物，处长亲自去处理事故了。只要一死人，他就干劲倍增。

我一个人守着办公室，静如坟地。

来了一个人找汪处长，我说不在。

又来了一个人，我又说不在。

我没有看清这两个人的模样。我像老杜一样，从不留意人物的细微之处。这没用。

处长回来了，说："这是一起很不典型的死亡事故，很不典型！"

我说："一个人一种死法，没办法典型化。"

"根本没有目击者，他就死了！怪呀。"

我又说："死根本不需要观众。独立完成。"

汪处长诧异地看着我："你……"

许久他又说："根本没法取证呀。"

我进一步说："肯定是死了。"

几天之后，厂长送来了死亡事故调查报告——一个卷宗。我问："厂长同志贵姓？"

厂长答："我跟汪处长是老相识了。"

我说："这很好。"

厂长说："尸体已于昨天火化。"

听罢，我就飞快地翻开了卷宗。

　　　童家更　男　52岁　厂生产科副科长

我翻到卷尾。这时厂长已经走了。

我看到三张彩色照片。这是从三个角度对死亡现场的拍摄。摄影师似乎只注重场景而忽视了人，那尸体的面部，都呈侧面观。

我的心凝固了。我看到那面孔呈黑色，似乎满脸都是黑斑或者说他的整个面孔就是一块大黑斑。我心中充满黑斑感。

我彻底绝望了。

汪处长走进来，说："局长发火了。"

我说："终于搞清楚了……"

汪处长说："是啊是啊。"

"他姓童，少年儿童的童。他已火化了。"

"如今骨灰盒也乱涨价！"汪处长愤怒地说。

我说："这几天，没有什么人来找您。或者说，来找您的人开始渐少。"

汪处长闭目养神。

我乘机端详他。

4

"咱妈的腿是怎么跛的？"妻子问。

他说："不知道……"

"听说咱妈从不生育……"

他抬头："那我是从哪儿来的？"

"不知道。我怎么会知道。你可能是从小说里来的吧？作家不是最

69

善于写出一个个大活人来吗？写出来的。"妻子静静地说。

"我的小说里，没人。"他止住手中的笔，把稿纸压在枕头下边。这动作像是在埋地雷。

"那个叫韦华的女人倒霉了吗？"妻子突然问，问了个猝不及防。妻子以往从不看他稿子。

他无言望着妻子，手紧紧攥住枕头。

妻子坚定地说："没人能证明她是个什么人。"

韦华是个可怜的女人。当然也很可恨。

他勇敢起来："魏华是个很好的女人！"

魏华住在机关单身宿舍里。妻子一怔："韦华……"

韦华住在他的稿纸上。他首次在小说里写了会走路能发音的非机器的人。

那男子用力揉搓了韦华的乳房。回家躺在被窝里久久回味。蓦地他回味出韦华可能患有乳腺癌，就惊悸地坐起呈人道主义者模样。但他无法说明也无法证明他这一发现的始末。

妻子呆呆地望着他。

他大声说："我根本就不会写小说！"

就睡了。小阁楼里盛着一部没有结尾的小说，这小说里的人物，都还没有领到身份证。

第二天起床，妻子说了声"你又写了一夜呀"，就匆匆滑下楼去。他独自守着稿纸。

他知道这部中篇将写成一部长篇了。

他从角落里摸出一个木匣子。这是一个铁皮包角，油了黑漆，装有"肚脐锁"的小家伙。昨天他在街上花了八块钱。它坚不可摧。

他把稿子放入匣内，静默着。

他去北屋吃早饭。她女儿的名字叫平静。

平静吃罢，进了南屋。她爬上了小阁楼。

她看到了那个黑匣。隔着匣子，她闻到了小说的味道。她石头人一样看着这个东西。

他到局办公大楼里上班，很安稳的样子。

他的处长告诉他："小 wéi 死了。"

他抬头问："哪个小 wéi？"

下班归家，一家人围着桌子吃晚饭。

女儿平静埋头吃饭。终于抬头了——女儿十分惨烈地看了他一眼。

铆　　钉

一

郑福用一上午工夫修理了那台机器，自己也变成一道大菜了：浇汁儿类人猿。这台机器像是八百年没拾掇了，四处都是油污。绝对旧社会遗迹。

临近正午，保全工郑福背着工具兜子往回走。厂道上，他垂着两只满是油污的大手，远看像个被缚的人。

四十岁的郑福要回到自己乐于洗手的地方去洗手。他身高一米九〇，是大工厂里的稀有动物。因此郑福有时觉得很孤单——没有同类。

黄老头罗锅着腰跑来了。远看，他气喘吁吁很像一只国产的老年米老鼠。黄老头的一双眼睛经老花镜的夸张而显得十分清亮，使人坚信他家中有一个可爱的孙子。

"郑福郑福刚才有你一个电话，研究所打来的，是个女的，叫你回电话。"

中午该是阳光最强的时候，阳光却很弱。黄老头前边走着，郑福随后。他们进了全厂闻名的保全车间——保全工们的巢穴。车间很大很旷，似乎总是走不到头。一老一小就更像西天取经路上的师徒二人了。

车间的那个角落已被公众命名为"黄村"。黄村是黄老头用条板界隔出的一间小木屋，好比大厂房腹内怀着一个胎儿，等待出世。

"一有电话找你准是研究所，是哪个研究所呀郑福？"黄老头手持一瓶汽油问道。

黄老头是个发明家。发明家黄老头酷爱向别人打听事情。他有孩童一般的好奇之心。

"老家伙你别刺探军事机密。"说着郑福走进小木屋，举起巴掌朝墙上砰砰便拍。那裱糊着雪白绒纸的板墙上立即多了两个大手印儿。那手上的油污仿佛是印泥，纯黑而光亮。

郑福收工回来每每如此。墙上印满了这种活力充溢的图案——狰狞的手印形成了黄村最大的风景。这时候黄老头递来一只盛着汽油的小盆儿，由郑福洗手。

拍墙是郑福一个十分古怪的习惯。他是唯一自由进出"黄村"的人。黄老头是"黄村"唯一的村民，也是唯一的村长。

"到底是啥研究所呀？"黄老头还直问。

洗了手，郑福拎起饭盒说："计划生育研究所。"这时候他脸上浮出十分自嘲的神情。

六十三岁的黄老头一下子就迷惘起来。

郑福拎着饭盒走向工厂大食堂。

"黄村"的电话铃响了。一台油渍斑斑的桌子上摆着一部红色电话机。这对发明家黄老头来说，是一种优厚的待遇。

是厂长打来的电话。厂长统领着六千多名职工。统领着六千多名职工的厂长问黄老头昨天为什么没去厂长办公室谈心。

黄老头说："我忘了，我今天去行吗？"

每周的一三五，黄老头应当去那间铺着墨绿色地毯挂着紫绒窗帘开着空调的办公室，与厂长谈心。厂长非常热爱谈心。

是啥研究所呢？黄老头自言自语。他断定那女人不是一般人物。

二

石玉东走进大食堂，人们就知道瘟神来了。食堂里人很多——一只胃口挤着一只胃口。食堂就很像一只装满食物的大口袋了。

石玉东自言自语："不是三车间九车间已经放大假了吗？怎么还有这么多人吃饭呀！"于是四十八岁的石玉东很伤感的样子。

出售饭菜的窗口挂出一张气魄很大的牌子：红烧猪蹄每份二元。人群立即骚动起来。贪恋红烧猪蹄的人排着长队，苟且着。

石玉东非常失望。他走到另外一个窗口买了半斤大饼两块臭豆腐，卷在手里很满足的样子。他对一个兵马俑似的老头儿说，红烧猪蹄肯定买不上啦。老头儿十分赞同地点了点头。

这时候郑福站到了石玉东身旁。

石玉东知道厂警郑福已经转业为保全工郑福，更知道不烟不酒的郑福嗜肉。一日无荤，郑福吃饭就要咬着舌头——牙齿在嘴里乱抓壮丁。于是石玉东对郑福说："红烧猪蹄肯定买不上啦！"郑福听罢这话，做出思索的样子。

郑福说："嗯，站在这儿肯定买不上了。"

石玉东彻底绝望了。偌大一个食堂，居然遇不到一个持不同见解的人。众人期望的只是红烧猪蹄。

石玉东匆匆离开食堂。半斤大饼两块臭豆腐卷成一个喇叭。他边走边吃，远看像是来了吹唢呐的。人们见了他，都纷纷叫着"石科长"。

石玉东不愠不恼，一派从容大度的样子。四十八岁的"石科长"是一个电焊工。

远处，工厂小卖部门前热闹起来。人们抢购着一种易拉罐饮料。门

74

前的招牌上写着：五块钱十听。

一个抢购得手的小伙子打开一听就往嘴里灌。石玉东手疾眼快抓住他的胳膊说："不要大意你先别喝！"

小伙子挣扎着说："我又不是喝敌敌畏自杀，你干吗五官挪位呀！"

"这饮料肯定是过期的。你不信咱俩就打赌。"石玉东十分真诚地说。

不等小伙子说话，小卖部里走出一个女人抢先说："废话，不过期能这么便宜吗。"

这个女人就是石玉东的前妻姚艳花。

敢情姚艳花成了小卖部的售货员。

姚艳花十分热情地视顾客为上帝："玉东，你进来看看，也该给咱们儿子添一件玩具啦。"

石玉东大摇大摆走进工厂小卖部。

三

著名女工姚艳花目击了这次殴打。

姚艳花人称"科级杀手"。与她有染的男人，几乎都是科长。劳资科、设备科、教育科、行政科……每次都是姚艳花主动去纪律检查委员会坦白。党纪是严明的，不能容忍科长们如此堕落。于是一位又一位科长头上的乌纱帽被砍掉——姚艳花也就成了"科级杀手"。

而石玉东相应也成了"石科长"。

姚艳花确实看到了这次小小的殴打。

郑福不慌不忙挤到售菜窗口前，伸手递进饭盒："两份红烧猪蹄。"

人们都默默地看着。姚艳花以为红烧猪蹄很快就会落入郑福胃里。一切都毋庸置疑。

有人轻轻拍着郑福的腰部："后边排队去。"

郑福下意识地摸了摸腰际，但没有手枪。

他当过几年厂警，立在门口像一尊威严的石柱。郑福依然保留着伸手摸枪的习惯，腰际却显得空空荡荡的。

"后边排队去。"依然是这个沙哑的声音。

这破坏了郑福的食欲。他十分费力地扭过巨大的身躯去寻找这个声音，心情非常烦躁。

郑福转身的时候，姚艳花的目光穿过人丛看到郑福工作服左胸前戴着一枚椭圆形的小徽章——很像一只涂满口红的嘴唇，闪动着暗光。

姚艳花觉得这枚小徽章戴在郑福胸前显得十分别扭。不知为什么，这枚小徽章使姚艳花有些瞧不起郑福了。

站出来告诫郑福的人竟然是个瘦小枯干的小伙子。郑福居高临下望着这个黄头发小面孔的轻便型男子汉说："我不认识你。"

"后边排队去。"

"你是哪个车间的？"

"后边排队去。"

对方似乎只会讲这么一句话，却令郑福无法消受。他蓦然觉得自己已经被对方看穿了。

"后边排队去。"对方说罢，似乎对高大的郑福失去了兴趣，转身朝队尾走去。

郑福恼羞成怒，大步追了上来。他大声说："你小子敢瞧不起我？"

对方转身茫然地望着郑福，像一个困惑且营养不良的哲学家紧皱着眉头。

郑福出拳了。那个瘦小的身躯被拳头捶击着，东倒西歪像一只很大的木偶。

姚艳花看得清楚。郑福出手的时候，戴在胸前的那枚小徽章脱落地上。它滚到姚艳花脚下，闪着灼人的暗光。她猫腰拾起，紧紧攥在手里——像攥着一只蠕动的硬壳虫。

她看不懂小徽章上的洋文图案，就认定这东西是进口货，好比是郑福的护身符。

郑福其实只打了五拳，就将挨打的人打出食堂大门并倒在那里。那人的额头嘴角都出了血，挣扎着站起来走了。

姚艳花走过来坐在郑福面前："刚才你打的那个人是谁呀？"

郑福低头看见胸前没了小徽章，失声说道："牌儿，我的牌儿丢啦！谁看见我的牌儿啦？"

郑福离开买红烧猪蹄的队站到食堂中央大声说。

"谁拾到了，我出钱重谢！"

姚艳花觉得郑福挺可怜的。

四

石玉东没有目睹发生在食堂的那次殴打。

他随前妻姚艳花走进小卖部。姚艳花指着柜台里的儿童望远镜说："给咱们狗子买一架吧，才十四块钱。"

石玉东掏出这个月的奖金——十三块八。他让姚艳花添了两毛钱，拎着儿童望远镜就走。

姚艳花说："今天是你值日，你得早回家管孩子。"她说罢就去了食堂。

于是她成了殴打事件的目击者。

石玉东将望远镜挂在脖子上，在午休的时间里朝远处漫步而去。

九车间的大墙上有一部露天爬梯，是救火的时候用的。由此爬上车间房顶，就是全厂站得最高的人了。石玉东决定爬上去观光。

从前常有人爬到房顶上去撒尿，弄得上边臊烘烘的，石玉东瞧不起这些人，觉得太野蛮太疯狂了。工厂盛行罚款，敢上去撒尿的人几乎绝迹了。撒一泡尿罚十块钱，太贵。

这是石玉东第一次攀上车间房顶。他举起望远镜大将军似的往四处看着。

天好远，工厂好大啊。眼前的景致都是铁的，看上去万年牢。石玉东觉得三十年的工厂在望远镜里变得有些陌生——自己一下子成了一个无家可归的大孩子。

这很令石玉东惊惧。

石玉东在望远镜中看到了黄老头。

黄老头走在厂道上，去往厂长办公室。

石玉东知道，历届厂长都对黄老头怀有兴趣。这一届厂长姓孙，更是经常召见黄老头——领导和群众心连心。

当石玉东将望远镜朝东望去的时候，他看到了身高人大的郑福走近五车间的门洞。

门洞里走出了季丽茹。季丽茹是郑福的妻子。季丽茹身高一米五。身高一米五的季丽茹站在身高一米九的丈夫面前，远望很像是一个扫墓的孩子在瞻仰一尊烈士纪念碑。石玉东望着便哈哈大笑起来。

季丽茹走进车间门洞消失了身影。

郑福沿着厂道走。经过一个车间大门他就在门上贴上一张什么东西。

石玉东远远望着，觉得大门像是一只大信封，而郑福正往这只大信封上贴邮票。

他不知道郑福正在张贴的是"寻物启事"。

郑福急于找到那枚丢失的小徽章。

石玉东从房顶顺铁梯回到地面的时候，他看到季丽茹正站在"寻物启事"前面认真阅读。

季丽茹宁静如水。

黄老头从厂长办公室回来了。

石玉东迎上去说:"黄师傅你肯定又接受了新的光荣任务,不信咱们就打赌!"

黄老头说:"你吃了吗?"

五

五短身材的黄老头是个有功德的人。

"大跃进"那年他发明了一台"自动盖章机",提高办公速度三倍。之后,黄老头胸口上没有土壤却也长出了一朵又一朵大红花,很是鲜艳了一段光景。从此黄老头一门心思搞发明,建起了车间角落里独一无二的"黄村"。这些年过来了,他的发明正一步步逼近成功。退休了,黄老头仍不离岗,还是天天来"黄村"上班。

他很像一只冬季里的老留鸟。"老留鸟"最喜欢去的地方是八车间。八车间是个响动很大的地方。

一台又一台的冲床,咣当咣当山响,震得双脚发颤,有一种隐隐的酥痒感。黄老头站在那台六十吨冲床前。工人们正在全神贯注地干活儿。他盯着那一双双青筋毕露的大手。

他走近,朝一个小伙子大声喊叫:"丁巧手呢?"

巨大的钢铁噪声淹没了人的嗓子和耳朵。那小伙子抬起头瞥了黄老头一眼:"?"

这里的交谈是脸对脸的大吼。

黄老头无奈地搓着双手。他治不住这种暴徒一般的噪声。话,只能咽到胃里去了。黄老头这时候才猛然想起丁巧手已经不在这里工作了。

79

人老了，忘性大。黄老头心里说。

黄老头走到这里来仿佛出自一种惯性。

以前他经常来这里看望丁巧手。

那时候丁巧手还不叫丁巧手。

出事故的前一天，丁巧手去"黄村"找黄老头，说要搞一项发明。发明一种专用耳机，戴上既能消除噪声又能彼此通话。搬走那座横在眼前的"太行山"。

"太行山"就是那座六十吨的冲床。

当时黄老头正满头大汗忙乎着他的发明。他想了想，说："这种东西不用发明了，已经有了。"丁巧手听了，很遗憾的样子便回去干活儿了。

丁巧手是个瘦小干瘪的小伙子。

六十吨冲床。丁巧手站在前位操作——朝模具下续进一张锃亮的薄铁板。咣当一声冲头落下，冲压成一件铁壳。站在后位操作的是个身高人大的女工。女工的名字叫左惠。她伸手从模具上取走铁壳，码到垛上。

他与她就这样八小时不断地操作着，中间隔着那座六十吨冲床，钢铁的撞击声中，人就渺小得成了一个物件儿。他与她，能够看到的只是对方那两条久久站立着的腿——这凝固不变的风景。而翩翩起舞的，是他和她的手。

冲头之下的模具平台是手的小舞台。他续进一张铁板。咣当。她取出一件铁壳。一送一取，便渐渐有了一种感应。两双手的舞蹈，任何语言都成了废话。

那时候黄老头常来，正是来看这两双手的。

丁巧手早已读懂左惠的一双手了。

左惠生得壮实，宽肩丰臀隆乳，还有圆圆的脸。唯有一双手是消瘦的。似乎是嫌累，肉都不愿意在这儿生长，剩下的只是傻乎乎的老茧。

丁巧手仍然觉得左惠是个女人。

黄老头来这观看，总是将两只手插到衣兜里，好像手里攥着两个谜底。黄老头有一双细润白皙的手，乍看总使人想起三十多岁的小媳妇。这仿佛是一次错误的组装。因此黄老头永远藏着这双手——像个负债累累的人。

出事故的那天黄老头恰恰在场。他看见了那两只手是如何毁灭的。出事故的时候，那件铁壳似被一股魔力吸在冲头上取不下来。左惠伸手去揭。丁巧手猫腰去协助她。这时候他看到了左惠的脸。那是一张年轻女工的脸庞：额头的油污，颊下的汗珠，抿得铁紧的嘴角。

丁巧手觉出左惠长得并不难看。

他就伸出左手去帮她。她也是个左撇子。这时冲头不知为什么就落了下来。

他的左手与她的左手被六十吨重的力量冲压在一起了——成了一团难辨雌雄的模糊血肉。

黄老头惊呆了。回到"黄村"，他就不停地呕吐。丁巧手和左惠手拉手上了救护车。

丁巧手一时成了新闻人物。

丁巧手截去了一只左手。左惠也截去了一只左手。他跟她结婚了。夫妻双双配了假肢。

六

郑福东奔西走贴满了"寻物启事"。

工厂行政科的一名小喽啰来找郑福。说是过几天要召开一个全厂大会，有许多领导出席，保持环境卫生，不许随意张贴。

郑福说，那怎么办呢？

小喽啰说应当罚款。又说谁叫你是郑福呢，这次就不罚了但是你不要继续张贴了。

过几天全厂要开什么大会？郑福大声问。

小喽啰十分神秘地踮起脚尖说：改——革！

郑福大手一挥说了声好。之后又对小喽啰说，你要是听到我那小徽章的线索就立即通知我。郑福说这话时的做派很像一个山大王。

下了班郑福去工厂大浴池洗澡。淋浴喷头下一个秃顶的胖子说，从今儿起每天晚上都有足球赛，你知道吗郑福？郑福从心里蔑视这胖子，就哗哗冲澡装作没听见的样子。

郑福酷爱足球赛。酷爱是爱看，不是爱踢。

面对这些赤条条的人，不知为什么郑福总有一种优越感。他觉得自己是个与众不同的工人——鹤立鸡群。郑福说不清自己是一种什么心态，但他的的确确熟识一个名叫师秋菊的人。

师秋菊是个女人。师秋菊是个女官。

洗得干干净净的郑福走在回家的厂道上。

他为今晚电视里有一场足球赛而激动。素常，郑福似乎是个清心寡欲的男人——绝少从事夜间作业。然而他又是一个十分特殊的球迷。逢有足球比赛的晚上，关掉电视之后他是必行房事的。行一个大汗淋漓，比场上不停奔跑的足球前锋还疲累。总之没有球赛郑福便没有性欲。而一进赛季他便"暴饮暴食"，弄得妻子季丽茹饥一顿饱一顿地大起大落。

于是季丽茹最关心的便是电视节目预告。

她总是十分镇定地看着那滚圆的足球。

出了澡堂郑福提拎着饭盒往家走。工厂有两片宿舍区。坐落工厂前门外的叫东宿舍。位于工厂后门那片洼地里的叫西宿舍。这一段光景厂里总丢东西，也不知谁是案犯。工厂便采取了当年大禹他爹的办法——堵。于是关闭了后门，无论人畜一律走前门，以防流人携物。

住后门外西宿舍的工人们就开始跳墙。

拎着饭盒的郑福来到大墙前。不知为什么他又想起了那个师秋菊。

郑福跨上墙头——心里全是骑龙腾空的感觉，今晚电视机里的足球赛使他心情很好。

"郑福，怎么你也跳墙呀？不想想自己是个有身份的人。你太让我操心了。"

身后传来黄老头的声音。郑福也闹不清这老家伙是何时来到这大墙下边的，好像一股清风。

郑福骑墙看着站在厂内的黄老头。

"告诉你吧，从明天起这一带保卫科就下埋伏，见一个逮一个，男职工跳墙罚十元，女职工跳墙罚八元。"黄老头说罢，扭身往回走了。

"这老家伙活像个盖世太保。"

但郑福还是从心里相信黄老头的话。黄老头的话总是有些来历的。

郑福一跃跳到了厂外。站在厂外的郑福立即看到墙根儿歪坐着一个石玉东。

石玉东胸前挂着一架儿童望远镜，咧嘴呻吟着很像一个从火线溃下来的败仗将军。

郑福看着石玉东："自己跟自己打赌哪？"

石玉东点点头："我这一跳呀就把脚脖子给崴啦！自己跟自己打赌敢情没输没赢，没劲。"

郑福背起石玉东往宿舍区走去。石玉东伏在他的脊梁上，依然举着望远镜四外看风景。

郑福与石玉东是一壁之隔的邻居。

"郑福，今儿晚上五频道有一场足球赛。你不信咱俩就打赌。"

郑福说:"我信。"

"郑福,我跟姚艳花那娘儿们这辈子也不复婚了。你信吗?你不信咱俩就打赌!"

"我信。"之后郑福又说,"你尽是这些鸡毛蒜皮的玩意儿。有本事你赌一赌第三次世界大战什么时候爆发,小家子气!"

石玉东沉默了。"我现在还掌握不了这么大的真理,也就是凡人小事呗。"

走近那一排排平房了,石玉东猛地一拍郑福那厚实的脊梁。"我想起两件事情,都是大事情呀!"石玉东的身子一颤一颤的像个骑兵。

"有屁你就赶紧放!拿我当驴骑呀?"

石玉东小声说:"第一件事情是我的猜测,一点儿根据都没有。我觉着,这个黄老头是个大工贼!"

郑福不言不语听着。

石玉东提到的第二件事情却又是一个赌题。

"咱们厂的那座大烟囱裂了一个大口子,从顶上往下走有一米多长。郑福你不信咱俩就打赌!"

郑福背着石玉东此时已走进了院子。石玉东一眼瞧见自己的傻儿子正朝那只炒菜的铁锅里撒尿,就急了。

"狗子,我日你妈你往哪儿尿呀!"

姚艳花从屋里一步迈出来。

"石玉东咱们已经离了婚你还要日我?不怕我告你强奸罪呀!"她双手叉腰大声嚷嚷着。

石玉东咧着嘴说:"放心吧,这辈子你没那种福分了。"

郑福一眼瞥见妻子季丽茹正在屋里蒙头大睡。这些年这小女子从未白天酣睡出如此巨大的规模。郑福觉得太阳从东边落山了。

这时石玉东再次大声说:"郑福呀那烟囱的事情你不信咱俩就

84

打赌。"

"你脚脖子还疼吗?"郑福瓮声瓮气说。

七

工厂基建队存放杂物的仓库像一只巨大的骨灰盒——长期无人认领落了个蓬头垢面。

仓库的东墙下悄无声响地垒出了一间房子。很像一个小孩儿依偎在大人膝下,睡着了。

引来水接来电,小屋里有了生活。

丁巧手坐在马扎子上。脚下是一条青石。他一来一往磨着刀子。

这是一把十分灵巧的刻刀。

丁巧手刻制的这种东西叫"吊钱"。

左惠坐屋里染纸。左惠说:"小丁小丁,我这只手怎么这么别扭呢。你准是戴错了假手,你快摘下来看看!"

丁巧手嗯了一声说是啊戴错了。他又说,谁让咱没的都是左手呢,尺寸又差不多。

夫妻二人总共才拥有一双手。挺穷的。然而这个家庭却刻制出许许多多"吊钱"。"吊钱"是春节时候家家户户贴在门窗上图吉利讨顺遂的剪纸。红彤彤预示着来年光景。

每年从二月二龙抬头那一天起,丁巧手和左惠就开始刻制来年的吊钱了。一直刻到腊月,被人们称为"丁氏吊钱"的剪纸便出笼了。

腊月根儿底下,东宿舍西宿舍的人们都忙着将丁氏吊钱贴上门窗。正月里,便是丁巧手夫妻的天下了。整整一个正月。

大年初一的上午,无论天阴天晴,丁巧手和左惠必然登高——手拉手攀上全厂最高之处十车间的屋顶。东宿舍西宿舍贴的全是丁氏吊钱。

一派火红的颜色似燃烧。

丁巧手皇上一样望着东边："烧得多旺哪！"

左惠抹了抹眼角说："都是咱们的颜色……"

那数也数不清的吊钱，招摇飘舞，张狂地染遍天地，悄然地舔活了春风。那吊钱爬上门，攀上窗，舒卷张合，红彤彤四处乱走。

丁巧手搂住左惠，左惠却先大声哭了起来。一年一度，丁巧手每年只哭这一场。他觉得哭罢百病全消。

丁巧手正刻着一种新图案：四季平安。他知道这最有销路。工人们个个都是哲学家，深知福乐寿喜是寓于平安之中的。先得有平安才成。这时候左惠在屋里喊叫了。

左惠招呼他吃饭，说吃了饭再刻吧。

左惠又说，今儿是咱俩的生日你可别不顾顺序呀。丁巧手一听是生日，丢下刻刀就往屋里走。屋里是生日面条。

四月六日他与她同时断手。大难不死这一天就成了他和她的生日。四月六日吃面条。面条是左惠一只真手一只假手合伙擀出来的。

这面条粗似小手指。要狠煮才熟。解饿。

丁巧手说："吃面吧过生日啦……"

左惠说："过生日了吃面吧。"

门外就有了响动。这地方邻近工厂的死角，野草丛生很少有人到来。

左惠点亮电灯。灯光镀出一个黄老头。

黄老头说："丁巧手你调到这儿看仓库来啦？"

丁巧手咧了咧嘴，算是欢迎仪式上的笑。

左惠说："您以厂为家，今儿又没回去呀？"

黄老头说："你们这房子拾掇得挺干净呀。"

丁巧手站着等候黄老头的正文。望着刚才自己设计出的吊钱新样式，丁巧手蓦然里觉得自己也是个发明家。

黄老头说厂里下一步就要清理私搭乱建的各种小屋。左惠立即说，可是我们没地方住呀，厂子又不给我们分配住房。

黄老头说，给你们透个风儿，大主意你们自己拿。说完黄老头就走了。黄老头自始至终双手都插在裤子口袋里。使人怀疑他手里握着两颗美式手雷。

临睡的时候左惠说，黄师傅总是消息灵通，厂里真会来拆咱的房子呀，我看不会。

丁巧手说黄师傅是个发明家，节粮度荒那一年就上了报纸。丁巧手说着就抄起一张《人民日报》看了起来。

丁巧手只看两种报纸。一是北京出的《人民日报》，二是厂里出的《每周厂讯》。

之后丁巧手也睡着了。

他忘了关灯。那灯用的是厂里的电。

这一夜工厂的铜材又遭一干人偷盗。

八

茫然立在床前，郑福像一尊肉塔。

妻子公然躺在床上睡大觉。毛毯下盖着一个迷你型女人。郑福突然发现毛毯的图案很好看。这是前年先进生产者的奖品。

今儿晚上电视里有一场足球赛。

"毛毯"说话了："今儿晚上我上晚班。"

之后"毛毯"又动了动："今儿晚上电视里有一场足球赛。"

晚饭在冰箱里备着，是红烧猪蹄。郑福觉得这东西很面熟。

他问："你怎么还上夜班？"

"头儿说是特殊任务，选中了我。"

"你们车间能有什么特殊任务。"

郑福一眨眼就吃掉了四只红烧猪蹄："研究所又来电话了，我没接上，黄老头告诉我的……"

季丽茹说不吃猪蹄只喝粥："她还在局里当办公室主任呢？"

"副局长了，上个月。"

当年在这个工厂里实习的那个女技术员，已经是副局长了。季丽茹心里寻思着。

郑福说师秋菊如今的官衔跟地委书记是一般大的。季丽茹收拾着猪的残骸说师秋菊又进步了，才四十六岁就当了这么大的官儿。

这时候郑福终于透出几分得意："没变化，还是老样子嘛。"

在男人眼里，当了大官的女人似乎就不是女人了。在女人眼里，当了大官的女人就更是女人了。

这时候院子里起了动乱。石玉东大声喊叫姚艳花管住傻儿子。

姚艳花说："离婚协议上明写着孩子一人管一半儿。今儿你当班值日，我管不着！"

狗子是个傻乎乎的孩子。他拼命跟石玉东争夺着那架伟大的望远镜："爸，这玩具是我的！爸……"

姚艳花很瞧不起石玉东："给傻儿子买的玩具你倒玩上瘾啦！你是爹还是他是爹？"

石玉东十分郑重地说："我得用这望远镜去观测那座大烟囱。真的，你不信咱俩就打赌！"

"你这辈子就倒霉在打赌上了！"

之后又是父与子或子与父的玩具争夺。

听到这里郑福笑了。他觉得石玉东很可怜，整天憋着跟别人打赌，一点儿正经都没有。

这时候季丽茹打开了电视机。是本地电视台的本地新闻。

从德国引进了一条生产线投产剪彩。一条长长的大红绸子前依次站着六个拿剪子的人。镜头推向左侧的一位女官员。看得非常清楚，是师秋菊。她左手持一把剪刀。她依旧是个左撇子。又换了一段特大抢劫犯昨日伏法的消息。

季丽茹突然问："你丢了个什么牌儿，闹得全厂处处都是寻物启事。"

郑福："你有线索？我出钱重谢。"

"多少钱？"季丽茹明亮的眼睛望着他。

"二、二十元吧。"

季丽茹笑了。季丽茹的笑意散淡又超然。郑福心中起了不悦。

那一枚丢失的小徽章其实是一种纪念章，是师秋菊送给郑福的。师秋菊去北京参观十五国机床工具展览，进门的时候洋人就每人赠送一枚纪念章。师秋菊后来随手就送给了郑福。

郑福不识洋文，也不知这纪念章的出处。

他就护身符似的把它戴在身上。

他常说："信则有，不信则无……"

"我给你提供一个线索吧……"季丽茹抬掇停当拎起小皮包说，"那天你打了一个人是吗？"

郑福想了想。哦了一声。

"一准是打人的时候丢的。你打人的时候往往特别认真。牌儿就丢了呗。"

郑福点了点头。那天在食堂究竟打的是什么人，他当时便不清楚，如今就更记不得了。

季丽茹拎着小皮包走出家门，去厂里上夜班。姚艳花正坐在自家门槛子上嗑瓜子——笑嘻嘻望着季丽茹。

"你打扮这么漂亮是出去搞对象呀?"

季丽茹淡淡一笑:"夜班。"

"对!这女工呀一辈子要是不上几回夜班,那就算不上是女工。"姚艳花晚饭一定吃得很爽,说起话来像个善于演讲的领袖。

之后姚艳花小声说:"小季,我看你该生个孩子啦。你没瞧见各行各业都在争时间抢速度。"

季丽茹一笑走了过去。她婚后多年没有孩子。她曾经十分着急。

季丽茹上了水泥路,那场足球比赛就开始了。车间头儿让她八点钟到岗。这是一个特殊的夜班。车间头儿知道今晚有一场足球赛,但不知道郑福有球赛之后做爱的怪癖。

没有月光。月光全都洒到足球场上去了。

她决定不去工厂前门——那样绕远。

"我要跳墙!"她心里大声说。

远远看见工厂后墙了。季丽茹心里有些激动。车间头儿说上一个夜班就给一次"惊吓补贴",五块。她不是为了多得五块钱才同意上夜班的。为了新奇。她觉得人在夜间醒着,是一件挺有意思的事情。

走近大墙了。她突然哭了起来。

抬头看,这墙显得太高大了。她知道难以翻越。她只能沿着墙根儿,往南走。

她猛然想起了那两行或许早已不复存在的字迹。有十年了吧?嗯,十多年了。

那一个黄昏郑福用粗壮的胳膊挽着她那削瘦的肩膀,蹑到这荒野墙外。郑福用粉笔使劲在墙上写下两行大字:大干三十天迎国庆,郑福和季丽茹结成夫妻!

之后就结了婚——像是一场梦。她知道自己被铆在这面大墙上了。或许这一生都难以松动了。

"你翻不过这大墙去。"

石玉东一瘸一拐从远处走来。他胸前仍然挂着那架儿童望远镜。

"伤了脚你还四处乱走呀?"

石玉东非常郑重:"那根大烟囱……小季你说如今这人们怎么都不热爱真理了呢?"

季丽茹眨着一双惊异的眼睛望着他。

石玉东说打赌其实是坚持自己观点的一种方式。他有些悲怆地说道:"人们都不愿跟我打赌啦,人们都疲沓了,觉得什么都没意思了。"

"你说怎样才能叫有意思呢?"她盯着他。

石玉东被问怔了:"我、我没想过这个问题。"

季丽茹搬了几块砖头码在地上说:"你帮我翻过这大墙吧……"

石玉东大声说:"你能翻过去的!你不信咱俩就打赌。"

墙内,像是黄老头咳了一声。

"大半夜你搞什么发明!"石玉东喊道。

九

说是实行承包。保全工们下车间修理机器就好似农民下责任田的派头了——干多干少都是自己的事情。郑福接了一个电话。

"研究所?"黄老头表现出强烈的求知欲。

郑福点了点头。

"她真是平易近人哪,当了大官也没忘了你这个班组工人。"黄老头像是在自言自语。

郑福走了出去。他心里想着研究所。

"研究所"是师秋菊官邸的别号。她当了副局长便搬进了这座二层小楼,坐落在早先的法租界里。它的前身是计划生育研究所的办公楼。

师秋菊就沿用这个称呼。于是这别号使黄老头费尽了心思猜想。

师秋菊在电话里说她又要搬家了。郑福以为要他去帮着收拾东西。其实不是。师秋菊说了一声再见就挂了。

郑福记住了她说的新住址：三招甲八号楼。

季丽茹还是上那种夜班，显得很有兴致。

郑福背着工具兜子威武地走在厂道上。

姚艳花头戴白帽子身穿白大褂从小卖部走出来，大声招徕顾客。说是来了一种猪肉罐头八毛钱一听。出口转内销。

郑福行走着说："你这罐头别是人肉的吧。"

姚艳花说："人肉的可没这么贵，哎郑福你丢的牌儿找着了吗？"

郑福脸色一暗下意识摸了摸腰际。空荡荡的腰际早就没了手枪。于是郑福说那枚小徽章兴许找不到了。

姚艳花嘻嘻笑着。前边走来了供销科的科长。兴许姚艳花又该刺刀见红了。郑福走向理化大楼。

理化大楼刚刚落成就出了毛病。毛病一项项都治好了。郑福来收尾——拆卸楼前檐下遗留的施工机械。这是一个肥活儿，多赚工时多得奖金而且还能揣进兜里一些个家用小零碎儿。

郑福心情很好。郑福很少在干完活儿时拥有好心情。这时候他想起师秋菊。想起师秋菊的时候，郑福便觉得自己是个堂堂正正的工人。

活儿干得很顺。郑福拾掇了工具。理化大楼临着工厂主干道。三辆小汽车驶过来，又驶过去。有两辆是黑的。在那辆不是黑的而是一种说不清楚颜色的小汽车里坐着一个女官儿。

郑福远远看着，觉得是师秋菊来了。

师秋菊那一年大学毕业来厂实习一年，跟郑福在一个班组里待了八个月。

这时候有人尖着嗓子喊叫危险哪危险。

郑福不抬头。与己无关时他是个矜持的工人——比厂长还矜持。师秋菊也这样说过。

尖叫的人增加到六个。这六个人站在距郑福十几米远的周遭,叫着跳着。六个人一种观点:郑福郑福你快跑呀。

郑福下意识站起身,朝前跨出两步。

砰的一声响。不是巨响但还是很响的。一块青色方石从天而降,准确地砸在郑福刚才的位置上。郑福呆呆立着——离方石两步远。

说不清方石的尺寸。它已经一头扎进了土里,只露着一副冷硬的面孔——使人想起公园里被毁的石凳。这时候很静很静。

楼顶上站着一个人。

人们大声议论着。大意是说只差一米远只差三秒钟。郑福像是喝醉了酒,脑子空空荡荡地发沉。他听到一个人尖锐地说,这是谋杀,那个人在楼顶抱着石头瞄准的呢。

郑福摸了摸空空如也的腰际,要冲进楼去。

人们拦住他。郑福见自己被视为弱者便愤怒起来。没承想楼顶那人已顺着楼梯走了下来,稳稳当当一点儿事情没有的样子。

有人小声说,这肯定是深仇大恨呀。

郑福冲上去。他觉出这个人有些眼熟。当厂警多年,见着谁都觉得面熟。

那人静静望着郑福。那人赤手空拳。

只觉得浑身着了大火,郑福动手了。他记不清打了多久。那人并不还手,一任他拳打脚踢。郑福始终在吼着:"你为什么要下这狠手害我!你说你说你他妈的说!"

那人倒在地上,不言不语。郑福蓦然想起,那一次在食堂买红烧猪蹄时打的正是这个人。

见郑福不打了,那人十分艰难地爬起,抹了抹脸上的血污,头也没抬便走了。

郑福呆怔着，竟然觉得十分失落。

"这人是谁呀？"郑福这才想起问身边围观的人们。

人们像做广播体操——齐刷刷摇着头。

一个上了些年岁的人说，知己知彼百战不殆，你连人家名字都不知道这是打糊涂仗呀。

工厂太大了。许许多多的人都是无名氏。

人们散尽了——去工厂各个角落去传播郑福险些遇害的消息。只剩下郑福一个人。

他望着那块扎进土里的青石。这家伙是个疯子，郑福心里想。

这时候他又想起那枚丢失的小徽章。

黄老头迎着他跑来了——那样子像是前来收尸。他朝黄老头大声说没事我挺好的。黄老头就哑哑着嘴说九死一生呀。

路过小卖部黄老头走进去朝姚艳花伸出一个手指头："买一卷卫生纸我搞发明用。"

姚艳花笑了笑说："全部售光。"

十

季丽茹连着上了三个夜班。白天，她躺在家里睡不着。好像白天睡觉是一件极不光彩的事情，坏女人才这样。黄昏时分，她终于光明正大睡着了。

季丽茹是车间里的勤杂工。她认为勤杂工这个名字虽然不大好听，干起来却是挺有内容的，清扫、烧水，还管着那么一张"考勤榜"。

这是一种极有特色的管理制度。季丽茹坐在车间大门口，见谁来上班了，就将这个人的名字（是一只小木牌儿）挂到榜上。打响上班铃了，车间主任便来到她面前，将那些未挂上榜的小木牌儿拿去——按缺勤论。

这项工作简单明快而又永恒不变。

季丽茹一年四季宁静如水。

车间主任是个麻子。他脸上布满中国历史上最后一批天花。他说："小季呀你怎么不让郑福给你调一个好工作呢？调到厂部去当收发员嘛。啧！"

她问："郑福能有这么大本事？"

"让他去找一下那个师秋菊嘛。"

季丽茹听了，不言不语。

车间主任决定叫她上夜班。麻子说："事情重大，只能你上阵了……"

她问："为什么只能我上阵……"

麻子想了想说："以正压邪呗。"

车间里所用的原料是一盘盘铜条。这一段时间里常闹贼——铜条不翼而飞。承包了，就直接伤害了工人们的利益。承包之后的车间主任便成了派出所所长，积极抓贼以维护承包的大好形势。

车间主任说："抓住那个人。"

那个人？季丽茹想象不出那个人是谁。

夜班看上去是很轻松的。厂房的一个角落里摆着一张钳工们干活儿的工作台。季丽茹拉过一张椅子坐在工作台前，看着早已过时的报纸。远处，摆着两盘亮锃锃的铜条。

静。四处埋藏着杀机，潜伏着一伙人马。

明处只有季丽茹和铜条，是诱饵。

季丽茹的主要任务是午夜一过便打起瞌睡，然后伏案伴寐。等着贼人来盗，主任就敲响那面铜锣，暗处兵马蜂拥而出。

95

季丽茹平静地听完这个周详的捕贼计划。她觉得这有些像一场儿童游戏——警探抓贼。又觉得这是一个实用有效的计划。只是不知道那贼究竟是个什么模样。季丽茹就拼命想象，在脑海里过电影。

脚边的工作台下埋伏着一个人。都叫他大鲁，是个电工。车间主任多次强调执行这个特殊任务不许说话，人人都当自己是哑巴。

然而大鲁还是说了话，又粗又直。

"小季小季你怎么还不生孩子呢?"

季丽茹无法回答这个问题，就轻轻踏了踏脚，以示郑重。之后她也觉得这的确是个引人关注的问题。她与郑福组成的这个家庭，活像一座已经停产的工厂。

大鲁又说话了。"小季小季你估计什么时候才能逮住那个盗窃分子。"

季丽茹又轻轻踏了踏脚，心里说反正这种夜班挺有意思的。

远处好像传来一声响动。季丽茹立即伏案佯寐。只觉得走来了一个人。

很静。依稀能听到脚步声。季丽茹心里说，等待主任发出命令吧。主任的命令是一声干咳。

听不见干咳。这时却听见大鲁在轻声说:"我真不愿意这案子这么早就破了。"

看来大鲁也很愿意上这种新奇的夜班。

还是听不见主任那一声壮观的干咳。

季丽茹心里叨念着:马上就要抓住那个偷铜条的人了，夜班就要结束了。

这时候车间主任从暗处走出来，大声说:"石玉东，大半夜你来这儿干什么!"

石玉东吓了一跳，一瘸一拐走上前来。

"大半夜，哪来的这么多人呀？吓人呼啦的好像要暴动。"石玉东大声反问着走上前来。

潜伏着的工人们从暗中纷纷走出来。

"主任主任，你怎么不咳嗽呢？石玉东已经落网了，完全可以人赃俱获嘛！"工人们注视着石玉东，七嘴八舌。

车间主任如梦初醒。他麻脸一沉："石玉东，你有盗窃的重大嫌疑！大半夜你跑来干什么？"

石玉东连声说："我经常半夜来厂子里溜达。你、你不信咱们就打赌！"

人们哄堂大笑。

季丽茹走上前来，朝石玉东点了点头。

她小声问："主任，明儿还上夜班吗？"

麻脸主任一怔，思索着说："研究研究。"

石玉东正色道："什么研究研究，该解决的就应当立即解决！哼！"

工人们一哄而散，去干自己的私活儿了。

十一

郑福遭到飞石的袭击。几天以来他只字未提这件令人色变的事情。该干什么他还干什么，照旧是一个体体面面的产业工人。

他始终这样认为：当一个产业工人，挺好。如果把工厂比成一座动物园，那么工人就是这动物园里的高级动物，老虎什么的。

这几天总想起师秋菊。在这个世界上，她是他交往的唯一女性。其实也没什么，但他还是觉得认识师秋菊是他生活里乃至生命中的一件大事。又是午休时间，郑福坐在"黄村"的破沙发上，往师秋菊的"研究所"拨电话。

他知道师秋菊有回家吃午饭的习惯。

跟她说些什么呢？

嘟——电话通了。郑福的心突突突跳了起来。这些年他很少给她把电话打过去，大多是她把电话打过来。跟她说什么呢？说差一点儿让石头砸死，还是说厂子里半死不活的情形？郑福慌忙放下电话，心里暗骂自己没出息。

这时候电话铃响了。

黄老头在电话里说："郑福你快到厂部来一趟，孙厂长要跟你谈谈心。"

郑福觉得这事挺意外的。

他出了保全车间往厂部走。一路上觉出气氛不对，好像自己成了公园里的大猩猩，前后左右总有人在观赏。他听到几个女工在远处说：快看，这就是郑福，今天报纸上还登了照片呢。郑福一听心里倒糊涂了。

厂办公室在一排洋式平房里。郑福不认识这个孙厂长。他心里想：姓孙比姓儿还小一辈儿呢。

黄老头与孙厂长的谈心即将结束。

孙厂长是一个又高又瘦又黑的中年男人。他对黄老头说："话我都说明白了。我是军转民之后从大三线调到咱们厂的，两眼里什么都没有。您……在厂里干了这么多年了。市里、局里、公司里尽是从咱们厂调上去的人，我算了一下，光处长就有十八位。往后对上级的疏通工作，就靠您去清淤了。厂里各车间的动态呢，您也是一台雷达，咱俩随时联系……"

黄老头起身说："改革开放首先要抓好经济。你放心吧孙厂长，大胆干吧。"

他出了厂长办公室，郑福则刚走近。

郑福问："这个孙厂长是谁呀！全厂好几千人他单单找我谈什么心。

我又不认识他。"

黄老头说："天下兴亡匹夫有责呀。"

郑福走进办公室。孙厂长从里间屋走出来说："是郑福吧？听说你当厂警的时候被称为全厂的头号门柱，果然名不虚传呀。"

没等孙厂长说完，郑福就坐在沙发上了。

"孙厂长找我有事吗？"

孙厂长笑而不答，递过一张当天的报纸。是本地的日报。头版右下角是一幅照片新闻。师秋菊与郑福坐在一条长沙发上，正在谈话。照片的新闻标题是：新任副市长师秋菊与工人共话企业改革大计。

郑福心里寻思："怎么，师秋菊当上副市长啦？真是没想到。"他把报纸又递回孙厂长桌子上。孙厂长这才张嘴说话。

"郑福啊，生活上有什么困难吗？说出来我可以帮你解决。"

郑福说："孙厂长还有别的事吗？"

孙厂长笑了，说郑福是个十分直率的人。

"你跟师秋菊同志很熟悉吧？她刚刚升任副市长，分工管工业。咱们厂正努力走出谷底，有什么事情，还需要你给沟通一下呀。"

郑福点了点头，说咱们厂很多人都认识师秋菊。

郑福是主动告辞出来的。他觉得孙厂长是个精明能干的人，懂得人尽其才物尽其用。

回到"黄村"，见黄老头儿正一门心思坐在工作台子前搞发明呢。这是一台名叫"循环接力器"的机器。从七十年代黄老头即开始研制，如果成功，据说能使一贯紧张的中国能源状况得到缓解。

郑福知道这时候不能打扰黄老头，就背上兜子往外走，去工具车间修床子。

"谈得怎么样？"黄老头突然发出响动。

吓了郑福一跳。他默默看了看黄老头，就扭身走了。

郑福很想给师秋菊打个电话。

因为与副市长熟识，工人郑福在工厂里就显得与众不同了。厂道上，郑福珍稀动物似的走着。郑福心情很好。

工具车间是全厂最小的一个车间。郑福来这儿是修理那台普通车床。他刚刚蹲下身去检查液压管路，一个面熟的工人就凑上来说："郑福郑福你上报纸啦，还是第一版哪。"

另一个工人傍上来说："跟副市长这么熟悉干吗还干这种下三烂的活儿呀。"

郑福抬头："谁说这活儿下三烂，我废了他。"

没人敢言语了。

报纸上登的那幅照片，其实是半年前照的。郑福刚进"研究所"的门，日报的一位记者就来采访。师秋菊那时候还只是个副局长。她朝记者说："给我俩拍一张吧！郑福同志是个了不起的工人。"记者就拍照了。郑福没想到师秋菊当了副市长，报社就把这幅照片登出来了。

郑福心里有些瞧不起报社。

身边两位车工正在闲谈跟独联体做生意的事儿。他们认为黑河生意不好做了，得去新疆的阿拉山口。这时候突然有人尖叫。

郑福抬头，只见一道白光扑来。

当！一声脆响。郑福呆呆蹲在地上。

人们大声叫着，大意是说太危险了只差半尺呀。郑福站起身问："怎么啦？"

不远处，站着一个瘦小枯干的男人。

郑福心中一下子就明白了。他冲了上去。

又是这个人。他趁郑福不备，抄起一根车削得雪亮的钢棒，掷标枪一般朝郑福头部投来。钢棒偏差半尺，呼啸而过。

"又是你！"郑福迎面一拳，那人就摔倒了。

那人老习惯——不喊不叫不还手。郑福打了几拳，就觉得累了。

那人挣扎着站起来，擦了擦嘴角上的血，走了。

众人围上来议论。一致认为这个人是想一下子弄死郑福——目的太明确了。

郑福不言语，收拾工具要走。

一个人出主意："去报案吧，安全第一呀。"

又一个人说："你认识副市长，还怕他不吃官司。"

一个苍老的声音说："这个人是不会罢休的。郑福迟早死在他手里。"

郑福背着兜子往回走。

这小子是怪物！他真是想弄死我呀。

郑福又习惯性摸了摸腰际。

没有手枪。

十二

石玉东跳墙崴脚，七天之后才发现是骨折。第三天的时候，他到厂保健站要求照相。医生说 X 光机坏了，照不了。去社会上的医院就诊，得卫生科长批准。卫生科长不批，石玉东七天之后等厂里的 X 光机修好了才去拍片——折了。

石玉东去找卫生科长理论。卫生科长赖账——说石玉东从未前来申请赴社会就诊。

石玉东气急了吐了卫生科长一口痰。厂保卫科罚石玉东人民币二十元。

人们都把卫生科长与工厂锅炉房烟尘、电镀污水以及宿舍区臭水坑，合称"四害"。

姚艳花坐在自家门槛上嗑瓜子："这个卫生科长呀只会欺负石玉东这种笨蛋货！"

石玉东与姚艳花离异。原先的两间屋一人分得一间。一墙之隔。石玉东听见前妻说这种话，境界就一下子高了起来。

"我怎么能跟卫生科长一般见识呢。"

姚艳花站起身，很感慨的样子说："唉！为民除害，这么多人治不了一个乔秃子。"

乔秃子是卫生科长的绰号。

"又得让老娘我见义勇为啦。"

石玉东在屋里喊叫："你住口！"

东边屋里，季丽茹早就做得了晚饭，却迟迟不见郑福回来。

姚艳花来到门前。住平房，人串门儿比老鼠串墙还便利。她问："等郑福呀？"

今天是季丽茹嫁给郑福十五周年之日。

那一年工厂里大会战抢修机器。郑福与季丽茹是搭档。郑福钻到机器下边去修理，季丽茹给他递工具。夏天汗多，郑福躺在机器下边双手油污不能自理，就大声说："我大腿痒呀，小季你给我挠一挠。"季丽茹就本着大会战的原则给他挠了。之后消息传开，说干活儿的时候季丽茹伸手抓了郑福的裤裆。

季丽茹委屈，天天哭，见人就说没抓。

似乎难以洗清。季丽茹丧失了信心。

郑福那时学习辩证法很努力。脑子里有些哲学。他对季丽茹说："抓裤裆这事儿得辩证地看。如果是两口子，抓裤裆根本不算一回事，属于合理合法的动作。咱俩要是夫妻，这件事儿就根本不是事儿啦。"之后郑福领她到工厂大墙边，狠狠吻了她。她同意了郑福的辩证法。郑福很高兴，就使劲把她高高举起。

102

空中的季丽茹看见发明家黄老头正躺在工厂大墙外的地头上晒太阳呢。

黄老头那一双白玉一般的手，在阳光下很是刺眼。季丽茹落到郑福怀里时哭了。

石玉东是证婚人。石玉东在典礼上大声说："他俩里头，一个男，一个女，谁不信咱们就打赌。"人们哄堂大笑。一笑十五年就过去了。

姚艳花站在门外与季丽茹搭讪。她发现季丽茹有些心不在焉，就说："小季，我看你上夜班是上出毛病了。"

季丽茹笑一笑，起身收拾东西："我该去上班了。待一会儿郑福要是回来，你告诉他包子在锅里呢。"

姚艳花听着，很不以为然："郑福这种男人，天天硬撑着活着，好像天字第一号似的。"

季丽茹走向工厂——去上夜班。

她又在半路上遇见黄老头。他似乎进入了沉沉的思考，站在黑灯影儿里一动也不动。

她叫了他一声："黄师傅你搞发明哪。"

黄师傅回答："很困难呀。比你们抓贼还要困难呢。"这声音听上去，挺痛苦的。

季丽茹被这声音感动了，就问："老黄师傅老黄师傅，您说郑福还有救吗?"

黄老头不言语，朝季丽茹挥了挥手。

季丽茹走了。走向夜班。

这时候郑福骑车到达市中心三角形纪念碑近前。从厂子骑到这里他用了近一个小时。

市三招掩映在一片绿荫之中。早先这里是英租界。市三招则是一个从印度来的英国寡妇的房产。一个大院子里立着那么十几幢小洋楼。

郑福也说不清楚今晚来找师秋菊干什么。是求援，还是求教？迷迷糊糊骑上车子就来了。

师秋菊当了副市长是个什么样子呢？

她当副局长的时候总是一身银灰色迎宾装，很郑重的样子。但郑福几次到她家中去，见晚饭之后在家休息的师秋菊，却是多姿多彩。郑福只认识旗袍，别的便认不出是什么时装了。反正师秋菊在家中的灯光下独处时，像个贵妇人。每次师秋菊都要郑福给她按摩。在工厂班组劳动时，师秋菊伤过腰。

师秋菊是"文革"前最后一届大学生。应当毕业后在班组劳动一年。半年她就抽到宣传科去了。一天晚上郑福从宣传科门外经过听到屋内师秋菊似乎在轻声推拒着一个男人。他破门而入将那男人打倒。开灯一看原来是宣传科长。郑福见义勇为之后没有声张。不久师秋菊就当了宣传科副科长。她的仕途由此而开始。

郑福不知道这正是师秋菊因祸得福。

像是什么都没发生。师秋菊也再没提起过这件事情。于是师秋菊当了副市长。

郑福临时决定不去找了，掉头往回骑。他一路骑着，心里却总有一种不踏实的感觉。进了宿舍区，猛然觉得亲切起来。

刚进院子，石玉东就拄着木拐喊他。

"有结局了有结局了。"石玉东很兴奋。他手中举着一本小册子说："公元一九七八年六月五日咱俩打了一个赌。赌题是女技术员师秋菊将来前程如何。我说出人头地。你说一般人等。赌资是一盒战斗牌烟卷。现在我赢了。师秋菊当了副市长了！"

郑福说："你让我上哪给你买战斗牌烟卷去。"

"烟卷并不重要。重要的是谁的判断正确。"石玉东依然沉浸在胜利的喜悦之中。

郑福去找姚艳花。姚艳花不耐烦的样子说："你老婆上夜班去了，包子在锅里。"

郑福轻声说："我打听一个人。"

姚艳花说："有屁快放别憋着。"

"有一个人，叫丁巧手的……"

姚艳花乐了："认识，什么事？"

郑福说："想、想让你跑一趟……"

姚艳花有些得意地望着郑福。

十三

工厂卫生科门前围了一群人。石玉东挂着木拐凑了上去。卫生科长乔秃子躲在屋里不出来。一个妇女大声号着。石玉东看到她胳膊上戴着黑纱。这人间又多了一个寡妇。

她丈夫暴病送到医院。医院不见押金不收病人住院。家属跑到厂里一道又一道签字盖章办手续，乔秃子给卡住了，说要复查一下是否需要住院，结果病人死在医院楼道里了。

石玉东在人群中大声说："乔秃子民愤极大属严打对象！"说完他就走了。他有急事要去办。

他胸前挂着一架儿童望远镜，一摇一晃朝厂部走去。拐过锅炉房他遇见前妻姚艳花。

前妻姚艳花说："骨折了你还遥世跑呀！"

前夫石玉东说："乔秃子真不是个东西。将来他肯定不得好死，你不信咱俩就打赌！"

姚艳花根本不理石玉东，走了。

走进厂长办公室，石玉东被一个女秘书给拦出来了。隔着窗子，石玉东看见里边坐着一个女工，像是前妻姚艳花。她怎么跑到这儿来啦？

女秘书说："厂长正在接待上访的女工。"

果然出来了姚艳花。她朝石玉东淡淡一笑，很有几分女八路刑场就义的味道。

石玉东不明白这是怎么一回事。

他拄着木拐一摇一摆往里走。

孙厂长问："工伤啊？工伤问题你直接去找安技科解决。"说完起身就走。

"站——住。"石玉东十分深沉地朝孙厂长招了招手，"我不是工伤问题。我是来告诉你一件大事情的。"

孙厂长听罢连连摆手："有什么事情你就说吧，我还有急事呢。"

"你知道我是谁吗？"石玉东问。

孙厂长连忙说："本厂职工本厂职工……"

"我叫石玉东，三车间的。你知道热处理后边那一根大烟囱吗？回答我，你知道不知道。"

孙厂长只得点点头。

"那烟囱裂了一道大口子，一米多长，自上而下！"石玉东十分郑重地说出核心内容。

孙厂长一怔，然后说："有这么严重呀？"

"你不信咱俩就打赌！你不信咱俩就打赌！"石玉东像是受了刺激，连声叫嚷起来。

孙厂长说："好吧我调查一下，会找你的。"

孙厂长说完就急匆匆走了。

石玉东很茫然，自言自语："不相信？真的不往心里去呀！"

办公室女秘书身边又多了两个小女秘书。石玉东感到身旁来了三只母鸡。"母鸡"们低声议论，十分神秘的样子。他只听到一句。

"要是情况属实，这位乔科长可就完蛋啦。"

石玉东拄着木拐挪出办公室，看见了黄老头匆匆离去的背影。

他大声喊："黄师傅！黄师傅！"

黄老头只得停住脚步，转身候着他。

石玉东一步一步挪上去："黄师傅我观测到那座烟囱上裂了……"

黄老头拦住他的话："你正确，我不跟你打赌，小石……小石这一回小姚可能要倒霉了。"

石玉东："小姚，姚艳花她怎么啦？"

"这会儿她在保卫科呢。笔录口供。好在呀是她主动投案。唉，她每次都是主动投案。"

一听"投案"这两个字眼儿，石玉东心里就明白了。他问："跟乔秃子吧？"

黄老头点了点头。黄老头像一个万事通——无所不知，活脱脱一本精装百科大全。

石玉东唉了一声，拄着木拐走了。

一辆接一辆的小轿车驶向厂长办公室门前。一长溜少说得有七八辆。石玉东拄着木拐站定，望着。他突然与一辆小轿车里的一双目光相遇，瞬间对视便一晃而过。他觉得这双眼睛挺熟。

远处有秘书科的几个人小声叫喊。

"师副市长来了，来厂视察工作……"

石玉东这才想起刚才那一双目光原来是那位当年的女技术员师秋菊的。

师秋菊在班组实习时，跟石玉东打了一次赌。石玉东说自己一次能吃三斤半汤圆。师秋菊不信，两人便打了赌。结果石玉东吃下最后一只汤圆便胃出血住院——动了一次大手术。

当时师秋菊挺内疚的，想哭。

拄着木拐的石玉东远远望着师秋菊从小轿车中走出被人群簇拥着走进会议室。

他觉得副市长显得十分遥远。

下午石玉东在车间门外遇见六神无主的郑福。

他说："郑福郑福，上午师秋菊来了。"

十四

季丽茹终于不上夜班了。她显得若有所失。她站在车间大门口，看见人高马大的左惠匆匆忙忙走过来。她与左惠并不熟识，见面偶尔看一眼而已。今天左惠却话多，一边走一边说。

"手、手掉到水槽子里啦！太深了捞不上来。我回去借小丁那一只吧……"

季丽茹听着，点了点头。

远去的左惠找丈夫借手去了。

这时候从远处涌现出一群人。黏稠稠像一摊色块在厂道上流动着。为首的是身披风衣的师秋菊。她从车间门口走过去。季丽茹便定定望着她。季丽茹宁静如水。这场面很像非洲的野生动物园。一群斑马从容地走过去。一只梅花鹿则静静看着它们，然后低头吃草。

没有人发现，这是一种风景。

这时候，著名女工姚艳花正坐在保卫科长桌前，从容不迫一丝不苟地坦白着她与乔秃子勾搭成奸的全部事实。她是熟练工。

姚艳花递给保卫科长一支烟："这一回乔秃子得撤职了吧？乱搞男女两性关系！"她说这句话的表情使人觉得她是保卫科长而保卫科长是个奸夫。

保卫科长说："我只管负责录口供。不过，我想是不会容忍一个乱搞破鞋的人再担任科长的。"

姚艳花："英明啊！不过我可不是什么破鞋，你说话要有个原则性。"

保卫科长乐了："你是科级杀手。"

"对乔秃子这种人，我是就地正法！"

保卫科长让姚艳花在笔录上签字。

姚艳花挥手写了两个字：同意。

十五

郑福显得心事重重的，没了矜持。他坐在"黄村"里等待黄老头。无聊，就观赏那面墙上的"巴掌图"。都是自己的手印，形态迥然。

他知道师秋菊来厂视察，但没视察保全车间。师秋菊似一阵清风掠过，没留下什么动静。

黄老头终于回来了，挺难过的样子。

郑福问："那件事怎么样了？"

"你让我一个人待一会儿行吗！"

见黄老头急了，郑福起身走了出去。

一个熟识的工人开着电瓶车过来，大声问："郑福！你丢的牌儿找着了吗？全厂都是你贴的告示。"

郑福摇了摇头："没找着。八成是找不着了。"

开电瓶车的工人又说："刚才黄老头用我的车拉了一堆东西扔到厂外垃圾山了。嘿，老头儿还掉了几滴眼泪。人老了，也够可怜的了。"

郑福转身走进车间大门。

黄老头已经恢复常态，坐在沙发上打电话呢。郑福听得出是与孙厂长通电话。

黄老头像一本"活辞典",孙厂长需要查找什么,就打来电话翻腾他。

　　黄老头说:"章玉山?这个人……这个人最早是供应科副科长。一九七四年吧调到公司后来又调到局里,一直在物资处……有什么爱好?他只爱好一样——钓鱼。不过如今改革开放了,他是不是又增加了新的爱好,我就不知道了。对,他后续了一个老伴,是李道春早先的妻子……"

　　黄老头放下了电话,显得有些疲累。

　　郑福说:"注意身体吧。孙厂长正织网呢非累死你不可。"

　　黄老头说:"那件事我去办了,没办成。"

　　郑福静静听着。

　　"我把该说的都跟他说了。他就是一言不发。我说人家已经打算向你道歉了你也得有个回话儿呀。"

　　郑福问:"丁巧手说什么呢?"

　　"丁巧手说黄师傅这事情你不要参与了。双方的事情还是由双方解决吧。"黄老头讲罢。咂咂着嘴,很无奈的样子。

　　郑福问:"他、他丁巧手到底打算干什么?"

　　"杀了你。"黄老头十分镇定地回答。

　　郑福不言语了——低头想事。

　　黄老头又说:"除非你先杀了他,可我知道,你不敢。你这个工人阶级一分子呀,这么多年是硬撑着才过来的。我了解你。"

　　"那您说怎么办呢?没办法啦!"

　　黄老头说:"只有一个办法。你去报案,公安局法院里解决去。"

　　郑福立即摇头:"不行。那样还不如死了。"

　　"谁叫你平白无故打人家呢。像丁巧手这种认死理不回头的人,万分之一。"

郑福说："不，亿分之一。"

"你再托姚艳花去说一说情吧。"黄老头起身走了，给郑福又指出一条路。

只剩下郑福一个人，坐在车间角落里。天黑下来了，车间里空无一人灯火不亮。

这时候郑福才在黑暗中发现：工作台上那一架黄老头研制了近三十年的"循环接力器"不见了。于是郑福发觉车间更加空旷了。

他响咳一声，给自己壮胆。眼角也潮湿了。

破桌子上的电话铃响了。是孙厂长。他说郑福你来一下吧。

郑福只得往厂长办公室走去。他发现厂里还是有些灯火辉煌的。

孙厂长正在办公室里来来回回踱步呢。像开饭之前动物园笼子里的灵长目动物。

孙厂长说："咱们厂正准备与加拿大合资。开发新产品，走出低谷。师秋菊副市长来厂视察，主要就是听取有关引进外资和设备的情况汇报。哈哈，这很好嘛。"

郑福呆呆望着孙厂长。

"郑福，你要在这一次改革中为咱们厂做出贡献呀。"

郑福朝孙厂长点了点头，嗯了一声。

孙厂长兴致极高："我在向师市长汇报时，还提到了你。师市长很高兴，也希望你能做出更大的贡献。"

郑福说："孙厂长还有事情吗?"

"啊……事情只有一点儿小事情。如今第二职业也不算违法了。北辰区有一家乡镇企业急需一批技术工人，每个公休日去工作，你去吧，找杨厂长就说是我推荐的。"

郑福不明白孙厂长究竟是什么意思，便有些茫然地看着孙厂长。

"你就去吧。这是一件好差事呀。"

郑福点了点头。他记住了那个乡镇企业的厂名：北辰区驴店乡能源设备厂。

他在厂区大道上走着。临近工厂大门，灯光才明亮起来。他看到平日里常贴告示的那面墙上新贴出一张黄榜。

郑福走上前去。郑福低低啊了一声，很是惊讶。

姚艳花被工厂除名了。黄榜上写着姚艳花的"罪行"：占用工作时间乱搞男女两性关系。屡教不改。

郑福心里想：科级杀手姚艳花这下子算完了。从工人阶级队伍里给清除出去了。可那个卫生科长乔秃子怎么样了？好像还当着科长没挪地方。姚艳花这次失手了。

郑福去找姚艳花了。

十六

卫生科长乔秃子花案事发。上级没撤他的职，只是给他换了一个工作：由主管职工医疗保健改为负责工业卫生。乔秃子花二百块钱买了一个假发套，往新办公室上任去了。

乔秃子的权力挺大，包括工厂后墙的那一座工业垃圾山。他新官上任就去视察了。

日积月累，这座垃圾山已经有五层楼房高了，也已踩出了上山的小路。乔秃子登上山顶，看见个男人正站在那儿观风景呢。

乔秃子走过去。这个人正举着望远镜往厂里看呢。这个人自言自语："咦，郑福一个人坐在那儿干什么呀？"

乔秃子大声问："干什么的！"

这人说："你瞎叫唤吗，要找死呀！"

乔秃子觉得这个人面熟："前些天你骨折了吧，是你吗？"

石玉东说:"你到底认出我是你二大爷啦。就是你耽误了我的脚,你不信咱俩就打赌!"

"你在这儿看什么呢?"乔秃子官气很重。

石玉东兴奋起来:"我这望远镜是新买的俄货,三百多块钱十八倍的。哎,咱们厂热处理的大烟囱裂了一个大口子,你不信咱俩就打赌!"

乔秃子接过望远镜,往远处看。

石玉东问:"看见了吗?看见大烟囱了吗?"

乔秃子像是触了电,把望远镜递给石玉东就朝山下走。石玉东急了:"你看见那大烟囱了吗?你他妈的怎么连个见解都没有呢?"

石玉东举起望远镜,朝方才乔秃子"触电"的方向望去。

看得很清楚:成品库的山墙下,站着郑福和姚艳花。郑福正在说着话,时不时东瞧西瞅,显得有些慌张。

石玉东心里说:他妈的!姚艳花又跟郑福跑到一块儿去啦。郑福你不是不近女色吗怎么也干上这种事情啦。

石玉东又去观测那座大烟囱了,心里挺悲凉的:"人们对真理怎么就熟视无睹呢?"

成品库的山墙下,郑福有些语无伦次。他请姚艳花出面,去安抚丁巧手。

姚艳花说:"丁巧手两口子我都熟。可他俩天天忙着刻吊钱呀。丁巧手挺老实的人,能干出那么狠心的事儿?"

郑福:"真的,他两次都差一点儿弄死我。说不准什么时候就来第三次。"

姚艳花笑了:"你呀这一回算是遇见克星了。你也该好好寻思寻思了,后半辈子该怎么过。"

郑福不言不语,看着姚艳花。

"你丢的那个牌儿——就是你的护身符呀,找到了吗?怪不得你尽

113

遇见倒霉事儿呢。我兴许能给你打听打听线索。"

郑福很高兴："真的？我重谢我重谢！"

姚艳花说："我该干活儿去啦。"她往垃圾山那边走去了。郑福的心又忐忑起来了。

郑福望着她的背影，这才想起姚艳花已被工厂除名了。她去干什么活儿呢？

姚艳花翻过垃圾山，来到工厂墙外。从今天起，她已经不属于工厂里的动物了。成了野生的。她知道干什么才能活下去而且活得更好。因为她了解工厂——曾是工厂肠胃里的一条虫，好虫。

姚艳花拖出那辆新置的手推车。车上是两条麻袋和一支铁制耙子。望着当空的太阳，她知道新的日子开始了。但她不认为自己是个坏女人。尽管她一走进食堂，那些在位的科长和不在位的科长心里都不是滋味。

姚艳花掏出那一枚纪念章——就是郑福遗失的那一个牌儿，戴在胸前。她觉得挺好玩的，应当戴上这个被郑福视为命根子的牌儿，才跟这新日子搭调。

跑过来一个老头儿。随着三个半大小子。

老头儿问："干什么的？这块地方早就有主儿啦，不许外人来拾破烂！"

姚艳花说："你找死呀，惹了老娘我让你没好日子过。"说着她指了指胸前的那一枚纪念章，"看见了吗？知道我是干什么的了吧。"

老头儿眨巴着眼睛让三个半大小子去看。

那三个半大小子看了看，也不明白。

姚艳花大声说："去吧，以后有谁欺负你们，就来找我！"说完就哈哈大笑。

老头儿和手下的人，神色茫然地回去了。

姚艳花笑了。她开始拾废品。

她心里说，就这么干，一个月的钱准比师秋菊那娘儿们的工资多！

姚艳花从脏土里扒出一截子铜线。这东西在废品收购站也属于有些身价的东西了。她把铜线装进麻袋，心头倏地一热。

她想哭。她想起与石玉东搞对象，就是在一次"挖潜献宝"活动中。当时石玉东指着一块水泥板对大家说："这下边肯定埋着不少废钢铁，谁不信咱们就打赌！"

姚艳花觉得这小伙子挺耿直的，就喜欢上了。那时候她还不是"科级杀手"。

这时候石玉东在望远镜里看见了姚艳花。他非常惊讶姚艳花被除名之后能这么快找到力所能及的活路。

当石玉东再次观测大烟囱的时候，他发现顶上那道裂纹更大了。他大叫一声。

十七

石玉东的脚伤没能痊愈。他不停地走动，像一只上满了弦的大玩具。他见了人就说："真的，那座大烟囱裂了一道大口子，你不信咱俩就打赌！"反反复复就是这么一句话，活脱脱一个雄性祥林嫂。

由于他的脚伤，傻儿子的管理全由姚艳花承担，不再轮流"执政"了。姚艳花刚刚走上新的工作岗位，干劲很大。每天纯收入不下二十元。

石玉东不停地唠叨，连隔壁的郑福都听烦了。他黑着灯在屋里走动。季丽茹躺在床上。

"你怎么还不睡？今晚上没有足球。"季丽茹在暗中突然说道。

吓了郑福一大跳。

"你、你怎么还不睡觉?"

季丽茹说:"上了几天夜班,添了一个夜里失眠的毛病。我总想,偷铜条的那个人是谁呢?"

郑福不言语了——在屋里踱步。

季丽茹又说:"我听说有人打你……"

"谁敢打我?"郑福急了。

季丽茹无声地笑了。她的笑容在黑夜里一定显得很灿烂。

许久,季丽茹才小声说了一句话。"这事很危险,你还是找师秋菊求援吧。"

郑福瓮声瓮气:"你挖苦我?"

"不是。我是告诉你遇到大事要依靠领导。"

郑福还是在屋里不停地走动。他心里寻思,明天是公休日,明天是公休日。

季丽茹已经睡着了,她做了一个梦。

还在上夜班。还是坐在案子前——佯寐。那个电工大鲁潜伏在案子下面。大鲁的一双大手突然握住了她的两只脚。她不言不语。

大鲁小声问:"你知道谁是贼吗?"

她的心儿突突地跳。

"就是麻脸,就是麻脸。"

车间主任是贼?她不信。她出了一身冷汗。

大鲁说:"他把铜条卖了,给大伙发奖金。"

她急声问为什么为什么。

大鲁说:"不发奖金,大伙儿就不干活儿,大伙不干活儿,他就没法跟厂长交差。"

季丽茹哇的一声哭醒过来。身边空荡荡的。

郑福已经走了,骑着车子赶往六十里地之外的驴店乡能源设备厂。

天蒙蒙亮。郑福知道这么多年来自己是第一次走出工厂——到另外的一个天地里去换换空气。

他的心情有些紧张。总是摆脱不了那种随时都要遭受袭击的慌张心态。

这时候他很想跟师秋菊通一个电话。

进了驴店乡能源设备厂的大门。这是一个形如大车店的院落。院子里停着一辆黑色皇冠。

这就是工厂？郑福心里很不是滋味。

继而他又自豪起来。认为自己的工厂才是真正的工厂。这时候走上来一位只有一只眼睛的老头子，自称是厂长。厂长递给郑福一支万宝路，说："您是郑师傅？嗯来我们这儿干第二职业的都是有些来历的人。我介绍一下，那是车间主任于凤喜……"

走上来一个嘴里叼着大烟袋的老婆子："我还兼着厂里的会计，开工资都得经我手。"

郑福看傻了眼，机械地跟着老婆子往车间里走。老婆子说："改革开放之前，我是村里的妇女主任。"

前妇女主任现车间主任兼会计又说："我们这个厂子是典型。前些天还来了一位姓师的副市长来视察呢。电视上都演了。"

郑福听着，觉得师秋菊无处不在。

"让我干什么活儿？"他问老太婆。

车间里站着一群土著工人：大姑娘小媳妇、小伙子半大老头子。老婆子对大家说："这位郑师傅有技术，跟你们一块干活儿。改革开放工农联盟嘛。"

于是大家开始干活儿了。

一个土著小伙子对郑福说："这发电机是从外边买来现成的。咱们焊一个铁排子往上一装，多了四个轱辘，就成了移动式小型发电站。往外卖。"小伙子又说："你们城里来了七八位呢。来干一天八十块钱吧。都是技术行的。"

郑福听了这些话更觉得胃里饱了。他问小伙子前些天是不是来了一位姓师的副市长视察，女的。

小伙子想了想，说："嗯。也闹不清楚。反正常有女的来拉赞助，报社的记者什么的，长得都挺白。"

中午吃客饭。郑福走进屋落座。早已坐了六七个人。郑福抄起筷子一抬头，愣住了。迎面坐着丁巧手——正不言不语望着郑福。

郑福不知该怎么办。冤家路窄。

十八

黄老头失踪了。"黄村"成了无人的废墟。孙厂长几次打来电话，都像蝉儿一样叫唤而无人接。

一拨又一拨的外国人来厂考察，洽谈合资事宜。厂道上，郑福迎着外国人走来。擦肩而过的时候，他量出那三个洋人的身材都比自己要矮。一米九〇的郑福心中很有些国旗升起的感觉。郑福往垃圾山方向走去。

他要再次请求姚艳花去找丁巧手说和。

那一天在驴店乡能源设备厂与丁巧手相遇。丁巧手像是根本不认识他——相安无事。

但郑福心里越发恐怖起来。他觉得丁巧手简直就是一个魔鬼，不屈不挠的魔鬼。

姚艳花去找过丁巧手一次。丁巧手不言不语听着。最后丁巧手开了口，问："那个郑福，是个工人吧？"姚艳花连声说是是是啊。

丁巧手摇摇头："我看他不像是个工人。"

姚艳花问:"那你看黄老头像工人吗?"

丁巧手说:"黄师傅这种人是很少的。情况特殊。"

姚艳花动了好奇心:"石玉东呢,石玉东像工人吗?就是我原先那个爷儿们。"

丁巧手说:"石玉东是个工人。石玉东本来就是个工人。"

姚艳花不知为什么,落了几滴眼泪。

郑福越过工厂后墙,走向垃圾山。他走近姚艳花。姚艳花半跪在那里,似乎陷入某种沉思。他叫了一声:"小姚。"

姚艳花似乎受了惊吓,站起身望着郑福。

郑福说:"你、你再去找丁巧手一次吧。我想尽快了结这件事情。"

姚艳花好像根本没听见他的话,眼睛向远处望去。

"厂子里调整劳动组织,丁巧手可能要调到这儿来负责垃圾山……"

郑福知道,丁巧手是铁了心。

这时候郑福已攀到垃圾山的山腰。

姚艳花突然大声喊:"郑福你知道我拾着什么东西啦?"

郑福回头去看远处的姚艳花。围着深色围巾身着深色工作服的姚艳花,看上去像一个正服苦役的女囚。

"黄老头的那台机器,扔到这破烂堆里来啦!黄老头研究了半辈子的机器,这是他的命根子呀。黄老头疯啦?怎么把命根子扔了?"

姚艳花大声喊叫着,带着哭腔。

郑福大声说:"咱们正赶上大变化的时候。兴许黄老头有自己的想法。要么就是那台机器根本就是废物一个,没用处。"

他远远能看清——姚艳花身边的那一堆烂铁——黄老头几十年的血汗之物。

郑福继续往山顶上走。他想:黄老头怎么起了这么大变化呢?一咬牙就扔了研究多年的机器。那么往后黄老头没了命根子还怎么活下去呢？黄老头真是个怪物。

郑福觉得很快就要攀到垃圾山顶了，就抬起头喘了一口气。

他惊得屏住了呼吸。

丁巧手拎着一支铁锹，站在垃圾山顶。

郑福觉得自己生来第一次仰视别人。

丁巧手面无表情，嘎的一声卸下那只左手。

"你、你到底要干什么？"郑福往后退去。

丁巧手不言不语，缓缓安上那只左手。

"我、我是工人，你、你也是工人。为什么一次又一次下这种狠手……"

郑福说着又下意识摸了摸腰际——没有手枪。这时候丁巧手举起了铁锹。

郑福叫了一声便朝垃圾山下滚去，一直滑到姚艳花面前——与那一堆黄老头的废铁滚在一起。姚艳花望着躺在面前的郑福小声说："你是个大狗熊，丁巧手刚举起铁锹你就自己从上边滚了下来，真×货。"

丁巧手拎着铁锹，转身走了。

姚艳花将那一堆"黄氏废铁"装上手推车，往废品收购站换人民币去了。

郑福呆呆立在那里。

十九

黄老头病了——发烧一个星期，四十度。

黄老头变了。他整天在"黄村"里窜来窜去，像是吃了耗子药。桌子上的电话铃响了，他聋了似的，不去接。孙厂长只得派厂部的女秘

120

书来"黄村"宣他。黄老头知道孙厂长又要找他查"辞典"了。他大声说："我忙着呢，我不去！"吓得女秘书乱眨眼，以为黄老头得癔症了。

黄老头大声说："都别来干扰我！"

他身后有人咳嗽了一声。黄老头不回头便大声说："丁巧手你干什么来啦？"

丁巧手说："我来看一看你。"

"放心吧，这一次调整劳动组织，往下裁六百个工人，听说没有你。照顾残疾人。"黄老头说。

丁巧手笑了笑转身走了。

黄老头这时候才想起：丁巧手准是来找郑福的。丁巧手是不会与郑福善罢甘休的。

临近下班时分，姚艳花来了。

她当头就说："进工厂大门呀，门卫还让我办了一个来宾登记手续。这辈子我还当了一回来宾。"

"门卫知道你被除名了，拿你开心呢。"

姚艳花脸色黯然："只可惜，没能跟乔秃子同归于尽。"

黄老头："你应当保存实力了。"

这时候，姚艳花递上一只信封。

"谁给我来的信？六十年代我经常收到群众来信，叫我发明家，还和我探讨许多问题。"

姚艳花快声说："现在是九十年代了。没人给你来信。"她从信封中抽出几张人民币。

"总共十九块八。按废铁的价钱。"

黄老头蒙了："什么呀？"

"你把你那台宝贝机器扔了。我拾了去，卖了钱。给你送来了。我

121

这叫拾金不昧呀。"

黄老头脸色一沉:"不许你拿这事儿跟我开玩笑!我心里别扭着呢。"

之后黄老头抬起头来说:"你知道我这一辈子是怎么回事吗?我自己心里最明白。"

姚艳花笑了笑:"用不着这样,接着往下活呀。"

一阵走路的响动之后,一瘸一拐跑来了石玉东。只见他胸前挂着一架望远镜,手里还举着一个照相机。他大声说:"别动,我抢拍一张,明天登上报纸,说是工人发明家黄稳山收徒姚艳花。"

姚艳花说:"你有虫子呀?玩起照相机啦!"

石玉东非常郑重地将镜头对准那面印满了郑福巴掌的白墙,按动了快门。

"这幅照片能得摄影金奖——熊迹。"

石玉东说罢表情严肃起来:"都说耳听为虚,眼见为实。我往后跟谁打赌,就先把那客观物件拍下来,是个明证。这样呀打赌也就更加具有科学性啦。理不辩不明嘛。咱们厂热处理的大烟囱裂了,你们不信咱就打赌……"

姚艳花竟然说:"让我寻思寻思再说……"

石玉东好像没听明白,一瘸一拐走了。走了几步他回头问:"听你这话,像是要跟我打赌?看来你还热爱真理呀。那个他妈的孙厂长,见了我总是脸一扭就过去了,不敢跟我正视那座大烟囱。我说黄老头你最奸呢!一辈子安安逸逸过来了,没灾没祸的……"

石玉东的脑子仿佛出了点毛病,说起话来一车一车的,没完没了。

姚艳花目光里含着几分对前夫的怜悯。

"小姚,从明天起我管狗子啦!我的脚伤已经全好啦。"石玉东说着,走远了。

这时候，郑福团缩在自家床上，连声说冷。季丽茹拿出体温计量了量："不发烧呀，你怎么冷成这个样子？"

郑福愁眉不展，像是对生活丧失了信心。

心悸。郑福知道自己是受了惊吓。

"今晚上有一场足球赛。"季丽茹平静地说。

郑福："我不看我不看……"

季丽茹织着毛衣说："这次调整劳动组织，会把你裁下来吗？"

郑福："不知道不知道……"

"我已经向上边要求了，把我裁下来。"

郑福呆呆望着季丽茹。

"我特别希望我被裁下来……然后，才能找着一条新道，换个样子过日子。"

郑福说不出话来，因为他无话可说。

季丽茹又说："你不用怕。厂子里不敢裁你的，因为师秋菊呗。还有，丁巧手总憋着要弄死你，这事情我都知道了。你总得想个办法吧。"

郑福突然放开嗓子："你不要说了行不行！你不要说了行不行！"

季丽茹啪的一声打开电视机。刚好是一个远射——原来是一场"女足"。

郑福把毛毯蒙在头上——心里接着害怕。

"你吃红烧猪蹄吗？"季丽茹问他。

二十

孙厂长好像很会治厂——没见有什么大起色，报纸呀电台呀却时不时提起这个六千多名职工的企业。说是正在走出谷底。

全厂上下每个职工都得到一项福利，一顶款式新颜色俏的太阳帽。

123

工厂一夜之间长出六千多颗花花蘑菇。姚艳花没有。

傻儿子狗子嚷着找她要太阳帽。姚艳花没辙，就把那枚纪念章给狗子戴在胸前。狗子这才安静下来。郑福的护身符成了傻狗子的玩意儿。石玉东在院子里转磨，然后失声痛哭起来。

姚艳花知道石玉东是憋屈得难受才流泪的。她也无声落了几滴泪，又叹了一口气。

之后石玉东一个人喝闷酒。他从怀里缓缓掏出一沓子彩色照片：前后左右，从不同的角度拍摄的那座烟囱。他分明迷上了那个景致。

石玉东说："我跟这个说烟囱裂了跟那个说烟囱裂了，没有一个人跟我打赌，好像都同意我的观点。既然都同意我的观点，为什么人人见了我都躲着走呢？我是蒋介石？希特勒？那个孙厂长也是个没灵魂的人！"

姚艳花终于说话了。"玉东呀，你说什么呢？到我这屋里来我听不见。"姚艳花的声音很柔也很烫，让男人听了四肢发软。

石玉东一摇一晃走进前妻的屋子："没有一个人愿意跟我打赌，没有一个人敢于跟我打赌，好像这世上的人都死绝了……"

姚艳花正给傻儿子洗衣裳："你这些天总说那大烟囱的事儿，到底怎么啦？"

石玉东用很悲观的口气说："热处理的大烟囱顶上裂了一道口子，明摆着的事儿，好像大伙儿都知道又都不知道……"

"热处理的大烟囱没裂口子。"姚艳花语气坚定地说出这句话来。

石玉东看了看姚艳花，说裂了裂了。

"没裂。"姚艳花露出好斗的面孔。

石玉东根本没有意识到前妻是在打捞他——在前夫万念俱灰之时故意站出来与他打赌。

石玉东来了精神："裂了！就是裂了，你不信咱俩就打赌！"

姚艳花笑嘻嘻迎战："打赌就打赌！"

一男一女在这一瞬间还原成两个大孩子。

石玉东掏出那个小本子："嘿！这么多天没有一个人出来为真理而斗争，时势造英雄，小姚你站出来了……"

姚艳花偷偷抹了抹眼角。

石玉东非常兴奋。他拿起那顶新发下来的太阳帽："你现在拾废品是露天作业，要加强劳动保护，这帽子送给你吧。"

院子外边汽车响，仿佛有人说话。

石玉东往外走。没承想走进院子的是那个又高又瘦的孙厂长。石玉东当头就问："孙厂长你说热处理的大烟囱到底怎么样了？"

孙厂长显然早已忘掉这件事情——呆住了。

石玉东说："裂了，真的裂了，你不信咱俩就打赌！"

孙厂长嗯嗯应付着，问："郑福……"

姚艳花伸手一指："这间屋！"

孙厂长认出姚艳花就是那个令人胆寒的"科级杀手"，只得干干一笑，往郑福屋里走。

郑福啊地叫了一声。孙厂长怔在门外。

姚艳花导游道："郑福受了惊吓，不敢出屋。厂长您就大胆往里走吧。"

这时候屋中郑福也已稳住阵脚，迎将出来。

屋里，一个厂长，一个工人，挺尴尬的。

孙厂长是来向郑福告别的。他说有两个工人他必须记住：一个黄稳山，一个郑福。

郑福说："我没这么重要吧。咱俩也不很熟悉。您高升了，挺好。"

孙厂长调到总公司去，成了孙经理。

孙经理说他刚才去看黄师傅了。黄师傅突然中风，半身不遂住医院

125

去了。

郑福很吃惊："什么？上午他还挺好的呀。"

孙厂长又说黄师傅留下一套图纸。"我还没来得及看，也不知道是老发明还是新发明。"

孙厂长最后说："最近我市工业大有起色，这都是师秋菊同志领导有方啊。哈哈，公休日你到那个乡镇企业去工作，大有用武之地吧？"

"我早就不再去了。那儿根本不像个工厂。"

孙厂长一边往外走一边说："这就是你的认识问题了。工厂嘛哪有一模一样的。"

孙厂长走了。郑福一个人在家里发呆。

他想去医院看一看黄老头。黄老头到底是个什么样的人呢？他想。

黄老头留下一套什么图纸呢？怪事。

孙厂长为什么来找我道别呢？

无论郑福思考什么问题，总有一个沉沉的影子笼罩着他。郑福知道，无法摆脱无处藏身无路可走无人可诉说。丁巧手迟早杀了我！

此时他才察觉自己混混沌沌活了这些年。只有遇见丁巧手之后，他才知道自己是个经不住推敲的工人。兴许是没指望了。

他决定明天去探望黄老头。

郑福一夜失眠。季丽茹却酣睡一夜。

早晨，季丽茹坐在镜前梳头。她说："我昨天去找丁巧手啦。"

郑福从床上坐起："你……"

"这样下去，你非疯了不可。所以我就去找丁巧手了。他正磨刀子呢，要刻吊钱。"

郑福说："我知道，第二职业。"

"另外，丁巧手好像很忙。他承包了咱们厂的那座工业垃圾山，每年向厂里上交二十万。其实他可以不再刻吊钱了。可是他舍不得，舍不得那个火红的正月。"季丽茹叨叨着。

郑福十分认真地听着。

"最后呀，他同意了结这件事情了……"

郑福双眼一亮："真的?"

季丽茹笑了笑："但有一个条件。"

"什么条件?"

"这条件我觉得挺古怪的，也易也难。"

郑福耐心等待着。

季丽茹说："丁巧手要你当面承认，你，不是个工人。"

许久，郑福都没有抬头。

"我不是个工人，那我是个什么呢?"

"丁巧手没说。"

"要是我不答应这个条件呢?"

"这……我就不知道了。我想，丁巧手会继续治理你的。"季丽茹说。

郑福起床。他打算去医院看黄老头。

季丽茹说了一句"我又要上夜班了"，就拎着手提包上班去了。一个迷你型女工。

二十一

不用跳墙了。进进出出很主人翁的样子。

厂道上走着三个人。天气是多云间阴。

背着照相机的石玉东说："自从那一年跟师秋菊那娘儿们打赌我闹了个胃出血，我就发誓不跟女人打赌了。可男人都死绝了，我只能跟你打赌了。"石玉东的心情是很振奋的。

姚艳花挎着望远镜："谁输了谁请客,一顿狗不理。"

傻狗子左手拉着爸爸,右手拽着妈妈,像一块大补丁。这孩子胸前戴着一枚纪念章。

正是郑福悬赏寻找的那个护身符。

姚艳花觉得这玩意儿戴在傻儿子身上,正合适。阿猫阿狗都一个味儿。

仨人兴冲冲朝那座大烟囱走去。石玉东的打赌生涯,也因此而延伸。

姚艳花首次"下海"是为了涨工资。于是跟劳资科长弄到一起去了。姚艳花如愿,也给石玉东争取了半级工资。石玉东蒙在鼓里。后来他有了察觉,就问身边的人。人人都佯装不知,躲避是非。石玉东愤怒了。

他站在车间中间手里举着一百块钱:"我老婆姚艳花跟别人搞瞎巴,谁不信就跟我打赌!"

没人去跟石玉东打赌。他大声喊叫:"这么说我肯定当了王八啦!"

之后石玉东跟姚艳花离了婚。姚艳花渐渐获得了"科级杀手"的称号。石玉东则在打赌的道路上走了下去。

仨人来到大烟囱近前。

黄老头住在一间十五张病床的大病室里。郑福提着一网兜水果立在床前,好像黄老头面前矗立了一座会喘气的烟囱。

中风不语。黄老头的儿子说:"不能说话了。有时能看懂手势和眼神。"

郑福说:"黄师傅,你安心养病吧,养好了身体接着研究,研究你给孙厂长的那一套图纸。"

黄老头点点头,又摇了摇头。

郑福问:"那套图纸上画的是什么呀?"

黄老头儿眼角淌出一滴泪水。

128

黄老头的儿子说："可能是一种新的机器，但不是工业上用的。"

黄老头那只白而细致的右手尚能活动。他使劲抓住郑福的手。郑福知道黄老头心里有许多话要说。

大烟囱前，石玉东攀住扶梯，开始往上爬了。他要爬到烟囱顶处，把那道裂口拍照下来，然后冲洗成照片——作为打赌论输赢的依据。

石玉东有赌可打就成了最幸福的人。他回头对傻儿子说："儿子，跟爹学着吧，长大了也要做个认直理的人！"

傻儿子冲爹点点头。

之后，石玉东似乎动了感情，他攀在扶梯上回身对姚艳花说："小姚，其实你这人挺不错的，就那么一个缺点。你要是改了，就成了大好人了。"

姚艳花定定望着前夫。她觉得自己像一个保姆，看管着两个男孩——一大一小。

一位副厂长模样的人走过来问："爬烟囱干什么？"

姚艳花说："安全检查。你不知道这事儿？"

"知道知道。你们干吧。"副厂长走了。

烟囱很高。不是一般人能攀上去的。姚艳花大声喊："狗子他爸你可小心着呀！"

石玉东很潇洒地挥了挥手。

已经攀到那道裂纹近处了。石玉东抬起望远镜，却向远处望去。

"咱们厂很好看，像个小媳妇一样水灵。"石玉东举着望远镜又喊道，"垃圾山又长高了，好像是丁巧手站在山头上呢。"

姚艳花喊："你拍照吧！拍完了快下来。"

石玉东就拍照。一张接一张拍个没完。

"这一顿狗不理小姚你是请定了……"石玉东说着，准备收拾家伙返回地面。

129

石玉东兴致极高："输赢不重要，重要的是参与……"

石玉东好像是一脚踩空了，身子一晃便离开了烟囱。他往下坠落，依然大声喊叫。

"×他妈！这次我怎么没练好呢……"

在傻儿子眼里，从天而降的爸爸很像一只俯冲而来的大鸟，发出一声声鸣叫。

石玉东落地时，砸起一团尘烟。他将照相机紧紧搂在怀里："我死不了，你不信咱俩就打赌。"说完他嘴里便吐出一大口鲜血。

他怀里那个记载打赌事项的小本子，被鲜血浸透了。姚艳花哇的一声哭了起来。

"我是为了哄你高兴，才跟你打赌的。怎么就害了你呢。咱俩真是一对冤家呀……"

跑来了很多人，抬起石玉东送往保健站。尽管他已经死了。只有他拍下的那几张胶片，将成为日后维修烟囱的重要依据。

地上，那一架望远镜摔成了碎块儿。

其实平时人活着是用不上望远镜的。

季丽茹正坐在保健站的长椅子上，脸色惨白。人们抬着石玉东跑过去，她惊呆了。

季丽茹流产了。她没有告诉郑福她怀孕了。今天在车间里摔了个跤，就流了。这一次艰难的怀孕便失败了。她记得那场球，中国队也是输给了外国人，很惨的。

这里发生的事情郑福一概不知道。他的心依然是惶惶不可终日的样子，说不清道不明。

总之，他已经完全垮了，是个病巨人。他骑车子去市三招找师秋菊，只想说说话儿。

半路上，他的车轱辘瘪了。他只得推着走。

130

赵浦的桥

　　五十五年前的圣诞日赵浦呱呱坠地，母亲却死于难产。很久以来他内心隐藏着一种负罪感：我的生日是母亲的忌日。他经常想起从日本海洄游黑龙江的大马哈鱼。雌鱼产卵之后死去，以自己尸体养育幼鱼成长。一代代轮回下去。鱼母亲的惨烈命运长久笼罩着人子赵浦，从青年而中年，从小马哈鱼而大马哈鱼。

　　三十岁生日的夜晚，赵浦徜徉五河大桥享受着而立之年的凛冽寒风，一时梳理不清思绪，竟然想起"彼岸"二字，顿时激动起来。平时赵浦平静如水。而立之年的生日夜晚，他激动了。

　　他的激动心情很快被别人打断。白天这里出现一起"反标"。胳膊佩戴"红箍儿"的巡逻队员对夜晚驻足五河大桥的赵浦严加盘查，带到派出所检验笔体。值班警察听说这个形迹可疑的男子在道桥研究设计院工作，捻灭烟蒂嘿嘿笑了。

　　你是桥梁工程师就要站在大桥上度过生日之夜，那人家原子弹工程师就要抱着核武器吃长寿面啦？我看你是强词夺理！

　　中国人过生日吃长寿面不吃蛋糕。因此值班警察以长寿面加原子弹挖苦这位文弱书生。赵浦略含怨气地告诉值班警察，自己是桥梁工程师却从来不曾设计桥梁。警察不明白赵浦郁郁寡欢的心思，说了声知识分子思想就是复杂，挥挥手把他放了。

从此，每逢十二月二十五日夜晚，这位毕业于名牌大学桥梁专业的高才生都会登临五河大桥，凭栏远眺城市灯火度过生日之夜。

当年母亲难产被送往中心妇产医院，一路颠簸经过五河大桥兴奋地喊了一声"桥"，语气里充满莫名的欣喜。这是小时候父亲告诉赵浦的。一九六七年夏天遍体鳞伤的父亲纵身跳下五河大桥，前往彼岸。不论此岸彼岸，赵浦对这座桥梁心存感激之情。

赵浦认为，现世生活引发人们敬畏的东西越来越少，而内心深处引发他敬畏的东西反而越来越多，譬如这座由比利时工程师希福设计的拥有百年历史的钢铁结构大桥。他坚决认为这座开启式大桥是人类桥梁史的杰作，属于既不可超越也不可重复的"孤本"。面对五河大桥赵浦深感自卑。这种自卑心理长久主宰着他的日常生活，大有宿命的趋势。

时代大变，生活翻新。只要临近十二月二十五日，城市里庆祝圣诞节的气氛便火爆起来，一家家酒店大厅里竖起圣诞树，五颜六色的小灯泡好似童话世界。一座座商厦大门外站着"圣诞老人"，即使孤儿也会觉得自己有了祖父。据说袜子里即将塞满糖果，孩子们纷纷动弹起来。年轻的情侣则趁机订婚或者结婚，沾得圣诞喜庆气氛。总而言之，赵浦觉得来自西方的"洋节"大有超越本土"过年"的趋势，全球化了。

热衷于圣诞节的主要是青年人。青年人是早晨八九点钟的太阳。这几年每逢圣诞之夜，早晨八九点钟的太阳们便涌上五河大桥，彻夜狂欢直至天明，可谓人满为患。想不到官方居然给予支持，届时交警对五河大桥实行机动车限行，划为二十四小时"步行桥"。此举得到青春世界的广泛称赞。

已经进入中年行列的赵浦远远望着那座属于自己心灵世界的大桥一夜鼎沸化作青春狂热场所，小心翼翼前去询问为何选中此处欢度圣诞。一群热气腾腾的青年人告诉他，这座城市里只有五河大桥属于欧洲古典建筑风格，极其符合庆贺圣诞的文化氛围，所以就占领了。

占领了。这位桥梁工程师一声叹息，叹息自己失去了这座生日大桥。

失去连接此岸彼岸大桥的赵浦苦笑了，责备自己不应当出生在十二月二十五日圣诞节，如今连清静也讨不得。转念觉得这种自责伤及远在天堂的母亲大人，立即改变思路去想别的事情。

竟然想到王伙西。王伙西是他的大学同学兼同龄人，由于设计彩虹大桥受到领导赏识荣任这座城市道桥研究设计院的副院长，还配备了一辆"四环"轿车。赵浦叫奥迪"四环"。他认为五环就奥运了。

乘坐"四环"的王伙西大学期间喜欢阅读名人传记，并且从中提炼出一句名言："人生很长，是一座桥；人生很短，也是一座桥。"王伙西阅读的名人传记包括《我的奋斗》和《拿破仑传》。于是他添了一句口头禅"榜样的力量是无穷的"。赵浦以为王伙西属于有理想有抱负的人，所以崇尚榜样的力量。

赵浦生活的这座中国北方城市汇集五河入海，一度舟来船往水运繁忙。儿提时代，遇有大型火轮经过五河大桥，必须"开桥"方可通行。开桥之时，五河大桥这座从桥身中间分为两段的开启式钢铁桥梁，随着两岸桥头堡的两组巨大齿轮缓缓转动，一分为二的钢铁桥梁从中间朝天翘起，敞开主航道大门，好似钢铁巨人扬起高傲的头颅。于是，一艘艘烟囱高耸的大型轮船冒着黑烟从它高傲的头颅下慢慢驶过，俯首帖耳的样子。每当这种宏大时刻，赵浦热血沸腾心底充满敬畏。这是一个少年对英雄主义的向往。那么英雄是谁，是桥梁还是河流？赵浦从来说不清楚。

持续多年的少雨干旱气候，使得以金木水火土命名的五条河流枯了四条，唯一有水的金河上游还截流修建"明珠水库"。五河因此永久废航，五河大桥随之失去昔日风采。尽管如此，赵浦依然敬畏那座多年不再开启的钢铁大桥。英雄老了还是英雄。有时他担忧桥头堡那两组巨大齿轮生锈坏死，有时他担忧那一颗颗巨大铆钉疲劳断裂。这种担忧心理为他的轻度抑郁症埋下伏笔。于是，他绞尽脑汁想象那位名叫希福的比利时桥梁设计师的模样，感觉很是亲切。渐渐他认定设计桥梁的希福跟写《资本论》的马克思一样，长着满脸大胡子。

随着一座座城市立交桥的兴建，五河大桥失去交通干道地位，行人减少，车辆分流。昔日的英雄化身被边缘化了，一派清静。这种难得的清静使得赵浦产生幻觉，以为时光倒流回到有水的年代。一天上班途中经过五河大桥，他不由自主走下桥头堡站在河坡上痴迷地抚摸着那两组巨大的齿轮，仿佛听到当年隆隆的"开桥"声响。

赵浦好似一个定格在历史画框里的大孩子，与五河大桥共同构成一幅年代久远的古典油画。一个途经此处的摄影记者现场抓拍，不失时机地将西服革履的赵浦和钢筋铁骨的五河大桥收藏到镜头里去了。

巨大的齿轮果然生了锈，赵浦双手沾满三氧化二铁特有的腥气。他看出这座百岁高龄的钢铁大桥老态龙钟，其实骨头很硬的。只有桥梁工程师能够看到人间桥梁的骨头，他对自己的目光穿透力感到满意。平时的赵浦极少自我满意，以自卑心理为主。经常自我满意甚至自鸣得意的是喜欢阅读名人传记的道桥研究设计院副院长王伙西。

摸了满手铁锈，赵浦走进道桥研究设计院，上班。同事小钱姑娘看到赵工程师双手沾满来历不明的铁锈，顿时神色慌张。他看了看自己一双染成深红色的手掌，莫名其妙地想起干涸的血液。

小钱姑娘说，王副院长打来电话请您马上到他办公室去。

王副院长？铁锈未尽的赵浦一时想不起王副院长何许人士，操着求知的口吻询问小钱。

您的那位老同学啊。小钱姑娘别有深意地用"老同学"来解释"王副院长"的历史身份，含有几分同情弱者的表情。

工程师赵浦对历史的记忆往往超过对现实的敏锐。他哦了一声，转身前往王伙西办公室接旨了。

赵浦不知道在道桥研究设计院"老同学"有着特殊语义。每逢提拔干部出现怨气，同事们便以王伙西和赵浦为例耐心劝说失落者。这两人同龄同窗同时毕业参加工作，王伙西顺利当上副院长，赵浦却什么都不是。如此举例具有典型环境再现典型人物的说服作用。成功者学习王伙西的掘进精神，失败者学习赵浦的淡泊心态。王伙西成了成功者的楷模，赵浦成了失败者的典型。

赵浦走进洗手间。不愧是道桥研究设计院新近装修的厕所，外间墙壁上挂着几幅风景摄影照片。堂而皇之镶嵌在画框里的照片均以"桥"为主题。有河北的赵州桥，有北京的卢沟桥，还有周庄的双桥，就是没有五河大桥。想到母亲临产之前喊了一声"桥"，赵浦感慨不已。

用香皂洗手，铁锈洗不尽，双手残存着来自五河大桥的味道。赵浦嗅着，觉得这种味道不是源于现实的陈腐而是源于历史的新鲜。钢铁生锈就是钢铁在说话啊。嗅着双手铁锈的味道，赵浦难以领悟五河大桥的无声诉说。

于是颇为失意地走进厕所内间，嗅着甲醛味道赵浦瞧见"小便往前站"的牌子，立即俯首遵命往前挪了两寸，看到粉刷如新的墙壁上被什么人的手指甲刻下几行文字，隐约可见。

"走自己的路，让别人打车去吧。走别人的路，让别人无路可走吧。穿别人的鞋，走自己的路，让别人满地找鞋去吧。世上原本有路，走的人多了便没有了路……"

赵浦注视着这几行与"路"有关的文字，心中惊奇。我设计了几十年的城市道路，从来没有听到有人这样说"路"。尤其"世上原本有路，走的人多了便没有了路"这句话触动了他。当年分配到道桥研究设计院的十五个大学生有十二个学桥梁专业的，于是一个名叫赵浦的人被挤到无人待见的道路设计室去了。桥梁是城市脸面，设计桥梁的人员接触高层领导的机会多，提拔也快。因此，进入桥梁设计室的王伙西营养充足茁壮成长脱颖而出。从小营养不良的赵浦涛声依旧，拎着老式皮包行走在上班下班的路上。

推门走进王副院长办公室，看到王伙西正在打电话，赵浦只好坐在沙发里候着。王伙西低声操着甜甜腔调说话，好像电话筒里坐着一个分派糖果的幼儿园阿姨，王伙西恰恰是一个渴望得到双份糖果的孩子。

赵浦的妻子是幼儿师范学校教师，曾经以幼儿园"分派糖果"为研究课题发表论文，从而被评为高级教师职称。因此，赵浦对王伙西"大龄儿童"的表情并不陌生，只是无法判断坐在电话筒里的那位"阿姨"是什么级别的人物。

王伙西放下电话迅速褪尽满脸"大龄儿童"般的表情，重归领导干部的郑重身份。他礼贤下士地斟了一杯水。赵浦接过水杯宏大叙事地说，要是南水北调工程提前几年启动多好，我们这座城市一旦有水就活了。

王伙西笑了。我叫你来就是要说水的事情。市建委决定将环城水道沿途七座桥梁全部改造，主要工程是提升桥面高度以便行驶游船，全面促进我市旅游业发展。你知道无烟工业吧？以水生财啊。

赵浦放下水杯起身踱步。看样子好像他是这间办公室的主人。环城水道沿途七座桥梁竣工不足三年，当初我几次建议建造拱桥揥升桥面高度以利日后通船，不知什么原因被你否定了。你看，现在只得重复投资造成浪费啦。

你这个人就是喜欢揪住历史小辫子不放。王伙西坐在沙发里侃侃而谈，我们国家改革开放提倡向前看，你呢总是转身朝后瞅。你忘啦大学时候你钻故纸堆经常遭到团支部批评？好啦，我们不要讲过去的事情了，今天我想听听你对那七座桥梁改造工程的具体想法。

我？赵浦终于停止踱步，迷惑不解地注视着对方。我大学毕业进了

136

道路设计室，多年没有接触桥梁设计啊。

是啊，你多年没有接触桥梁设计却不停地向我提出桥梁设计建议，这说明什么问题？王伙西的表情突然严峻起来。

赵浦更加摸不着头脑了。我也不知道这说明什么问题……

这说明你心里有桥！王伙西起身大声说道，所以我很想听到你对环城水道七座桥梁改造工程的具体想法。桥这东西，你弄好了它起到人生通畅的作用，你弄不好它反而阻碍人生脚步……

下了班，赵浦懵懂着走进家门。妻子正在厨房做饭，哼唱着儿歌。她多年从事幼儿师范教学，心理年龄远远小于生理年龄，而且养成了无比可爱的职业习惯。

放下老式皮包想起环城水道七座桥梁改造工程，赵浦轻声说浪费可耻啊。这时妻子端着一盆米饭摆在餐桌上，说了声吃饭饭，转身返回厨房去炒菜菜了。拿勺勺、喝汤汤、摆筷筷、取杯杯、洗碗碗，这些都是妻子的惯用语言。还有睡觉觉、起床床、洗脸脸、刷牙牙、上班班……不一而足。一个五十多岁的女人，说着小孩子的话，唱着小孩子的歌，做着小孩子的事，一切遵循着小孩子的逻辑，把复杂的弄得简单，把简单的弄得更简单。有时赵浦认为，幼儿教育职业应当使妻子成为全人类最幸福的人。

妻子确实在简单的世界里获得简单的幸福。她不光显得年轻而且显得单纯。在复杂的现实世界里，单纯的人往往容易感到幸福。妻子就是这样。

家庭餐桌两菜一汤。老夫老妻相对而坐，简简单单"吃饭饭"。赵浦必须完全服从这种"成人儿童化"的生活，一本正经"喝汤汤"了。

其实赵浦的生活也很单纯，不吸烟不喝酒不跳舞不桑拿，不吃宴席不穿名牌不打麻将不看光盘不买彩券不炒股票……堪称中国节能环保人物。如果追问赵浦心中念想，他可能谢绝回答。只有妻子知道，丈夫爱看南斯拉夫电影《桥》及美国电影《魂断蓝桥》《卡桑德拉大桥》《廊桥遗梦》，读过徐志摩的《再别康桥》，而且存有几套以桥为主题的邮票。一定是由于心理缺失，凡是与桥有关的东西，赵浦便兴味盎然。

吃饭饭，喝汤汤。之后妻子哼唱着儿歌去洗碗碗了，赵浦坐在沙发里等待儿子打来越洋电话。妻子完成洗碗任务走出厨房准备看电视。她主要看少儿频道节目，声称这是了解当代少年儿童的窗口。晚间少儿频道播出"地球知识大赛"。妻子伸手指着五支参赛队伍里的几个小胖墩大声说，形势严峻，我们应当呼吁全社会关注超胖儿童心理问题。

听到妻子使用成人语气说话，赵浦感到意外。看来这位幼儿师范学校教师只在忧国忧民的时候变成货真价实的成年人。儿子还是没有打来越洋电话。电视里五支参赛队伍淘汰了三支，剩下两支队伍明天进行决赛。妻子关闭电视机。这时电话响了。他认为这是儿子的越洋电话，于是妻子跑进卧室去接了。

过了一会儿，妻子走出卧室说是王伙西副院长打来电话，喜讯。

喜讯？看到妻子一派成年人模样，赵浦反而不知所措了。这时妻子不动声色给丈夫削了一只苹果，简明扼要传达着王伙西的电话内容。

你的内心苦恼人家王副院长清清楚楚，你活了大半辈子没有设计桥梁的机会。现在他给你这个机会，让你担任环城水道七座桥梁改造工程的主任设计师，但是他担心你满嘴过去的事情，所以要我做你的思想工作。他说以后有什么合理化建议悄悄提供给他就是了，不要跟别人乱讲。

手里举着被妻子削得完全裸体的苹果，赵浦寻思着。妻子从幼儿师范学校教师变为世事洞明的人生导师，继续开导丈夫。

我知道你跟王伙西是大学同学，他的功课没有你好。如今人家毕竟当了领导。人家当了领导你就要尊重人家。现在他主动拿出桥梁项目成全你，你不能让人家不放心吧？

赵浦抬头看着妻子。一贯把吃饭说成吃饭饭把洗手说成洗手手的幼儿师范学校教师，耐心给丈夫讲解着成人世界的大道理。

我觉得你的为人处世有问题，你处理不好领导与被领导的关系，就等于处理不好桥梁与道路的关系。你处理不好桥梁与道路的关系，就等于处理不好立体与平面的关系。妻子说出一句句处世名言，期待着丈夫回应。

平面与立体的关系？道路与桥梁的关系？赵浦受到妻子震撼，下意识咬了一口苹果。是啊，他发现幼儿师范教师能够在幼稚世界与世故社会之间自由往返，需要单纯的时候单纯，需要练达的时候练达，好似一条游来游去的小鱼儿。

一时间，他读懂了妻子，也读懂了大学同学王伙西，内心释然了。他吃掉手里的苹果对妻子说再给我削一只吧。妻子将信将疑地拿起水果刀。

吃掉第二只苹果赵浦充满童趣地说，我吃了果果，刷牙牙洗脸脸睡觉觉吧。

听到丈夫这样说话，妻子愕然。她认为丈夫怀有抵触情绪便追进卧室说，你明天主动找王伙西谈谈心，这次毕竟是人家主动提出重用你。他在电话里说为了与国际接轨，七座桥梁改造工程特意聘请澳大利亚监理公司，你英语不错呢。

关灯睡觉，失眠了。黑暗里他听到妻子声音飘响耳畔。你的心思我明白，你想设计一座五河大桥那样的桥梁。千里之行始于足下，你先把环城水道七座桥梁改造工程做好，一准能遇到设计大桥的机会。

赵浦心里默默说道，我从来没有想过设计五河大桥那样的桥梁。这好比不能有第二个圣诞节，也不能有第二座五河大桥。如今进入水泥王朝，不可能产生古典式钢铁大桥。水泥追求低温快速凝固，钢铁讲究高温强力焊接。这是两个截然不同的时代啊。

妻子好似"知心姐姐"，一味在枕边晓情动理地开导丈夫，要求他明天上班主动找到王副院长谈心，尽释前嫌。

尽释前嫌？他只得拿着乖乖的腔调说，睡觉觉吧，明天还要上班班呢。

幼儿师范学校教师的声音戛然而止，好似一摊水泥无奈地凝固在黑暗里，只是没有钢筋而已。

第二天清早，妻子再次叮嘱一番。赵浦嗯嗯应承走出家门。他拎着老式皮包穿着老款西装途经五河大桥，轻轻说了声希福先生您好，胸有成竹朝着道桥研究设计院方向走去。他雄赳赳气昂昂的样子好像不是走过五河大桥而是跨过鸭绿江。

走进供职多年的道路设计室，他坐下翻看当天报纸。第八版文艺副刊右下角刊登了那位摄影记者拍摄的照片，标题"桥的人"。他看出这是五河大桥，却没留意那位深情抚摸巨大齿轮的人正是自己，随手翻了过去。

小钱姑娘悄悄拨打电话，轻声轻语跟躲在电话筒里的人商量着什么事情，很琐细也很温馨。赵浦充耳不闻，阅读着"本市新闻"版的一条新闻。

他说了声匪夷所思，霍地站起，手持报纸大步走向王副院长办公室。小钱姑娘看着他的背影，觉得赵工程师步伐明显大了，略有几分起早赶路的味道。

他没有敲门，径直走进王副院长办公室甩打着手里的报纸说，苏枕冰先生身为著名水利专家怎么可以信口开河呢？他居然提出利用市区现有河床建造城市地铁，说这样将极大地减少土方挖掘量，节约工程投资的百分之二十。天啊，我们这座城市怎么可以没有河流呢？留得河道在，不怕没水来。一旦南水北调成功，水来了我们却没了河道。他这是开国际玩笑吧？

140

王伙西叹了一口气说，百花齐放百家争鸣嘛。苏老提议利用市区河床建造地铁，这也不失一种思路。仁者见仁智者见智。再者说我们国家很多城市没有河流，人家不是也很好嘛。

人家城市没有河流，还想方设法开凿人工湖泊改造气候环境。我们城市有河流反而想方设法给弄没了，这是千古罪人。赵浦掰着手指头统计说，全世界著名城市都有河流经过，伦敦巴黎莫斯科维也纳纽约开罗巴格达吉隆坡，还有上海和广州。就是说匈牙利首都布达佩斯吧，西岸是布达，东岸是佩斯，两岸由八座形态各异的桥梁连接。要是没有河流怎么会有两岸呢？要是没有两岸怎么会有桥梁呢？

王伙西终于抓住契机说，说得好！我正要跟你谈桥梁的事情。你不是特别迷恋桥梁吗？看在老同学的分上给你一个圆梦机会，我决定让你担任环城水道七座桥梁改造工程的主任设计师。

赵浦不慌不忙向着王副院长说，昨天我妻子转告了你的好意。谢谢啊，我是不会接受这项任务的。

王伙西愣了，大感意外。这么多年你不是最想设计桥梁吗？现在我给你机会你怎么摇头呢！

我设计了大半辈子道路，也想象了大半辈子桥梁，我认为自己在现实与理想之间处理不好平面与立体的关系，我还是保持晚节吧。

晚节？你这是什么意思！一向稳重的王伙西恼了。依你这么说好像七座桥梁改造工程有什么不光彩似的，赵浦你不要意气用事啊。

谢谢你的关照。我自己的梦还是我自己圆吧。赵浦满怀歉意向王伙西点头致意，转身走出王副院长办公室。

王伙西没有料到老同学的表现如此恶劣，既伤感又疑惑。赵浦啊赵浦，你是迷恋河流还是迷恋桥梁呢，其实河流不属于你，桥梁也不属于你。你大半辈子到底要干什么啊。

赵浦突然推门返回了。王伙西以为他改变了主意，起身相迎。赵浦满脸严肃地说，伙西，我以老同学的名义向你保证我是不会说出那件事情的，你永远不用担心。

我哪里有什么值得保密的事情啊。王伙西略显紧张地讪笑说，既然你郑重承诺，我就拜托了。不过你拒绝担任七座桥梁改造工程，我心里很不好受。

赵浦十分诚恳地说，你放心吧，我与你之间永远不存在任何交易。

下班回到家里，妻子满怀期待询问丈夫，这种心情胜过家长询问孩子考试成绩。他如实向妻子汇报了。幼儿师范学校教师瞪大一双曾经美丽的眼睛，惊诧地望着丈夫。

看来，我并不真正了解你啊。妻子情绪复杂地说，好啦，咱们吃饭饭吧。

咱们吃饭饭吧。赵浦坦诚地说，是啊，我也并不真正了解你啊。

过了几天传来风声，老院长调走位置空缺不知何人接班。传来风声的当然是小钱姑娘。她质量三包地对赵浦说，请您相信我的消息绝对24K。

又过了几天，小钱姑娘的消息果然赤足999。上级派来两个干部在道桥研究设计院发放"领导班子成员民意调查问卷"，其中有王伙西一页。人们纷纷猜测院长候选人，张三李四王五赵六刘七马八，好像一大堆砖头瓦块。

赵浦在"日常工作中是否接受下级提出的重大合理化建议"一栏里，给王伙西填了"是"。他知道，自己承诺为王伙西保密的不止这件事情。

食堂里遇到王副院长，赵浦只字不提填表问卷的事情。王伙西没话找话主动说起环城水道七座桥梁改造工程设计进展顺利，有三座桥梁增高桥墩绘出图纸，提前开工了。从澳大利亚聘请的工程监理老比尔先生特别喜欢中国古董，花一万元人民币买了两只所谓汉代陶罐，一只是当代仿制的，一只是清代夜壶。

赵浦小孩子似的想象着那位老比尔的模样，一定是满脸大胡子。胡须稀疏的赵浦总是将不曾谋面的男人想象成满脸大胡子，包括那位建造五河大桥的比利时设计师希福先生。

唉，至今我也不明白你为何不接受环城水道桥梁改造设计任务。王伙西语气里还是包含着几分试探。

下了班，赵浦故意绕路经过已经开工的环城水道"第一桥"工地。"第一桥"三个正楷大字出自前任市委书记手笔，十分结实。他看到这里桥面完全掀开，四座桥墩矗直河中，桥墩顶端露出一根根钢筋，面孔狰狞。工地孤光闪闪焊接钢笼，为增高桥墩提供工艺装备。

一个大胡子白种人站在堤岸上哇啦哇啦说着外国话。蹲在桥墩上施工的民工们满脸茫然，连声说听不懂。一个包工头儿模样的汉子跑来，朝着大胡子洋人连连摆手说，我们是外地农民工，我们光知道干活儿挣钱回家过年，你有事情去找甲方老板吧！

赵浦听懂了大胡子的英语，主动走过去担任翻译对包工头儿说，这位大胡子先生说他是这项桥梁改造工程的监理，他问为什么没有通知有关方面你们就开了工？这是完全不合乎逻辑的。

包工头儿龇着大牙笑了。这位洋人说得对，这是完全不合乎逻辑的！前年我承包这座桥梁工程至今还欠着我工程款呢。今年又找我承包桥面提升工程。他妈的当初设计桥面为吗不提高一米五呢？现在瞎折腾。我看这纯粹是脱裤子放屁——浪费国家裤腰带。

尽管赵浦内心颇有同感，他还是没有把包工头儿这番话如实翻译给大胡子，那样有损国家形象。他判断这位外国工程监理是来自澳大利亚的老比尔，于是操着比较流利的英语说，是啊，您花一万元人民币买到两只假冒汉代陶罐也是不合乎逻辑的。

大胡子洋人听罢哈哈大笑，伸过一只毛茸茸的大手说，我是来自澳

143

洲的比尔，你叫什么名字啊我亲爱的朋友？

赵浦说出自己的英文名字乔治，然后跟老比尔紧紧握手。

一个站在桥墩上的农民工小伙子冲着赵浦大声喊叫，你是甲方代表啊！前年建桥的工钱还没结清呢，今年拆桥的工钱恐怕更没指望吧？

小伙子你不要激动。前年是建桥，今年也不是拆桥。我们掀开桥面是为了增高桥墩提升桥梁，保证环城水道能够行驶游船。这样就把板桥改为坡桥了。赵浦颇为学术地说着，无意之中为当初不接受合理化建议的王伙西辩解着。

反正是建了拆，拆了建，反复是浪费国家银子呗。你们甲方就是这样！农民工小伙子抵触情绪极大，不停挥舞着手里的钳子。

老比尔强烈要求乔治把农民工小伙子的话语翻译过来。赵浦思忖着，说出这样一堆英语："这个小伙子说他是农民进城做工的，他们反反复复建设着这座城市，这种情况还将反反复复继续下去。"

老比尔听罢颇为友善地向小伙子招了招手。赵浦认为自己的翻译没有出卖这座城市的底细也没有出卖自己的人格，长长呼出一口气。

来了一辆"四环"轿车把老比尔接走了。这位大胡子洋人钻进轿车向着"中国乔治"挥手道别。这时不知从哪儿投来一块石头，咚的一声落在赵浦脚下。

他们一定认为我是黑了心肠的甲方代表，趁机投来仇恨的石头。赵浦暗暗庆幸那位澳大利亚监理乘车走了。倘若老比尔目击这样一场中国人的"内战"，不光有损人格而且有损国格。平民知识分子赵浦一向注重国家形象，因此特别惦记二〇〇八年的北京奥运会，偷偷参加了志愿者预选初级面试。

这天下午，正在调试绘图机的赵浦接到王伙西电话，开口就问什么时候认识的老比尔。这口吻促使赵浦想起当年的"外调人员"，心里很不舒服便回答说解放前在渣滓洞认识的。

电话里王伙西哈哈大笑说，你们解放前在渣滓洞认识的？怪不得市建委主任接见外国工程监理时老比尔坚决要求请你做翻译，原来你的这种幽默很合西方人胃口。这次你不会拒绝吧？

赵浦哭笑不得。他感觉自己转了一个大圆圈，最终还是回到环城水道的七座桥梁工地。看来自己与桥梁的缘分撕扯不开。转念想起那位可爱的大胡子老比尔，他接受了。

动身去市建委外事办公室报到，赵浦隐约感到凝固多年的生活融化了，从明天开始他将陪同老比尔从这座桥梁工地奔向那座桥梁工地，好似两只不停飞翔的蜻蜓。

乘坐出租车途经五河大桥，赵浦看见老比尔站在桥头，手里举着照相机拍摄桥头堡的巨大齿轮。立即下了出租车冲老比尔打招呼，他主动介绍着五河大桥的历史。

一百年了？老比尔喜笑颜开举起数码相机连连拍照说，这座大桥很老了，老得好像我的祖父呢。

你们澳洲不会有这样的大桥吧？赵浦想起澳大利亚人多为欧洲移民后裔便补充问道，欧洲也有这样的大桥吗，比尔先生？

桥梁工程监理老比尔操着澳洲英语说，这座大桥就是欧洲人嘛。

赵浦连声"闹闹"说，你的说法不符合逻辑，这座中国大桥怎么是欧洲人的呢？

老比尔颇有几分傲慢地解释道，我是说这座五河大桥是欧洲人设计建造的，尽管它架设在中国河流上。

你这样说还是符合逻辑的。五河大桥是比利时工程师希福先生设计建造的，可是我查阅很多资料没有找到他的记载，据说他是退伍军人。

老比尔先生哈哈大笑，用力拍着赵浦肩膀说，我选你做翻译非常好啊。

告别老比尔先生，赵浦赶到市建委外事办公室，正式成为澳大利亚工程监理的英语翻译。第二天上午，他去喜来登酒店向老比尔报到，找到二楼水晶厅，看见大胡子老头儿一边喝咖啡一边"无线上网"。

东方的阳光投映在老比尔先生身上，剪出一幅异乎寻常的侧影。赵浦隔着几张桌子落座，远远打量着点击鼠标的大胡子洋人。

我在道桥研究设计院日复一日工作了二十多年，足不出户，画地为牢。真没想到跟这位外国老头儿成了搭档。以前我经常向中国领导提出有关桥梁的合理化建议，现在我整天跟外国搭档哇啦哇啦说着与桥梁有关的英语。我这辈子是命中注定了——桥。

老比尔挥手招唤"中国乔治"说，我在英文门户网站看到一则消息，你们这座城市准备利用市区河床建造地铁，说节省了挖掘量与拆迁面积。有五位政协委员联名写了提案递交政府官员。

望着老比尔的"戴尔"笔记本电脑，这位中国工程师感到惊异。看来水利专家苏枕冰教授不但把"老年发昏症"传染给那五位政协委员，还被外国媒体报道了。那五位政协委员一味人云亦云联名提案，非要把一条天赐的大河变成一条人工的地铁不可，实在有损城市品格。赵浦不由气得脸色酱紫。

他不知道自己二十多年没有出现这种猪肝脸色了，当即开口向老比尔先生请假，说有急事去办。

老比尔似乎有意戏弄这位中国工程师说，乔治，我要是不同意你请假呢？

那样我肯定要辞职的。赵浦说着起身离开咖啡厅。女服务员追了两步说先生请结账。赵浦这才想起那杯放凉了的咖啡，顺手掏出一张百元钞票说，我们是 AA 制。

已经喝了两杯咖啡的老比尔跷起大拇指说，好！乔治不是虚荣的中国人。

满头大汗的"中国乔治"气喘吁吁走进市政协接待室，对那五位政协委员"改河床为地铁"的提案表示强烈抗议。一位女接待员笑眯眯地说，这里不是外交部不接受抗议，您对城市建设有什么看法我们可以记录下来向有关方面转达。

素常话语不多的赵浦侃侃而谈，从一滴水讲到一条河，而且流向大海。

女接待员趁机截断赵浦的河流说，您家住在河畔吧？市区河床改为城市地铁对居民住宅没有什么影响，反而方便了您的出行。

我家住在南码，离河畔很远。赵浦满怀深情地说，从前我们这座城市被称为东方威尼斯，有很多水呢。

女接待员解释说，那五位政协委员的提案建议利用流经市区七公里的河床建造地铁是有道理的，因为那段河道废航了。

你说得不对。河流废航不等于河流死亡。狮子睡了你能说它死了吗？不能。任何一条河流都有上游中游下游。我们截取中游七公里就等于腰斩了一条大河，包括大河流域。地铁是人造的，人造的东西随时可以建造。河流是天然的，天然的东西一旦斩杀永不复生。没了河流，我们就永远干涸了。你看过电视里的楼兰古城吗？

女接待员似乎被来访者的激情打动，她若有所思地说，我们争取尽快把您的意见反映给主管城市建设的萧副市长。据说他对那五位政协委员的提案很感兴趣，经常过问地铁一号线勘察设计工作。

我回去就给萧副市长写信，记得他以前是水利局长。他管水的出身怎么会不喜欢河呢？

当天傍晚，赵浦陪着老比尔去"第二桥"工地。他坐在车里不停地思索着，终于认清了自己。噢，敢情我不光酷爱五河大桥，我更想复活那条静寂多年的河流啊。

第二天是星期日，"中国乔治"清晨环绕小区中心绿地散步。秋风里一群人竖起一座井架，好像勘探队。他大步上前询问。对方乱哄哄回答说打井。

什么！居民住宅小区里随便打井，你们办理许可证了吗？

身穿黄色工作服的工头儿说，物业公司利用地下水浇灌草地和树木大量节约自来水，这道理你不懂啊？

赵浦啼笑皆非地说，咱们这座城市五条河水枯了四条，索性请你们打井抽水把它们灌满多好啊。

工头儿啪啪拍着胸脯不知深浅地说，好啊，不就是灌满四条大河嘛，只要有人出钱我们现在就去，把地下水弄到地上来！

看着满嘴豪言壮语的打井工头儿，赵浦深知到处都有这种无知而且无畏的人士。尽管写给萧副市长的上访信已经寄出，他反而更加担忧那条河道随时变成地铁。

临近中秋节，寄给萧副市长的信件没有回音。环城水道七座桥梁改造工程顺利进行。其中"第五桥"远离交通干道，因此改造成为一座模仿周庄的双孔拱桥。老比尔操着嘲笑的口吻说，这是今天的中国人模仿过去的中国人，这就是中国孙子模仿中国爷爷。

赵浦保持沉默，因为他知道自己就是中国人。

一天过午时分，老比尔邀请中国乔治前往五河大桥观光。他们沿着堤河走着。留在赵浦记忆世界的岸边垂柳与水上船歌，顽强地抵抗着轰轰隆隆的城市地铁。他忧心重重地问老比尔对那五位政协委员的提案有何看法。

老比尔坦言回答说，那五位政协委员的提案思想来自你们的水利专家苏枕冰教授。这位九十岁高龄的老学者久卧病榻居然能够产生如此惊世骇俗的想法，实在不可思议。

过午阳光照耀着五河大桥，显出一派难得的古典气度。老比尔不时看着手表，好像等待约会。果然，年轻的记者们陆续来了。

总共来了十几位记者，有平面媒体也有扛摄像机的。老比尔操着澳洲英语问道，上次会面你们都能听懂英语，今天我还讲英语吧？

只有两位扛着摄像机的大声说"闹"。老比尔似乎懂得"少数服从多数"的中国观点，操着英语讲了起来。

敢情老比尔跟记者们早有接触，今天是他接受现场采访啊。不知为什么赵浦警觉起来，好像妻子专业论文里的"保卫自己糖果的孩子"。

老比尔对记者们说，我会见了那位提出利用市区河道建造城市地铁的水利专家苏枕冰先生，他骨瘦如柴目光炯炯。这种目光使我想起澳洲毛利人的酋长。我还会见了那五位递交提案的政协委员，他们都是雄心勃勃的民营企业家，渴望政府早日通过地铁一号线设计方案，全面拉动运能经济发展。

赵浦不高兴了，突然插话盘问老比尔。他的这种突然插话在道桥研究设计院多次造成王副院长的难堪，此时插到外宾头上。比尔先生，你为什么这样关心河道建造地铁的事情，你来中国到底要做什么啊？

老比尔并不理会中国乔治的责问，面对摄像机继续说道，我还拜访了国有资产管理局，该局官员也认为这是一条丧失功能的河道，出于资源整合的总体考虑并不反对利用现有河床建造城市地铁。

赵浦的面孔渐渐呈现猪肝颜色，呼呼喘着粗气。

一个年轻的记者绕口令似的说，我们的有形资产本身包括着无形资产，无形资产成为支撑有形资产的基本内涵。

赵浦听不懂年轻记者的绕口令究竟什么意思，一时对英语产生反感便操持汉语对记者们说，你们今天现场采访比尔先生到底什么意图啊？

老比尔接过话题用英语回答说，乔治，我现在就公布今天接受记者采访的意图。

赵浦不言语了，专心等待老比尔说话。咦？他愕然抬头盯着老比尔。我说的中国话他完全能够听懂啊！

老比尔先生抖动着满脸大胡子说，你们的改革开放就是做前人没有做过的事情。一旦河道改造成为地铁，这座五河大桥必然成为妨碍施工的废物，我决定出资购买。你们国有资产管理局的官员对我花钱购买一堆废旧钢铁感到惊讶。今天我要告诉大家，这座五河大桥当年是我祖父亲手设计的，后来他老人家客死越南西贡市。

什么！赵浦拨开记者冲到老比尔面前。您的爷爷是希福先生？您的爷爷真是希福先生？

是的。所以我要买下这座大桥，精心拆卸精心装船运回我的比利时故乡。这是我祖父唯一存世的作品。我在越南找不到他的尸骨，却在中国找到了他的化身。这座大桥就是我祖父啊。老比尔说着流出两行热泪。

几个青年记者被这个传奇故事感动了，一起啪啪鼓掌。一个文字记者小声对一个摄像记者说，咱们马上回去制作节目，争取今晚新闻强档播出。

记者们抢到了新闻，纷纷散去了。

赵浦好像喝醉了酒，迷惘地望着不远万里来到中国的老比尔先生。您的孝心感动了我，但是……

谢谢你乔治。我这是在完成祖父遗愿。当年写信给我祖母说，他想把五河大桥带回故乡但是不能依靠战争的方式。老比尔先生动情地说，如今，这座五河大桥即将和平退役，我为祖父盼到了这一天……

不行！赵浦突然爆发了。这座大桥是您祖父设计的。可是归根结底它是属于我们的！你知道有多少人的故事记载在这座大桥上吗？我和一个姑娘就是经人介绍在桥头认识的，后来她成了我妻子。五河大桥记载着我们的过去，有喜有悲。我亲眼看到有人从这座大桥跳下去，说是去了彼岸。这座大桥已经跟这条河流成为一体，它的分量您是搬不动的……

老比尔极其西化地冲着赵浦耸耸肩膀，说了声"骚瑞"。

懵懵懂懂回到道桥研究设计院，赵浦很想找人说话。不如意事常八九，可与人言无二三。此时他意识到自己没有知心朋友。临近下班时分，他走进王伙西的办公室。毕竟大学同窗四年，知此知彼。

王伙西西服革履好像准备赶赴约会。看到老同学脸色酱紫走进办公室，只得解开领带重新坐下说，今晚天宫酒店有饭局，我不去了陪你聊天儿吧。

赵浦有点激动，开口告诉老同学说老比尔打算出资购买五河大桥拆卸装船运回比时利。

王伙西并不惊异，笑了。老外以为我们什么都卖。河是国有资源，桥是国有资产。河在，桥就在。

你说河在桥就在，假若河不在了，桥呢？赵浦不满地说，假若市区河道改为城市地铁，五河大桥就成了没用的废铁。老比尔等着这一天呢。

王伙西献计献策说，你想方设法引起社会舆论关注，从而阻止市区河道改为城市地铁，那样五河大桥就保住了。

赵浦极其认真地思索着。我要是纵身一跳以死殉桥肯定引起社会关注吧？

零作用。你一不是演艺明星二不是巨额贪官三不是高干子弟，一个普通工程师跳桥寻死是不会引起什么关注的。

赵浦气急败坏，说，我到底怎么办？反正我不能让他们把一条河流从地图上抹掉啊。

我们已经从地图上抹掉很多东西了，河东孔庙、河西天主教堂、北坡双女殉难处、南码水产学堂旧址，还有被填埋的木河和改成暗涵的土河……王伙西说着叹了一口气。

想起王伙西放弃饭局陪伴自己说话，赵浦挺感动的。他起身邀请老同学出去吃饭，说请客。王伙西摆手谢绝，说外面饭局公款结账你自己的钱留着居家过日子吧。

回到家里吃晚饭。妻子主动给丈夫讲起今天全市学龄前儿童选秀大赛的花絮。赵浦心不在焉听着。

一位监考评委要求参赛选手解释成语"海枯石烂"。五号参赛女孩儿回答海枯就是大海干了，石烂就是石头烂了。监考评委问大海干了怎么办。你猜五号参赛女孩儿怎样回答的？

嗯了一声，赵浦抬头注视着满脸笑容的幼儿师范学校教师说，这是一道环境保护题啊，那女孩儿怎样回答的？

大海干了，吃烤鱼呗。妻子说出参赛女孩儿的答案，捂嘴咯咯笑了起来。

赵浦望着笑得难以自持的妻子，心情沉重起来。一个女孩儿看着大海干了想起吃烤鱼。一个半大老头子看着大河干了怎么办呢？

他放下筷子离开餐桌。妻子不敢笑了，随手打开电视机。

《今晚新闻》果然播出老比尔先生从澳大利亚来到中国寻找祖父大桥的消息。镜头里的赵浦站在老比尔旁边，成为陪衬人。

妻子惊奇地看着电视新闻里的丈夫，小声嘟哝着。我真是没有想到，老比尔先生来中国是为了购买你的大桥啊？

那不是我的大桥，也不是老比尔的大桥，五河大桥是五河的大桥。赵浦异常冷静地说着，老比尔为了祖父的大桥东奔西走，挺不容易的。其实他完全可以放弃这座大桥，因为没人逼他这样做啊。

妻子及时插话说，你心里惦着河惦着桥，也没人逼你这样做啊。我看你跟老比尔一样，都属于没事儿找事儿型的。

赵浦寻思着妻子的话语，连连点头认为自己找到了跨国知音。似乎是为了庆贺找到外国知音，他小声问妻子有苹果吗。

噢，你要吃果果啊。妻子起身扭摆着腰肢跑到厨房去了。

深夜时分，儿子打来越洋电话。妻子唠叨了一会儿，把电话筒递给丈夫。远在英格兰的儿子兴奋地告诉父亲，他的硕士毕业设计获得优等评语，他设计的牧场板桥使用新型高强度塑料建造，单向车道，承重量五吨。

塑料桥梁？中国工程师赵浦听了惊讶地说，一座桥梁，百年大计啊。

儿子的声音从遥远的地方传来，空旷而高远。爸爸，您知道新的工业设计观念吗？需要百年大计的按照百年设计，不需要百年大计的按照百年设计属于严重浪费。我设计的这座桥梁使用期十年，不需要百年大计。

不需要百年大计？要是依照你的新工业观念设计，那五河大桥早不存在啦。

对。新新人类的名言是昨天已经古老。时下城市建设千篇一律，这种钢筋水泥森林永远也不会成为人类遗产的。所以，我设计的英格兰牧场桥梁不是百年大计是十年小计。

放下儿子电话，赵浦陷入沉思。十年小计？当年希福先生要是把五河大桥造成塑料的……

妻子跟随着丈夫思路说，那就不会有今天的五河大桥了，你也就不用为它操心了。

既然城市成了水泥森林，我们五河大桥更有文物保护价值了，怪不得老比尔先生紧盯不放呢。赵浦自言自语着，睡着了。

清晨醒来，妻子说做了一个梦，梦见长江水调来了，哗哗流过五河大桥奔向大海了。

谢谢你的梦。赵浦说罢走出家门上班去。他走进道桥研究设计院向王副院长报到，说辞去英语翻译工作了。他满脸天方夜谭的表情向王伙西说起儿子设计的那座处于英格兰牧场的塑料桥梁。

王副院长连连摇头说，咱们受传统教育长大，哪里敢设计塑料建桥啊。

伙西，既然咱们不敢设计现在的塑料桥梁，就要敢于保护过去的钢铁桥梁！

天冷了。关于利用市区河道建造城市地铁的说法，时紧时松。赵浦的心情也随着时紧时松，好像一架老牌手风琴。

临近年末岁尾，这座城市庆贺圣诞气氛浓烈起来。很多年没有登临五河大桥度过自己生日的夜晚了，赵浦很向往。天气更冷了。当地报纸提前发布消息，说今年圣诞夜欢庆场地从五河大桥迁往中心文化广场，届时五河大桥交通照常。赵浦手捧报纸激动不已，好像重新成为那座大桥的主人了。

圣诞夜，赵浦悄悄穿好大衣走出家门，路灯下拖着长长的身影前往五河大桥。妻子不声不响跟随着，好像丈夫的尾巴。

城市灯火辉煌，商厦连市，餐馆爆满，年轻人走上街头涌向中心文化广场——那里修建了一座模仿巴黎凯旋门的建筑，取名神州门。堂堂神州门却充满西方文化韵味，深得年轻人喜爱。

走上五河大桥，赵浦望着桥下冰河深情地啊了一声。远处的神州门灯光通明，形成活力四射的青春世界。想起父亲母亲，他知道自己也成了一个落伍守旧的人，于是心中更加坦然。

他回头看到妻子来了，满足地笑了。幼儿师范学校教师平时很少看到丈夫笑容，塞过来一份圣诞礼物说祝你生日快乐。

赵浦接过小绒熊，拢着妻子肩头沿着桥栏散步，一派老夫妻形象。大桥上迎面走来老比尔先生。天冷，他却穿着米色运动衣，显得精神抖擞。

工程师赵浦操着英语说，比尔先生，圣诞快乐！

老比尔望着赵浦妻子说，乔治太太吧？祝您全家圣诞快乐。

于是，两个中国人和一个外国人站在五河大桥上，交谈着。远远望去好像给桥头增添了一组圣诞雕塑。

比尔先生，您要想买到这座大桥首先要废掉这条河。河不废，桥是没人敢拆的。

老比尔郑重地说，我给你们的萧副市长写了一封信，他接见了我。我当面告诉萧副市长，地铁是人造的，河流是上帝赐予的。一个是人造的，一个是神造的，这是完全不同的两种造物。

您的意思是说这两者有着本质区别，那桥呢？赵浦惊奇地问道。

这个问题应当由萧副市长回答你。老比尔说着与赵浦妻子握手告别，然后拥抱了"中国乔治"赵浦。

我明天回国引资，全力参与你们这座城市的开发建设。老比尔嘿嘿笑着说，乔治先生，你替我好好看守这座大桥吧。

老比尔走了。赵浦冲着他的背影大声问道，比尔！你祖父希福先生也是满脸大胡子吧？

妻子小声劝阻说，你说的是中国话人家哪里听得懂啊。

老比尔先生存心要买五河大桥怎么会听不懂中国话呢？赵浦固执地大声说，他跟我一样都属于没事儿找事儿型的！

夜风里，赵浦的声音随着欢庆圣诞的气氛弥散在古老的河面上，闪动着晶莹的光芒。

五十五岁的赵浦将生日礼物小绒熊紧紧抱在怀里，望着圣诞之夜的万家灯火。

何处天堂

一

高芙英是个极容易给别人留下深刻印象的女人。这并不是说她容貌姣好楚楚动人。她身材高大，虎虎生威，并且剪着短发——背影看上去很像获得奥运金牌的我国柔道选手，譬如高凤莲什么的。令人遗憾的是高芙英没去练柔道，这极有可能对我国的奥运金牌战略产生负面影响。

高芙英在一家牛肉面馆里给人家揉面。这个身材高大的下岗女工揉起面团很有节奏，动物世界因此而充满弹性。经常来这里品尝牛肉拉面的顾客们一致认为，比高芙英更耐人寻味的是高芙英揉面时的背影。

背影也好侧影也好，她肯定不会变成男人了——除此之外，今生今世的一切还都不是定数。民间歌谣云："下岗女工莫流泪，捷直走进夜总会，谁说身背三座山，呸！那是万恶旧社会。"高芙英笑着说这辈子我是当不了三陪啦。就我这大块头儿一屁股肯定把客人坐死。据说款爷的身体都是虚胖，不禁坐。

高芙英的下岗再就业工程主要体现为她在饭馆揉面。她一边揉面一边四处求职。下岗之前她是本市第五运输场的司机，拥有"大货"驾照。据说当年她开着一辆东风显得特别勇猛——赛过巴顿将军部队里的坦克

156

手并且多次获得"三八"劳动奖状。有一次跑长途从山西往回拉煤，半路上有个男人搭车，操着一口普通话。高芙英从小就有助人为乐的习惯，加之她对普通话怀有好感，于是就让他上了车。这次她可上了普通话的当，这个搭车的男人不是个好饼，上车之后只伪装了十分钟就变得嬉皮笑脸，甚至伸手去摸她丰硕的胸脯。高芙英笑了，说你都这么大岁数了还没断奶啊。那男人自以为得逞，强烈要求她将汽车开到山洼里去，说是要炮打女司机。高芙英说我这样的大块头儿你也不放过啊。那男人色眯眯说天生喜欢大洋马式的女人，高胸大臀的。高芙英点头应允，说必须找个风景优美的地方。行驶了一段山路高芙英缓缓停车，心里算计着右边是十几丈深的山涧。那操着普通话的男人嘻嘻笑着推开车门。她伸手顺势一搡，随着一声尖叫色狼就掉了下去。

此时正是黄昏。一辆白色面包车从后面驶了上来，吱的一声停了下来。车上跳下两个男人，站在路边看了看高芙英的背影，解开裤子掏出家伙哗哗朝着山下撒尿。

这时候天色渐渐黑了。身材高大的高芙英转过身来。那两个撒尿的男人啊地叫了一声赶紧提起裤子，说原来是个女的啊。

高芙英笑了，心里暗暗说我当然是女的啦，男的已经掉到山涧里去了。这样想着，她朝着那两个男人挥了挥手，上车提速就走。

没人知道这件事儿。就连她丈夫也不知道。高芙英在家里是个不爱说话的女人。

私营运输企业发展迅猛，国营运输企业机制僵化人心涣散，就是实行个人承包也难以摆脱严重亏损的局面，高芙英所在的第五运输场关门歇菜。

高芙英和广大司机一道，下岗了。

那时候高芙英还没离婚。后来丈夫在外边做生意有了人，就跟她离了。法院将十岁的男孩儿判给她，她将男孩改名高独立，放在娘家跟外祖母生活。高芙英知道自己揉面不是长久之计，可一时又找不到遂心的工作。这时候高芙英虔诚起来，来到莲宗寺烧香拜佛，祈求神灵保佑。走出寺院的时候，她猛然想起前年秋天被自己推下山涧的那只色狼，心头阵阵发紧。虽说是色狼可那毕竟是一条人命啊。如今我又下岗又离婚的，八成就是现世的报应吧？

第五运输场空地上迅速盖起一座豪华洗浴馆，说是以牛奶浴为主，其实鸳鸯浴最赚钱。令高芙英感到愤怒的是豪华洗浴馆将顾客用过的牛奶从浴缸里舀出来盛进一只只大桶里，卖给乡镇奶品厂制作奶豆腐。高芙英听说此事，气得浑身发抖。她觉得这座城市里的人们十有八九变成了魔鬼。从此她极端仇视奶豆腐并迁怒于牛奶浴。

"再就业中心"终于打来电话，说有中外合资公司招聘女司机，催促高芙英前去面试。高芙英去了，引起哄堂大笑。敢情总经理需要的是玲珑剔透秀色可餐的微型女司机。他们建议高芙英去练铅球争取夺得名次。

高芙英没有去练铅球，她到牛肉面馆打工去了。

不过高芙英从此有了心思，渐渐陷入难以遏止的回忆。她总是想起那个被推下山涧的色狼。他究竟是长脸是圆脸或者是四方脸？是胖是瘦或者是不胖不瘦？是高是矮或者是不高不矮？只记得他操着一口普通话，声音寡寡。就这样高芙英在回忆的泥潭里越陷越深，最终那男人的身影成为一团朦朦胧胧的雾气，缭绕着久久难以散去。我手上有一条人命啊。高芙英十分后悔自己当初的鲁莽。

妈的。这样活下去算是怎么档子事儿呢？高芙英烦透了，开始喝酒。开始她喝那种度数很低的白酒，后来度数越喝越高，最终底线定位在北京二锅头。她知道女人酗酒不雅，形象有碍观瞻，好在她是晚上躲在家里自斟自饮，绝对不影响市容。

二

正在这种时刻，高芙英遇到了扈自壮先生。

扈自壮先生是谁啊？扈自壮先生是个有钱人，当然钱不太多，手里握着两千万元人民币的资产。说起扈自壮的暴富令人咋舌。前年秋天此公站在通往山西煤矿的公路边上解开裤子掏出家伙哗哗撒尿的时候还是个穷鬼呢。后来一下子就富了，没人知道扈自壮一夜暴富的底细，只能揣摩与腐败有关。

扈自壮先生之所以记住高芙英，恰恰是因为她的背影在暮色中被误认为男人。

扈自壮先生对高芙英的兴趣越来越浓。他曾经根据东风大卡车上的标志找到第五运输场，结果是他走进了豪华洗浴馆，桑拿之后接受异性按摩。既然第五运输场已经倒闭而变成洗浴中心，寻找高芙英的线索也就中断了。

扈自壮最初利用银行贷款创办"三八女子驾驶学校"，很快成为本市名人。他贷款人民币一千五百万元，行贿就花去五百八十万元。扈自壮的"三八女子驾驶学校"设有"富婆班"和"的姐班"两类。富婆班的学员绝大多数是阔太太或者阔人的小蜜，属于有闲阶级。的姐班则不同，学员大多是下岗女工，从驾校毕业之后基本转为女出租汽车司机，属于奔波谋生的苦命女人。

三八女子驾校由于定位准确，突出了一个"女"字，学员们的心理安全感油然而生，报名者众。三八女子驾驶学校在本市驾驶员培训行业一枝独秀，一下子火爆起来。

扈自壮发达了，娶赵俏儿为妻。赵俏儿是谁啊？尤物。芳龄二十五，漂亮的脸蛋儿俏丽的身条儿，人见人爱。

扈自壮更爱。自从娶赵俏儿为妻他终于体味到美女的滋味。扈自壮给赵俏儿买了辆黑色本田雅阁。赵俏儿不愿亲自驾驶，说怕。扈自壮只得为爱妻配备司机。半年之内换了七个司机，更迭速度惊人。为什么如此更换司机呢？原因有二。一是赵俏儿天生貌美且生性随便，属于"男司机不宜"之类。二是扈自壮自从发迹以来，越发爱惜自己的名誉，倘若太太的男司机赠给他一顶绿帽子，夏天戴着肯定太热。因此，为赵俏儿配备女司机便成为当务之急的头等大事。很快就找到一名花容月貌的女司机。相比之下，赵俏儿光彩全无。如此说来太太成了丫鬟的陪衬，这是本末倒置。赵俏儿恼了，第三天便将美女型司机辞退。辞退美女型司机之后赵俏儿的容貌重放光彩，但没了开车的司机。

扈自壮心里起急。这时候他又想起高芙英的背影。应当说这是赵俏儿最为适用的司机。一方面高芙英是个女的，赵俏儿不会红杏出墙（不包括同性恋）。一方面高芙英是个男性化的女司机，这样更衬托出自己的爱妻风情万种的女人味儿。综上所述，就是扈自壮四处寻找高芙英的主要原因。由于长期寻找而毫无线索，扈自壮几乎绝望，越发感到高芙英的不可或缺。有一天中午路过牛肉拉面馆，猛然发现正在揉面的高芙英的背影。此时扈自壮的心情——不啻科学考察队发现了野生大熊猫。

扈自壮兴奋不已，站在面案前大声说，你不要揉面了我找你已经很久啦。他认为高芙英是天下最为男性化的女人。这种女人如今绝对是硕果仅存。

高芙英想不起扈自壮到底何许人也。扈自壮滔滔不绝说起山路上的那个黄昏。高芙英终于想起那两个撒尿的男人，敢情其中就有扈自壮这孙子。高芙英拍打着手上的面粉，又想起被自己亲手推下山涧的那只色狼。

亲手杀狼属于猎人的事情。亲手杀色狼是女人的正当防卫。高芙英这样想着，伸手解下面馆的围裙笑了笑，跟随着扈自壮就走了。

牛肉面馆的老板追出门外，望着高芙英远去的背影说，敢情还有大款愿意泡她啊，真是萝卜白菜，各有所爱。

三

新任司机高芙英令赵俏儿感到满意。太太满意，扈自壮自然满意。这就是"太太口服液"的功效。为了随叫随到，扈自壮为高芙英配备了手机。就这样高芙英成了赵俏儿的全天候司机。高芙英的驾驶技术是无可挑剔的，这令扈自壮十分放心。四十五岁的扈自壮视赵俏儿如掌上珍宝，恨不得一天二十四小时含在嘴里。

关于赵俏儿，高芙英保留自己的看法。第一她不认为赵俏儿长得有多么漂亮，七十五分而已。第二她认为赵俏儿天性骚浪根本不适合做妻子，天生就是当二奶的材料。

高芙英不可能把自己对赵俏儿的看法和盘托出，那样她就太傻了。她知道赵俏儿在扈自壮心目中永远属于绩优股。同时她也知道既然是股票就有抛出与吃入，还指不定赵俏儿最终落在谁手里呢。

高芙英只管开车。为了安全第一，她悄悄戒了酒，勇敢地开始了新生活。既然成为赵俏儿的司机，那么就难免成为私生活的知情人。春暖花开的时候，赵俏儿有了婚外恋。她爱上了一个名叫钱博定的小白脸儿。赵俏儿今年二十五。钱博定二十三。树上的鸟儿成双对。赵与钱显得十分般配。美中不足的是钱博定虽然姓钱，可兜儿里却没有几张钞票，因此他以吃软饭为生，有时也喝点儿汤。

钱博定是上门推销人寿保险的时候认识赵俏儿的，也就是说钱博定当时是人寿保险公司的推销员。这个赵俏儿表面看着挺机灵，其实浅薄得很，缺乏各种社会常识。钱博定就耐心为她讲解。讲着讲着赵俏儿被感动了，认为钱博定属于性情中人，一下子爱上了。这令钱博定感到意外。在此之前他曾经凭借自己小白脸儿的优势向一大批平均年龄四十八岁以上的富婆献媚，皆无明显收效。此番竟然在少妇赵俏儿这里得手，真是令他喜出望外。赵俏儿也觉得自己遇到了千载难逢的知音。殊不知她被扈自壮金屋藏娇之后，阿猫阿狗什么也没见过。于是"大路货"钱博定的出现使赵俏儿眼前一亮，立即成为她情感市场上的"紧俏物资"。

关于赵俏儿与钱博定的爱情真相，高芙英并不知晓。这种事情是不会有观众在场的。然而赵俏儿的红杏出墙，高芙英则早有感觉。女人的事情是瞒不过女人的。尤其是红杏出墙之后赵俏儿心中的喜悦几乎溢于言表，她一口气从钱博定手里买了七份保险，一共花了八万四。赵俏儿坐在车里说，一个女人怎么能不买保险呢？一个女人是必须要买保险的。

高芙英心里说，我就买不起保险，难道我就不是女人啦？为了保全饭碗，高芙英当然不愿公开表达自己的观点。那样会激怒赵俏儿的。高芙英当然不愿失去这份月薪一千八百元的工作。

高芙英毕竟是中年人了，懂得深与浅。关于赵俏儿与钱博定的这场风流韵事，为了保全自己的饭碗她佯作全然不知，一派麻木的样子。

赵俏儿派她开车接送钱博定，每次她都圆满完成任务，从无误差。赵俏儿终于沉不住气了，说老高啊老高这些天你没发现我有什么变化吗？高芙英摇摇头说没发现有什么变化。

赵俏儿心里特别失望。她认为自己经过这一阶段爱情的雨露滋润，身心应当充满活力——体态轻盈面若桃花情绪舒畅。

恋爱真是人生的最大美妙啊。赵俏儿激动得自言自语，难以自持。

高芙英虽然是个女人，心里却很同情男人扈自壮。扈自壮先生真可怜。你不是最怕绿色嘛，这次你太太专门在保险公司给你定做了一顶冬暖夏凉的绿盔。扈自壮你戴上这顶帽子保准能够顺利加入世界绿色和平组织。

周末这一天，高芙英突然遇到了意想不到的麻烦。

四

钱博定在高芙英的手机上短信留言：今天下午三点钟在金丽酒吧101 室会面务必光临。

高芙英笑了，这个小白脸儿约我去酒吧能有什么正经事情啊？八成是吃饱了没事儿，撑的。高芙英寻思着，不知道金丽酒吧在什么地方。她开着黑色本田上了二环路，终于想起金丽酒吧坐落在中山路东侧，距离百姓鞋城不远。前些天她在百姓鞋城买过一双皮鞋，才花了三十六块钱。在扩大内需的口号的鼓舞之下，这座城市的市民消费已经跌入低潮。

今天高芙英穿了一身蓝色休闲运动装，看上去果然像个铅球铁饼项目的教练员。她脚上穿的就是那双三十六块钱买来的三十九号的皮鞋。她知道这是穷人的鞋。

坐落在中山路东侧的金丽酒吧门前没有泊位，高芙英心里挺烦。司机最烦没有泊位。她驶到一条小街上停车。然后她穿着穷人的皮鞋走进富人的金丽酒吧。

一个身穿制服的门童微笑着给她推开大门。高芙英心里说，如今劳动人民挣钱真不容易，就连童工也上岗啦。

她十分顺利地找到了 101 室，看到这是一间 KTV 包间。她伸手正要敲门，一位女服务员从楼道里走过来。

"请问您是高小姐吗？"

高芙英茫然。自从中国进入改革开放的时代，这是第一次有人叫她高小姐，听着很不适应。她点了点头，告诉女服务员叫她高女士。于是女服务员告诉高女士，钱先生改在202房间了。

妈的，小白脸儿还狡兔三窟呢。

上楼的时候，高芙英累得气喘吁吁。她告诫自己必须节食，否则必须减肥，而减肥是要花钱的。她叩响202房间，一位浓妆艳抹的小姐开门，问她有什么事情。她压低声音告诉她，扫黄队来啦。

她惊了，叫了一声钱老板。钱博定露面了，看见高芙英立即说，什么扫黄队，是女司机。高芙英笑着说，我是扫黄队的女司机。

坐在KTV单间里，钱博定开始喝酒。他自己喝酒似乎难以尽兴，还邀请高芙英加盟。高芙英看着XO心里很馋，但还是忍耐着说司机驾车不能喝酒。

钱博定嘿嘿笑着，说有重要的事情必须得到高姐的帮助。

高女士一下子变成高姐。

高姐不动声色，自己动手打开一听百事可乐，喝着。钱博定从怀里掏出一只信封，说这是一封信函请她转交扈自壮先生。

她知道这不是什么好事儿，摇头拒绝说，你又不是不认识扈老板，这封信根本用不着由我转交。钱博定不愧姓钱，立即从兜里掏出一千元人民币说这是递送费。

高芙英说你必须告诉我这封信里说的是什么事情，万一要是不好的内容，我可就成了你的同案犯啊。

钱博定说这封信的内容根本不用保密，你随便看吧。

事情如此简单。高芙英动心了。她从茶几上拿起那封信，然后又拿起那一千块钱。

钱博定笑了，说了声谢谢。

高芙英离开金丽酒吧，驾车行驶在繁华的大街上。如此轻松就得到一千元，这真是人民的币。她心里当然高兴。既然这是一封毫无秘密可言的公开信，那么交给扈自壮就是了。这件事情就是这么简单。

她开车朝着扈自壮的写字楼方向驶去。一路上不知为什么她心神不定，很快就到了写字楼近前。泊车的时候她灵机一动，既然钱博定说这封信的内容并不秘密，我为什么不看一看呢？

坐在车里高芙英打开信封，开始读信。

扈自壮大老板：

　　您好！我是钱博定，钱币的钱，博物馆的博，安定团结的定，如果有机会见面您就叫我小钱好啦。今天给您写信其实也没有什么十分重要的事情，首先向您致以敬意，再者想把自己近来的处境向您汇报一下。恕我直言，您的太太赵俏儿爱上我啦，她每天都要求跟我见面，弄得我心情非常矛盾。您是一位事业有成的大款，我怎么能占有您的太太而让您蒙受奇耻大辱呢？不能。因此我就给您写了这封信，目的就是请您防患于未然。因为俄国诗人普希金就是这样死的。我可不想跟您决斗啊。

　　我想好了，使您避免蒙受这场屈辱的最好办法就是让我从您太太身旁消失。为了您的尊严我愿意立即离开这座城市，当然我离开这座城市需要一笔路费，不多，其实二十万元就够了，当然我说的不是美元而是人民币。难道你不认为这是一个好主意吗？

　　我等待着您的指示。

　　此致

敬礼！

钱博定

高芙英读罢这封信，笑了。这年月做什么生意的都有，钱博定这个

165

小白脸儿真是敢想敢干啊，一张口就是二十万元。这真称得上是"扩大内需"的典型。

然而高芙英终于犹豫起来。这封信的内容虽然事不关己，可我若是亲手将它交给扈自壮，无疑就成了这件事情的知情人。高芙英担心扈自壮读罢这封令他颜面尽失的信函之后恼羞成怒，说不定就会将满腔火气撒在她这个司机身上。

高芙英毕竟是高芙英，她驾车前往邮局买了一张邮票贴在信封上，将这"二十万"寄给坐在写字楼里的扈自壮董事长。

嘻嘻。高芙英笑了。当天晚上她独自在家喝了一大杯北京二锅头，以示庆贺。她庆贺什么呢？庆贺自己的机智灵活有胆量。

五

赵俏儿病了。茶不思饭不想的赵俏儿住进四六四医院的高干病房。

赵俏儿住的病房满室阳光，阳光里鲜花盛开。高芙英走进这间病房的时候，分明感到赵俏儿就是现代版的林黛玉。当然贾宝玉肯定不是扈自壮。

贾宝玉的转世灵童是钱博定。可惜这个钱博定并不值得赵俏儿去爱。高芙英认为赵俏儿总有一天会后悔的，而且悔之晚矣。

最令赵俏儿感到失落的就是她住进医院三天了，贾宝玉的转世灵童居然没有露面。这是钱博定对当代爱情的最大亵渎。是可忍孰不可忍。赵俏儿终日以泪洗面。扈自壮前来探视，啜泣不止的赵俏儿居然哭得进入高潮。扈自壮只得抓着娇妻的小手儿安慰她，说我会天天来看你的。

扈自壮先生走了。赵俏儿终于坚持不住了，一连给钱博定发了三次短信。

一小时很快就过去了，还是不见钱博定回复。

166

赵俏儿在病房里走来走去，显得非常浮躁。这光景很像黄昏时分公园里等待喂食的小动物。

　　高芙英无可奈何地注视着赵俏儿，觉得这个小女子挺可怜的。

　　老高老高你说，钱博定他为什么不给我回电话呢？

　　高芙英只得摇头，说不知道。这时候高芙英心里有了一个初步判断，那就是钱博定拿了二十万元人民币，已经离开了这座城市。

　　她不敢将这个初步判断告诉赵俏儿。那样赵俏儿一定要发疯的，发疯的赵俏儿演出现代版《黛玉焚稿》，麻烦就大了。

　　晚上，赵俏儿不让高芙英回家，要她在医院陪伴。高芙英无法推诿，只得留下。有生以来这位女司机首次在高干病房里过夜，觉得颇具人生意义。赵俏儿的晚餐只喝了两口汤，然后开始朗诵一首据说是外国人写的诗，名叫《假如生活欺骗了你》。

　　赵俏儿泪流满面。

　　高芙英颇为惊讶地注视着赵俏儿，有生以来首次感受到诗歌催人涕下的巨大魔力。

　　这时候高芙英又觉得赵俏儿挺单纯的，一首外国人写的诗歌就将她弄成这样。相比之下高芙英认为自己已经被生活弄得成了一个刀枪不入的女人。这样想着，高芙英心里沉甸甸的，挺难受。

　　电视里播出本市晚间新闻的时候，赵俏儿正在卫生间里洗澡。高芙英独自坐在沙发里看着电视屏幕——那是一具男人的尸体。

　　电视播音员说：本市南郊小清河畔发现一具无名成年男尸，死因尚待核实。有人称此人系走火入魔的气功练习者，也有人说此人系谋杀事件的牺牲品。公安人员已经就此案展开紧张而有序的调查。

　　高芙英漫不经心看着电视画面，然后打了一个哈欠。

　　赵俏儿走出卫生间，洗得如同出水芙蓉。她指示高芙英明天一早就开车赶到钱博定供职的保险公司，无论如何也要将那个小白脸押解到四六四医院的高干病房。

赵俏儿十分深沉地对高芙英说，我非常想念钱博定，这种心情老高你是无法理解的。

高芙英打了个哈欠，说是啊你的这种心情我是无法理解的，睡吧。

赵俏儿一夜失眠。

第二天上午，医院当局开始给赵俏儿服用价格昂贵的进口"乐吉多"，这种药片儿是黑色的，据说镇定效果奇佳，住在高干病房里的患者是不可以不服用这种药物的。

赵俏儿服下两片儿"乐吉多"，然后催促高芙英立即出发，去保险公司寻找钱博定。司机当然要服从主家婆的指挥，高芙英驾车去了。

高芙英驾驶着黑色本田。按道理说赵俏儿的座驾应当更为高档才是，譬如说宝马什么的。据说钱博定非常喜欢这辆黑色本田，赵俏儿终于打消了将轿车升级换代的念头——这就是爱情的力量。

保险公司的大楼很高。看得出这是我国保险行业兴旺发达的最好证明。高芙英乘坐电梯找到钱博定所供职的第十六业务部，接待她的是一位精瘦无比的先生。这位神色傲慢的先生自称是钱博定的上司。高芙英觉得这位身材精瘦的先生完全拥有傲慢的理由，因为如今是减肥时代。

精瘦的先生听说高芙英是来拜访钱博定的，立即流露出极其暧昧的表情。他告诉高芙英，第十六业务部拥有很多举止高雅的业务员，当然都是年轻小伙子；同时告诫高芙英，毫无必要非得等待钱博定替她办理保险手续。

高芙英说今天来找钱博定并不是为了办理保险手续，而是另有别的事情。精瘦无比的先生当即表示，钱博定已经四天没有露面，下落不明。

高芙英明白，问题严重了。

走出保险公司大楼，她驾车前往小清河畔，寻找电视新闻里所说的

"现场无名成年男尸"。小清河很长，她沿着河畔行驶着，走一路问一路，最终还是没有找到。有人告诉他，即使找到现场那具尸体肯定已被公安局运走，因为这又不是什么马王堆展览。

高芙英不知道回到医院究竟怎样交差。热恋之中的赵俏儿如果听说钱博定失踪，一定是要号啕大哭的——弄得医院以为哪间病房里又死了人。

高芙英回到医院的时候，赵俏儿的高干病房里空空如也。

小护士告诉她，半小时以前有人为赵俏儿办理了出院手续，十分钟之前赵俏儿乘坐一辆黑色林肯轿车，走了。

黑色林肯轿车？高芙英懵懵懂懂，一时弄不清这是怎么一回事儿。

六

高芙英驾驶着黑色本田前往赵俏儿的豪宅——那是一座价值六百四十万元的高级别墅。这座坐落在高尚小区的别墅是扈自壮暴富以后购置的，为了金屋藏娇。

没人。高芙英只得向物业公司的保安员打听，今天是否见过一辆黑色林肯。操着河南口音的保安员笑了，说住在这个小区里的业主们总共有八辆黑色林肯，其中有两辆抵债，一辆被盗，现在还剩五辆。

一点儿线索也没有。赵俏儿难道就像一滴水一样无声无息蒸发啦？高芙英不知如何是好，只得向女主人的男人报告。

扈自壮在电话里哼哼呀呀听着高芙英的紧急报告，显得心不在焉。高芙英的焦急心情并没有打动扈自壮。最后这位董事长在电话里告诉高芙英，赵俏儿转到别的地方疗养去了，情况正常。

我怎么办呢？高芙英感到自己即将成为鱿鱼，就这样问道。

明天上午九点钟，你到我办公室吧。

高芙英知道明天意味着什么，无非是领取最后的薪水。她开车回家的路上，心中竟然对这辆黑色本田生出几分难舍难离的感情。驶出繁华路段，她将轿车停在路旁，伏在方向盘上大哭起来。

大雨滂沱。她哭了很久，心里渐渐清爽起来。她止住哭声，终于明白这场突如其来的痛哭并非毫无缘由——这是笼罩在独身女人心头云层的一次降雨。赵俏儿的失踪只是这次降雨之前的一阵小风儿而已。

高芙英在超市买了很多东西，然后开车前往娘家。母亲只有六十八岁，已经显得老态龙钟。老太太看到女儿手里拎着这么多东西，十分惊讶，说为什么要花这么多钱啊。高芙英说没花多少钱。母亲说如今下岗职工不敢上街买东西，因为太贵。高芙英笑了笑说该买的东西还是要买的，国家不是号召扩大内需嘛。

十四岁的儿子贝贝趴在桌前，写作业。这孩子扯着嗓子喊了一声"妈——妈——好"，就连头也不扭一下。高芙英走到儿子背后，说电视里不是天天喊要减负减负吗怎么还有这么多作业。贝贝说电视里的减负是播音员说的，可惜李瑞英啊罗京啊不是我们校长。

高芙英觉得如今的孩子们挺可怜的，从六岁就开始写作业，一直写到青春不在。

晚饭是清蒸石斑鱼红烧山鸡腿以及芦笋豆苗什么的，总之高芙英弄了一桌子菜。她的暴饮暴食引起了母亲的警觉。

芙英，今天你这是怎么啦？你是不是给大款开车受了人家的传染也学会了大吃大喝。

高芙英听了母亲的话，笑了。她指着桌子说，你认为这就是大吃大喝啊？大款们如今的大吃大喝比起当年的鬼子进村还要厉害十倍，天上飞的地上跑的水里游的，一通乱噘，危害极大。咱们跟他们比起来，这只是粗茶淡饭。

母亲听了女儿的话，默然。十四岁的贝贝吃得津津有味。人是铁饭是钢，对贝贝来说写作业毕竟属于重体力劳动。

晚间高芙英睡在娘家。十点半钟的时候，她给赵俏儿打了电话，对方不接，又迟迟不见复机。她只得上床睡觉。

睡不着，她开灯四处寻找。娘家没有什么书籍，她只能找到一册儿子的卡通书，大力水手什么的。她一下子就看了进去，看着看着竟然发出一阵笑声。

母亲披衣走进来，说我还以为你在哭呢。高芙英舍不得放下手里的卡通书，就看着母亲。

母亲突然说，芙英你为什么不找一个男人呢。

高芙英放下大力水手，然后告诉母亲说没有男人愿意娶我。

母亲掩面哭泣起来，说芙英你这辈子的命真苦啊。

高芙英起身安慰母亲，说我的命不苦。

母亲越发悲伤，说明明是命苦又偏偏说不苦，这样的女人是最最苦命的女人啊。

高芙英搀扶着母亲，说日子总会一天比一天好的，我如今给人家开车，每月薪水还是不错的。发展是硬道理。

母亲笑了，说好人一生平安吧。

夜里，高芙英还是失眠了。离婚之后她已经四年没有性生活了。一个单身女人找谁去过性生活呢？除了情人只能找鸭。她既没有情人也没有鸭。四年的光景高芙英渐渐觉得自己身上的女人味道愈来愈少，几乎成为一个中性人。除了每月的例假，她的生活与男人无异。男人必须出去谋生，她也如此。男人必须挺起坚实的肩膀担起抚幼养老的职责，她也如此。然而男人毕竟还有尽情宣泄的地方，去酒吧去桑拿去找三陪小姐，女人则不行。女人成为富婆，也只不过养几个小白脸儿而已。

高芙英知道自己今生今世不会成为富婆，充其量给富婆开车罢了。这样想着，她心里挺不是滋味。

后来她睡着了。影影绰绰梦见一个男人。一寻思，妈的！竟然是被她推到山涧里去的那只色狼。

七

第二天上午九点钟，高芙英准时走进扈自壮的办公室。由于采取文化包装战略，扈自壮的办公室里立着六只大书橱，很像一间小型书店。扈自壮站在书橱前面，绝对不像书店老板。

高芙英并不怯阵，叩门之后大步走了进去。扈自壮手里拿着一本《拿破仑传》，呆呆看着她。

您忘啦，昨天电话里是您让我今天上午九点钟到这儿来的。

扈自壮恍然大悟的样子，伸手将法国皇帝塞进书橱，缓步走到办公桌前，落座。

事情是这么回事儿。从今天开始你不要给我太太开车啦，我调你到三八女子驾驶学校，去给学员们担任教练。这项工作非常重要，急需你这样的老驾驶员。今天你就去报到吧。

高芙英似乎对三八女子驾驶学校并没有多少兴趣。她心里想着赵俏儿。您的太太情况怎么样啊？

扈自壮咧嘴笑了笑，说赵俏儿很好。但从今往后你不会给她开车了。

高芙英仍然很想知道赵俏儿的下落，迂回着问道，您为什么派我去三八女子驾驶学校呢？

扈自壮笑了笑说，因为你是女的——三八女子驾驶学校的学员们强烈要求委派女教练。据说有的男教练很不老实，总以教学为名趁机占女学员的便宜，抠抠摸摸的。

我去当教练，会不会有男学员呢？

172

你放心，三八女子驾驶学校从来不招收男学员。

我每月的薪水呢？

你每月的薪水跟现在一样。扈自壮说罢伸手抄起电话。高芙英知道应当告辞了，打了个招呼转身走出扈自壮董事长办公室。她的背影真的很像退役柔道运动员。

楼道里一个中年男子迎面走来，自称老李。老李说由他开车送她前往地处远郊的三八女子驾驶学校。高芙英怀着任人宰割的心情，跟着老李前往停车场。

停车场上，老李指着黑色本田说，你把它的钥匙交给我吧。

高芙英十分留恋地将与黑色本田有关的东西全部交给老李。老李面无表情，指着一辆白色捷达说，你坐那辆车去驾校吧。

坐在白色捷达车里，高芙英摇下车窗玻璃注视着停在远处的黑色本田。她知道这辆黑色本田与赵俏儿一起从她的生活里消逝了，毫无办法。

赵俏儿的下场究竟怎么样呢？扈自壮曾经视这位太太如掌上珍宝啊，一下子就贬啦？如果真的贬了，赵俏儿可就惨啦。她没有什么生活能力，失去大款供养一定会吃尽苦头的。赵俏儿你既然委身于扈自壮又为什么非要红杏出墙呢？即使你红杏出墙你也不要找钱博定那样吃软饭的小白脸啊。吃软饭的小白脸往往是靠不住的，根本无法经受风雨考验。

人世间凡是漂亮的女人往往很傻。赵俏儿也不例外。高芙英这样想着，很为赵俏儿感到遗憾。一个女人丰衣足食的生活就这样被一个吃软饭的小白脸给毁了。妈的。

老李开动着捷达车，然后嘿嘿笑着。高芙英已经很久没有听到男人的这种笑声了，感到生疏。她坐在后排，伸手拍了拍老李的脊背，老李的笑声就停止了。

老李啊，我想跟你打听赵俏儿的情况，你告诉我吧。

白色捷达行驶起来。老李并没有回答高芙英的提问。高芙英耐心等待着。

白色捷达朝着郊区的方向驶去。

她又伸手拍了拍老李的脊背。老李啊你就把赵俏儿的下落告诉我吧。

老李驶入慢行道，然后缓缓停车。他回过头来注视着高芙英，目光很冷。高芙英并不怯懦，抬头与老李对视着。

老李的语气非常严厉。我告诉你我根本就不知道什么赵俏儿，从今往后你不要再问我赵俏儿的事情。如今是下岗时代，谁谋一份差事都很不容易，你为什么要砸了自己的饭碗呢？

高芙英静静听着，不言不语。

老李大声说，我说的这番话你都听见了吗？

高芙英点了点头，说你开车吧。

白色捷达重新上路，朝着三八女子驾驶学校的方向疾驶而去。高芙英不言不语。老李也不言不语。拐弯之后向着北方行驶，高芙英抬头看到一个路标：小清河。

她终于控制不住，问道，老李你知道前几天小清河发现了一具无名男尸吗？

老李猛然将时速提到一百六十公里，然后大声吼道，你不要问我啦，我什么都不知道！

三分钟之后，这辆发疯的白色捷达冲进三八女子驾驶学校——仿佛一架紧急着陆的鬼怪式战斗机。

一个满脸大麻子的男人跑上前来，大骂着。婊子养的你疯啦，开这么快的车是想进火化场啊！

老李下车朝着大麻子说，我争分夺秒是给你送女教练来啦。

大麻子猫腰朝着白色捷达车里寻找着。高芙英推门下车，大麻子呆呆注视着这位新来的女教练，一时语塞。

高芙英大声朝着大麻子说，我叫高芙英！

大麻子点了点头说，你一来这里的女学员们就踏实啦！除了搞同性恋的。

高芙英跟随着大麻子，朝着校舍走去。她回头朝着老李挥了挥手。看到老李已经钻进白色捷达，奔回程了。

大麻子领着高芙英走进常务副校长办公室。这时候高芙英终于明白，这位满脸是坑的男人就是这里的常务副校长。高芙英走到饮水机前给自己斟了一杯水，扬起脖子一口气喝了下去。

你一身阳刚之气，倒像是个开车的。大麻子由衷地赞扬着高芙英，悠悠点燃一支香烟。

高芙英笑了笑，说副校长您不是骂我吧。

大麻子说我可不敢骂你，然后问她以前是干什么的。她回答说以前就是开车的，先是在运输公司开东风载重，最后是给阔太太开黑色本田。

你认识赵俏儿吗？

大麻子抬头看了看她，摇了摇头说不认识。

那你知道前几天小清河出现一具无名男尸吗？

大麻子又摇了摇头，说不知道。

高芙英又问，你是三八女子驾驶学校的常务副校长，那校长是谁呀？

大麻子面无表情说，你到底还有多少问题要问啊？真啰唆。明天你去富婆班丙组当教练吧，早晨八点半上班。

八

富婆班丙组一共四个学员，当然都是女的。最令高芙英感到惊诧的是那个名叫张艳秋的学员，竟然跟赵俏儿长得一模一样。

上午点名时候，高芙英呆呆注视着张艳秋，弄得对方很不好意思。张艳秋不但长得跟赵俏儿几乎一样，年龄也相仿。高芙英禁不住小声问张艳秋，你肯定不是赵俏儿伪装的吧？

张艳秋眨着一双无助的眼睛说，赵俏儿是谁呀？我为什么要伪装她呢？

另外三个女学员哄地大笑起来。

高芙英注视着另外三个女学员，你们认识赵俏儿啊？

另外三个女学员一起摇头说不认识。

既然你们不认识赵俏儿跟着笑什么呀！热爱起哄是吧？

就这样，高芙英成为富婆班丙组的教员。她所管辖的四个学员是：吴晓蓉、朱莎、费玲玲、张艳秋。这四个风情万种的学员凑在一起，充满了女人味道。眼巴巴看着这道亮丽风景，高芙英越发觉得自己不是女人了。

吴晓蓉十分矜持地代表四位学员告诉高芙英，根据女子驾校和惯例，学员的名字一律作废，她们根据年龄大小排列为大姐二姐三姐……富婆班丙组的排列顺序是：大姐吴晓蓉，二姐朱莎，三姐费玲玲，四妹张艳秋。

高芙英笑了，说这真是个好主意，跟符号一样，简明易记。

费玲玲嗲声嗲气说，这不是我们的发明，三八女子驾校从建校那天就这样做了，好主意总是一届一届往下传。

176

高芙英问吴晓蓉，大姐，你告诉我为什么你们叫富婆班呢？

二姐朱莎抢着说，敢情高教练什么都不知道哇？我们为什么叫富婆班，主要是因为我们学制短，一个月就毕业；学费高，四千八而不是两千四；车型不错，是桑塔纳不是破吉普。因此，人家就叫我们富婆班。学期长、学费低、车型次的就被称为的姐班了。

三姐费玲玲补充说，富婆班跟的姐班相比，其实差不多。

吴晓蓉急了，当然差得多。富婆班就是富婆班嘛，的姐班毕业之后百分之百都是要去开出租车的。

高芙英注视着大姐，暗暗认为这个吴晓蓉一定属于富婆行列。

高芙英觉得应当开始教学了。

富婆班丙组已经完成"起步停车"阶段。高芙英接手的时候明显感到这四个学员里至少有两个人已经能够驾车。这两个人就是吴晓蓉和张艳秋。

大姐你家里有什么车？高芙英问吴晓蓉。

别克。白色别克。吴晓蓉漫不经心答道。

四妹你的车呢？

本田。黑色本田。张艳秋眨着一双无助的大眼睛说。

黑色本田，你跟赵俏儿的车一样。高芙英脱口说道。

张艳秋压低声音狠狠说道，高教练我告诉你，以后不许你在我面前再提赵俏儿这个名字，这名字跟鸡一样！

高芙英看了看愤怒不已的张艳秋，说赵俏儿不是鸡。

二姐朱莎突然说，四妹你不要闹了，咱们是学员一定要尊重教练员。

四妹张艳秋大声嚷叫起来。我尊重教练员，教练员也要尊重我，她为什么总拿我跟一个鸡相比！这到底是为什么？

高芙英笑了，伸手拍了拍四妹张艳秋单薄的肩头说，你不要过于敏感，赵俏儿真的不是鸡。

三姐费玲玲大声说，是啊是啊我们这里不是养鸡场。

大姐吴晓蓉郑重说，这里是三八女子驾驶学校的富婆班。希望大家自重自爱。

四妹突然呜呜哭了起来。

高芙英心里想道，这群富婆真麻烦，动不动就哭天抢地的，好像刚刚遭到歹徒强暴似的。妈的。

上车吧！我的富婆们。高芙英大声喊着，率先钻进驾驶室。学员们随着教练钻进桑塔纳。大姐二姐和四妹坐在后排，前排副驾驶的位置，空着。高芙英回头看了看坐在后排的三枝花，说我是瘟神啊你们都躲着我。

三姐费玲玲动作很慢，因此只得坐在教练身旁。费玲玲刚刚坐稳手机就响了。她嗯嗯呀呀接了一个电话，挺神秘的。

高芙英看着费玲玲手里小巧玲珑的手机，说三姐你帮我给赵俏儿发个短信吧。费玲玲十分乐意地说行。

迟迟不见赵俏儿回复。

这时候这位女教练突然发现，这个世界上最为关心赵俏儿下落的其实是一个名叫高芙英的女人。

回想起来，赵俏儿其实是个十分单纯的女人。一个十分单纯的女子就这样没了下落。不行，我一定要打听到赵俏儿的消息。

九

富婆班果然名不虚传，它方方面面的条件远远优于的姐班。就说这卫生条件吧，学了一天的车，富婆班的学员下课之后可以洗澡。洗澡就是淋浴。这种淋浴受到富婆班学员们的欢迎，说这样卫生，流水不腐嘛。

淋浴的时候高芙英发现，大姐的体型虽然丰腴，白白净净的肌肤却失去了光泽和弹性，这印证了吴晓蓉的年龄——不会低于四十岁。丰腴的吴晓蓉仍然不失性感，但她的矜持总给人以心事重重的感觉。

四妹简直就是一个林黛玉。清瘦而亭亭玉立，即使在氤氲之中仍然眨动着一双无助的大眼睛。高芙英知道，男人有时喜欢这种无助型的女人。你无助，他来助你就是了。

朱莎的乳房很好，一杯半，很欧化。费玲玲的小腿基本达到为名牌皮鞋拍摄广告的标准。男人喜欢称这种小腿为玉腿。

高芙英欣赏着这四个富婆班的学员，有一种不花钱看电影的感觉。是啊，女人就应当美艳标致。是酥胸而不是酥饼，是玉腿而不是火腿。

高芙英的心情一时间复杂起来。她擦干身子披着浴巾走进更衣室，很快就穿好衣服，大声催促着那四位仍然在喷头下臭美的富婆。

快点儿，十分钟之后发车。

淋浴室里立即传出富婆们高贵而夸张的尖叫声。高芙英笑了，听这声音她们好像遇到色狼。

女人发出尖叫有时候是一种生理需要。

高芙英不愿意长久停留在更衣室里，她走到院子里，呼吸着春天的空气。其实春天的空气非常糟糕，暗含着风沙，内力很猛。高芙英打开桑塔纳的车门，一屁股坐进车里。

车里很好。高芙英通过后视镜注视着淋浴室的大门。是谁最先走出来呢？她思忖着——那四位贵妇的形象栩栩如生。

这四个女人长得都很漂亮，否则也不会成为富婆。凡是富婆没有长相丑陋的。女人凭的是脸蛋儿和身段儿，据说还有床上功夫。这四个女人谁的床上功夫最好呢？高芙英猜测着。嗯，谁最先走出来谁的床上功夫就最好。

张艳秋扭着风摆杨柳的腰肢，走了出来。

高芙英笑了。这个小林黛玉居然具有最好的床上功夫？曹雪芹先生肯定不会答应。床上功夫最好的不是秦可卿就是王熙凤，永远也轮不到肺结核患者林黛玉头上。

张艳秋拉开车门，坐在后排。这又是一项富婆班的优厚待遇，每天训练之后由教练驾车送学员们回家，风雨无阻。

张艳秋拢了拢头发，然后看了看手表，满脸焦急的表情。

你肯定雇了保姆，还着急回家呀？高芙英对镜子里的张艳秋说。

张艳秋连连摇头说，我先生从来不吃保姆做的饭。我先生只吃我做的饭。真的。

高芙英不由得笑了，说你先生要是在外面赶上饭局怎么办呢？

张艳秋表情郑重，说我先生虽然是个生意人但他从来不在外面吃饭。

高芙英知道这是爱情展览，很想继续听到她的解说词，就问，你先生要是遇到市长请他吃饭怎么办呀？

张艳秋笑了笑，说这种事情倒是遇到了几次，我先生回到家里服下一片无痛呕吐药，一会儿就把饭局上的酒菜都吐出来啦，最后还是要吃我做的饭菜。

高芙英惊了，扭过身子注视着坐在后排的张艳秋。你说的都是真事儿啊？

张艳秋眨着一双无助的大眼睛说，这种事情我为什么要说谎呢？

高芙英咽下一口唾沫，转回身子坐在方向盘前，不言不语。

妈的，世界上还有这样的夫妻——这都快赶上日本电影《生死恋》啦。

张艳秋坐在后排补充说，那种无痛呕吐药很贵，法国进口的一片儿

180

要一百多块钱呢。

高芙英听着，还是不言不语。

另外三个富婆终于出现了，洗得跟妖精似的。大姐主动坐在副驾驶的位置上，二姐和三姐挤在后排。

高芙英对大姐吴晓蓉说，你胖，坐在前面挺好。

大姐立即反击说，我并不胖，我先生说我不胖不瘦，恰到好处。

高芙英无话可说，心里暗暗骂道，妈的，你们都有先生，你们的先生都是世界上最好的男人。

桑塔纳驶出驾校的院子，超速蹿上公路。

高速驶过小清河的时候，高芙英大声说，你们知道前些天这里出现一具无名男尸吗？

没人搭理她。高芙英心底腾起一股无名火。

二姐朱莎突然小声说，高教练您能不能减速行驶，您现在的速度已经违章啦。

三姐费玲玲宽宏大量说，什么违章不违章的，请高教练开得慢一点儿就是了，二姐你又不是交通警察。

高芙英降低车速。这时候坐在后排的张艳秋递来几张 DVD 盘，吴晓蓉慌忙接在手里，塞进自己的包儿里。

高芙英一眼瞥见 DVD 封面上两个裸体男人正在与一个裸体女人性交。那个同时拥有两个男人的女人，得意地笑着。

妈的。高芙英使劲儿一脚，狠狠踏在刹车器上。桑塔纳冲出十几米，直线停在公路上，车里响起一阵由富婆们发出的尖叫声。

你们坦白吧，为什么要倒卖黄盘！高芙英不等四个女人平静下来，立即大声发出诘问。

四妹张艳秋脸色煞白，当即辩解起来。我们怎么会倒卖黄盘呢！我们又没有为生活所迫，我们倒卖黄盘干什么呀？我只是把它借给大姐看

181

一看，这是借阅。

大姐吴晓蓉坐在高芙英身旁，一语不发。

高芙英斜了大姐一眼，不知为什么心底腾地燃起一股仇恨情绪。你们不都是富婆吗？既然如此我只能把你们四个人一起拉到扫黄打非办公室，你们到那里去坦白吧。

二姐朱莎大声叫了起来。高教练您疯啦？这眨眼之间我们怎么就成了你的敌人啦！

三姐费玲玲说，我早就说过咱们是学员，开头就应当请教练吃一顿饭，表示敬意。不就是花一两千块钱嘛。可你们三个就是不听，今天遇到麻烦了吧？

高芙英回头对费玲玲说，你以为我缺你们那顿饭啊？今天我非把你们拉到扫黄打非办公室不可。

大姐吴晓蓉突然双手掩面，低声哭泣起来。

高芙英心肠很硬，说你是大姐，你哭是没有用处的，我今天必须把你送到扫黄打非办公室去。

大姐吴晓蓉停止哭泣，目光注视着车外的风景说，这事儿跟她们没有关系，你送她们三人回家吧，最后我跟你去扫黄打非办公室。

你明明是个良家妇女，你看这黄盘干什么啊？你就不怕人家笑话你呀！高芙英大声逼问。

吴晓蓉叹了一口气，坦白说，这黄盘是借给我先生看的。我们之间已经三个月没情况了。我想他看了黄盘之后大概就会跟我做爱的。

高芙英听了吴晓蓉的话，一脚轰起油门——桑塔纳蹿上公路朝前疾驶。

十

高芙英依照既定路线，首先送大姐吴晓蓉回家。吴晓蓉住的地方名叫金贵园，小区门口设有保安站岗。高芙英说了声到啦，让吴晓蓉下车。吴晓蓉知道高芙英的心情已经得到缓解，就说了声谢谢。

吴晓蓉下了车，站在小区门口朝着桑塔纳挥了挥手。

高芙英注视着吴晓蓉走进小区，形单影只的样子。

张艳秋坐在车里注视着大姐的背影，轻声对高芙英表示感谢，感谢她没有前往扫黄打非办公室举报她们倒腾黄盘。

二姐朱莎不冷不热说，吴晓蓉的先生是副局长，如果得罪了副局长的夫人，其实也没有什么好处。

三姐费玲玲嘻嘻笑着说，矛盾宜解不宜结，冤冤相报何时了。

高芙英转过身子注视着挤坐在后排的三个女人说，你们不要旁敲侧击一起威胁我，我高芙英单身一人什么都不怕。

三个富婆班的女学员听了教练员这番话，面面相觑。

二姐朱莎哼了一声，拎起挎包推门下车，伸手拦了一辆的士扬长而去。

高芙英笑了，说富婆就是有钱，今天打的，明天就要乘坐直升飞机回家了。

费玲玲说，你送我回家吧高教练。

费玲玲住在水西公寓。这里的业主最低也是高级白领人士，楼盘每平方米一万二起价。费玲玲住在十八号楼。桑塔纳停在楼前，费玲玲挥手说了一声拜，小燕子似的飞进楼去了。

车里只剩下四妹张艳秋。高芙英请她坐到前排副驾驶的位置。张艳秋说了声抱歉，我先生不让我坐在前排。

高芙英冷笑着说，是啊坐在前排比坐在后排危险。

桑塔纳驶到水西公寓大门口，高芙英撤下车窗大声问站岗的保安员，刚才那位小姐是这里的业主啊还是这里的房客啊？

保安员面无表情地回答，说十八号楼是公寓开发商向外界出租的。

高芙英终于有了好心情。哼，费玲玲住在这里是租房，我早就看出她根本就买不起水西公寓这样的高级住宅。

张艳秋替三姐进行解释，说费玲玲一定手里握有楼花，极有可能她在这里是租房暂住。

高芙英摇了摇头，满脸喜色说富婆班里并非人人富婆，也有伪劣产品。

桑塔纳行驶在繁华的市区大街上。高芙英突然问张艳秋法国进口的无痛呕吐药究竟多少钱一片。张艳秋告诉她，法国进口的药效最好，一片儿一百二十八块钱，而且必须通过关系购买。国产的就不行了，呕吐起来痛苦难当。

高芙英撇了撇嘴，不知是蔑视国产呕吐药片儿还是蔑视张艳秋的老公。

张艳秋立即说，高教练你一定认为我也是伪劣产品吧？我说的话其实句句是真，我先生真的经常服用法国进口的无痛呕吐药，每年至少要花好几千块钱呢。

高芙英点了点头，说我相信。

既然你相信，今天晚上我就请你吃顿饭吧，咱们去情如海酒楼。

你不回家给你先生做饭，你先生今天晚上就会饿死的。

张艳秋笑了笑，说我先生回香港谈生意去啦，所以我把那几张顶级黄盘统统借给了吴晓蓉。

高芙英驱车驶往全市有名的情如海酒楼。

酒楼的男服务员似乎非常熟悉张艳秋，前面引路径直走进门匾上写着"听泉"的雅间。男服务员问喝什么茶，张艳秋说照旧。服务员问点什么菜，张艳秋又说照旧，只加两个小冷盘。高芙英猛然感到张艳秋变了，仿佛变成女元帅，指挥若定。

这就是富婆的风范。

男服务员端来一瓶洋酒，照例在杯子里加了冰块儿。高芙英不知这是一瓶什么酒，从装潢上看价格不菲。

男服务员送来这两个冷盘：一个酱鸭脘，一个笋尖儿。

张艳秋举起酒杯邀请高芙英。碰杯的时候发出清脆的响声，令人心旷神怡。高芙英有生以来首次进入如此高档的酒楼，心里感到不太自然。

张艳秋告诉她，吴晓蓉的先生很有势力，即使告到扫黄打非办公室，对这位工商局的副局长也奈何不得。莫说看几张黄盘，就是一夜连嫖六妓，恐怕也没人敢过问。

高芙英说，其实我是跟你们闹着玩儿呢。你以为我拿鸡蛋碰石头啊。

张艳秋笑了笑，说穿了就是这样，倒腾几张黄盘又算什么呢，就连扫黄打非办公室也会认为你是小题大做。

既然这样吴晓蓉为什么慌里慌张的呢？高芙英动了好奇心，又主动喝了一杯洋酒。

张艳秋告诉她，吴晓蓉的先生身为副局长，这两年聚敛了不少钱财，十有八九是贪污受贿的腐败分子。吴晓蓉为什么整天心事重重呢？那是因为她担心有朝一日丈夫吃了官司，优越的生活必然土崩瓦解。所以今天即使只是几张黄盘，她也会吓成惊弓之鸟的样子。

高芙英主动喝下第三杯洋酒，说给腐败分子做老婆真可怜，整天心惊肉跳的。

男服务员同时端来两只盘子，说张小姐您点的菜齐啦。

高芙英注视着这两盘菜看，发现一个是海米菜心，一个是清炒苦瓜。

除了那两个小冷盘，富婆张艳秋敢情只点了这两个菜，而且还跟服务员说是"照旧"，也就是说张艳秋每次来这里吃饭，一概是这两个菜。

高芙英的酒，喝高了。她大口吃着海米菜心，然后转向清炒苦瓜。

我们要一份淮扬炒饭吧。高芙英唯恐吃不饱，大声要求着。

张艳秋笑眯眯看着自己的教练，然后说您应当要一份咖喱炒饭。

那就咖喱炒饭。

买单的时候，高芙英听到"九百八"。她心里估算，那瓶洋酒至少也要八百块钱。

走出情如海酒楼，高芙英感到步伐不稳，明显不胜酒力。尽管她平时很有几分白酒基础，今晚还是醉了。

张艳秋从教练手里拿过钥匙，说你酒后驾车是要被吊销驾照的，驾照就是你的饭碗啊。听了这话高芙英心里一阵委屈，乖乖坐到后排。是啊，我是一个单身女人，驾照就是我的饭碗啊。没了驾照，我就什么都不是啦。

张艳秋驾车，驶上都市夜晚的大街。

你开得不错啊，为什么还要参加驾校学习呢？多此一举。

张艳秋一边驾车一边说，参加驾校学习不光为了获得驾照，主要还是为了打发时光。

十字路口遇到红灯。张艳秋缓缓停车，再次得到高芙英满嘴酒气的夸赞。

你停得很稳，说明你的"起步停车"基本功很扎实。

车窗外站着一个交通警察，隔着车窗朝着张艳秋行了一个礼，大声说请您出示驾照。

张艳秋回头看了看高芙英，说我被警察抓住了。

高芙英的酒被吓醒了。天啊，这是无照驾驶啊，起码罚款一万同时还要拘留十天。

张艳秋将桑塔纳停在路旁，坐在车里一动不动。

交通警察再次敬礼，说小姐请您出示驾照。

张艳秋撅下玻璃，坐在车里满嘴酒气朝着交通警察说，你放我走吧我根本没有驾照。

交通警察怔了怔，说您不但没有驾照而且还是酒后驾车？

张艳秋点了点头说，对。我不但没有驾照而且酒后驾车。但我要告诉你我只喝了一杯洋酒。

交通警察怒了，大声说你给我出来。

张艳秋走出桑塔纳，跟着交通警察走向大街边的路灯下。

高芙英吓得不敢动弹，坐在车里注视着落入虎口的张艳秋。

大约三分钟之后，张艳秋离开交通警察款款回到车里，发动桑塔纳朝着前面疾驶而去。

高芙英呆呆注视着张艳秋，说天啊这个警察居然就这样饶了你。

张艳秋驾驶着桑塔纳，得意地笑了。

十一

当晚，张艳秋开车送高芙英到家，进屋看了看，得知高芙英没有男人，干脆就住在这里，不走了。高芙英跟母亲打了个招呼，说有个女学员睡在咱家。

张艳秋很快就睡着了，看上去像个睡美人儿。高芙英酒意全无，躺在张艳秋身旁，失眠。

张艳秋长得跟赵俏儿真是像极了，就仿佛双胞胎一样。

时钟已经指向子夜一点钟。高芙英还是抓起电话，拨打赵俏儿的手机号码。

一连几天高芙英已经养成习惯，每天至少要给赵俏儿打一次电话，尽管对方毫无反应。

高芙英很想知道赵俏儿的下落。她如果知道了赵俏儿的下落，心里也就踏实了。生活就是这样，只有当这个人消失的时候，你才开始怀念她。

赵俏儿不会已经离开人间了吧？倘若小清河的那具无名男尸真的就是钱博定，那么赵俏儿生还的可能便很小了。钱男赵女将成为一对生死鸳鸯，共赴黄泉。

这个世界上如今什么事情都可能发生，包括杀人越货的行为。尤其是有钱人，有了钱头脑就发昏。

高芙英这样胡思乱想着，渐渐睡着了。

清晨，张艳秋赖着不起。高芙英告诉她今天驾校的训练项目是"揉库"，张艳秋没辙，只得睁开眼睛，问高芙英她怎么会睡在这里。

你昨天夜里被卖到我们红番区贫民窟来啦。

张艳秋笑着说，我不要红番区贫民窟，你要卖也要把我卖到曼哈顿去。

张艳秋身上的手机嘀嘀嘀叫了起来。张艳秋懒洋洋看了看屏幕上显示的号码，拨了回去。

电话通了。张艳秋脸色倏地一黯，连声解释起来。

我昨儿夜里没回家，可是我没有找小白脸儿。我住在我的驾校教练家里，可她是个女的啊。同性恋？我什么时候搞过同性恋啊。请你不要多想，这是误会，我昨儿夜里喝多了，没办法就睡在我的驾校教练家里啦。

高芙英站在一旁听着，觉得张艳秋为了钞票嫁给港商，其实挺被动的。如今是他妈的网络时代，人家千里之外高科技遥控，你是不能乱说乱动的。

张艳秋放下电话，嘤嘤哭了。高芙英走上前去，安慰她。你不要搭理你老公，他这个人还挺爱吃醋的。

张艳秋摇了摇头，说这人不是我老公。

高芙英听不懂了。他不是你老公就敢这样管束你啊？妈的他是谁？

张艳秋郑重脸色说，高教练请你不要随意骂人。

高芙英知道自己太冒失了。这个世界没有无缘无故的爱，也没有无缘无故的恨。谁跟谁最亲近，已经明明白白写在张艳秋的脸上。

高芙英的母亲准备了早点，是烧饼油条。张艳秋说不习惯这种食物，要到外面去吃早茶。高芙英急了，说这是我母亲的心意。张艳秋只得象征性地喝了几口豆浆，算是领了情。

高芙英吃了两个烧饼两根油条，喝一大碗豆浆。劳动妇女嘛必须吃饱，吃饱了才有力量工作。

驾校教练高芙英驾驶着桑塔纳驶上大街，开始了她新一天的生活。

张艳秋坐在后排，掏出小镜子急着化妆。高芙英从来不化妆，因此她认为大街上的女人，只有她一个是原装的。

高芙英按照既定的路线行驶——今天仍然先去接大姐吴晓蓉。

金贵园小区门口，没有吴晓蓉的身影。高芙英看了看手表，问张艳秋怎么办。张艳秋说虽然驾校规定接送学员的时间过时不候，咱们还是等一会儿吧。高芙英狠狠说，只等三分钟。

三分钟很快就过去了。高芙英心软了，主动说再等三分钟吧。这时候从金贵园小区里走出一男一女。男的年龄偏大，秃顶，挽着小女子的肩头，十分亲密地说笑着。

高芙英突然骂了一句他妈的。张艳秋问她骂谁。高芙英叹了一口气告诉张艳秋，那个秃顶男人是她前夫。这个世界真是太小了，冤家经常狭路相逢。

张艳秋望着秃顶男人远去的背影说，你前夫并不很有钱，但谢顶的男人性欲旺盛。高芙英咧嘴笑了笑，说他又不是鸭。

张艳秋十分有把握地说，我看得出那个小女子很有钱。你前夫现在依靠女人活着。

听了这话高芙英一怔，回头看了看张艳秋。

吴晓蓉终于从小区里跑了出来，气喘吁吁的样子。不知为什么高芙英蓦地感觉吴晓蓉是个可怜的女人。

吴晓蓉钻进车里，坐在张艳秋身旁。高芙英立即发动汽车。吴晓蓉突然哭了起来。她说夜里接了一个匿名恶意电话，很害怕。她说不想学开车了，她恨不得立即离开这座城市，逃脱这种令人心惊肉跳的生活。

既然这样，你就休息一天吧。明天我一早就来接你。高芙英安慰着吴晓蓉。

吴晓蓉十分感激地点了点头，推门下车。张艳秋坐在车里朝她招手告别，说大姐保重。

前往水西公寓，去接费玲玲。由于吴晓蓉的哭泣，高芙英的桑塔纳到达水西公寓比预定时间晚了十八分钟。费玲玲极为不满，坐在车里嘟哝着。张艳秋小声将大姐的遭遇告诉费玲玲。费玲玲突然提高嗓音说，既然做了贪官污吏的太太，就不要整天哭哭啼啼的。这种生活就是大起大落，你还想荣华富贵一辈子啊？嫁给贪官污吏你就不要害怕，及时行乐就是啦。

听了费玲玲的一番话，高芙英很受启发。嫁给贪官污吏好比参加一场赌博。赢，你就荣华富贵。输，你就跟着进班房。既然赌博就有输有赢。无论输赢都是正常的事情。

行驶在二环路上，高芙英又想起赵俏儿，就请费玲玲用手机替她发个短信。费玲玲很不情愿地说，你自己不是有手机嘛，自己发啊。

可是我不会发短信啊，小时候学的汉语拼音早就忘啦。高芙英无奈地说。

费玲玲说，你这是第三次给赵俏儿发短信，人家根本就不理你。

高芙英继续说，是啊，除了日本相扑教练，谁也不愿搭理我这样的女人。

这时候费玲玲的手机响了。高芙英以为是赵俏儿复机，心里一阵狂喜。费玲玲打开手机接听，语气十分娇弱。高芙英知道这是一个男人打来的电话。果然，关闭电话之后费玲玲小声告诉张艳秋，这是她的一个客户。

什么客户？高芙英十分敏感地问道。

费玲玲字正腔圆回答说，广告客户。

高芙英驾车去接朱莎。从张艳秋与费玲玲的低声交谈里高芙英得知，朱莎好像是一个留守女士。

十二

这一天下午，三个便衣警察突然出现在三八女子驾校的小会议室里，按照手里拟定的名单逐一找人谈话。首先是费玲玲。费玲玲进去半个小时就出来了，她面色惨白告诉高芙英，大姐可能已经死啦。

吴晓蓉死啦？高芙英心头一阵乱跳，伸手扶住一棵小树。

第二个被叫去谈话的是张艳秋。张艳秋两眼红红地回来了，说吴晓蓉真的已经死了。

朱莎听说吴晓蓉真的死了，表情非常紧张。她走进小会议室的时候，浑身颤抖着。

最后是高芙英。三个便衣警察呈品字形坐在她的面前，请她谈一谈关于吴晓蓉的情况。不知为什么，高芙英一下子就火了。

她怒视着面前的便衣警察说，你们找我谈话想问什么就问吧，用不着耍小聪明，跟我兜圈子。

一个胖胖的便衣警察笑了，称赞高芙英很有经验。高芙英很反感，说你少废话，没事儿我走啦。

一个矮个子便衣警察立即打圆场，开始询问有关吴晓蓉的问题。高芙英表示，假若吴晓蓉死了，她也是吓死的。这一切都是他那个当副局长的浑蛋丈夫引起的，你们把她丈夫给法办了，这案子也就结啦。

三个便衣警察平时很少接触高芙英这样的女人，面面相觑。

高芙英站起身说，你们要是连一个腐败堕落的副局长都法办不了还算什么人民警察。

便衣警察们笑了，说高芙英你可以走了。

黄昏时分，高芙英驾车载着三姐妹前往吴晓蓉生前居住的金贵园小区，怀着凭吊的沉重心情。

桑塔纳停在吴晓蓉的楼门口，高芙英看到这里没有任何操办丧事的迹象。张艳秋说由于牵涉重大案情，公安局肯定不允许亲朋好友举办吊唁活动。

朱莎声音颤抖说，吴晓蓉的先生可能已经被捕，这就叫家破人亡啊。

费玲玲没有说话，她推开车门，抬头注视着楼上的窗口，说前几天吴晓蓉还在三楼窗口跟我招过手呢。

坐在前排的朱莎似乎对吴晓蓉自杀的原因很清楚。她说吴晓蓉是由于常年心情紧张导致精神崩溃而死的。吴晓蓉选择吞服安眠药的自杀方式说明早有准备，因为足以达到致死量的安眠药是要一天天积攒的，就像穷人存钱一样。

朱莎自言自语说，我以前真的不知道王光涛是吴晓蓉的丈夫。王光涛担任工商局副局长其实还不到两年时光。人要是倒霉，真是速朽啊。

人们不言不语坐在车里，仿佛是在给吴晓蓉开追悼会。

高芙英为了缓解沉闷的气氛，主动提出给大伙讲个故事。她说有个漂亮女子嫁给一个大款，然后又爱上一个小白脸儿。小白脸儿为了得到钱财就给大款写了一封信，索要离去的路费。后来这个小白脸儿消失了，漂亮女子也消失了。

张艳秋脱口说道，这两个人都被大款给杀了呗。

费玲玲说，当然啦大款是不会亲自动手的，如今雇一个职业杀手不用花很多钱。

朱莎表情紧张，一语不发。

高芙英开车离开金贵园小区，首先送朱莎回家。朱莎住在天府园，也属于高档住宅区。汽车驶进天府园小区，费玲玲突然问朱莎，你一定跟吴晓蓉的先生很熟悉吧。朱莎坐在前排回头注视着费玲玲，说这个世界真是太小啦。

桑塔纳停在朱莎的楼门前。朱莎推门下车。这时候两个便衣警察迎上前来，朝着朱莎出示拘审证。

朱莎突然变得镇定，回头对坐在车里的姐妹们大声说，我以前真的不知道吴晓蓉是王光涛的妻子。

朱莎被便衣警察送进一辆白色面包车，疾驶而去。

高芙英一时琢磨不透，回过头去看坐在后排的张艳秋和费玲玲。

费玲玲说，有一次我陪广告客户去度假村，看到朱莎穿着比基尼跟一个男人在一起。如果那个男人就是王光涛，那么朱莎就是吴晓蓉丈夫的情妇。她牵扯进这个案子里也就在情理之中啦。

朱莎不是留守女士吗？高芙英感觉自己是在听一部言情与凶杀兼而有之的小说。

桑塔纳驶进水西公寓，费玲玲到家了。她推开车门回头朝着张艳秋和高芙英挥手，说一路平安。

高芙英望着费玲玲走进楼门的身影，扭头问张艳秋，这个费玲玲到底是干什么的。张艳秋笑了笑，然后反问道，高教练你说我到底是干什么的？

高芙英无言，只得驾车上路送张艳秋回家。张艳秋的家住在天堂小区，这里一座座别墅富丽堂皇，气派十足。张艳秋要求高芙英将汽车停在小区外面，她要散步回家。高芙英停稳车子告诉张艳秋她被调到"的姐班"去当教练了，明天就去报到。

张艳秋努力笑了笑，说铁打的营盘流水的兵，我们总有分手的时候。说着张艳秋落下了眼泪。

高芙英的眼睛也潮湿了。她不明白自己为什么还有这份感情。在此之前她认为自己已经变成一个刀枪不入的女人了。

张艳秋伸出手来，与她握别。高芙英突然提出一个问题请张艳秋务必回答。那天晚上酒后无证驾车，你究竟跟警察说了什么话，对方只得乖乖放了你。

张艳秋笑了，压低声音凑到高芙英耳前，说你必须保密。高芙英用力点了点头，说我绝对保密。

我走过去跟那个警察说，我叫张艳秋，我是你们市公安局路久利局长的情妇。

高芙英听罢，呆呆注视着张艳秋。

张艳秋进了天堂小区，扭摆她那纤细的腰肢朝着一座漂亮的别墅走去。

第二天，高芙英到"的姐班"担任教练，点名的时候她叫到"赵铁真"这个名字，于是听到一个熟悉的声音。

赵铁真居然是赵俏儿。这个漂亮的女子被阳光晒黑了。

她拉着赵铁真即赵俏儿走到一旁，问道，你不是死了吗？我打你手机一百多遍，你也不回呀。

赵俏儿即赵铁真说，我为什么要死呢？我必须活下去。手机我扔了，以后再买新的。我来这里学习驾驶，就是为了毕业之后去开出租车，自食其力。

你活着，那钱博定死了吧？

194

赵俏儿摇了摇头，说我真的不知道钱博定的下落。

高芙英笑了，说从今天开始你就是我的学生啦，我保你学会开车并且顺利拿到驾驶执照。

你真的有这种把握？赵铁真问。

高芙英点了点头，说因为我认识公安局长的情妇。

赵铁真笑着大声说，我还是宋太祖赵匡胤的后代呢。

怀疑对象

一、相似的现场

冉明生驾驶的是一辆红色夏利出租汽车。在此之前这辆车是黄色的，也就是"的士"常见的那种颜色。关于黄色，冉明生并无反感，出租汽车就应当是这种职业颜色。譬如说邮局就应当是绿色，医院就应当是白色。人呢，则应当是杂色。这统统可以归纳为行业标志。

如果冉明生驾驶的夏利属于出租汽车公司，那么他根本无权改变它的颜色。然而冉明生却是这辆夏利汽车的车主，于是事情就变得简单起来。这是周末下午，冉明生将黄色夏利开进一家熟悉的汽车修理厂，告诉工头儿"换成红色"。工头儿以为他要转行，不做出租生意了，就嘿嘿笑着说如今这年月做出租汽车司机没多大出息，只不过是新时代的骆驼祥子而已，而且根本就没有虎妞儿。

冉明生觉得工头儿的这个比喻非常生动，就笑了。这座城市里的出租汽车司机收入很高。因此冉明生的表情里充满了志得意满。

他吸了两支万宝路，夏利就由黄渐渐变红。工头儿举着喷枪说，凡偷来的汽车到这里喷漆，收费都很高。冉明生是做正行的，因此不能漫天要价。

黄夏利变成了红夏利。

细眉细眼的冉明生继续笑着，递给工头儿一支万宝路。冉明生抽这种牌子，已经三年。他对这个香烟牌子感到满意，尤其是周末的时候。周末的时候吸万宝路，小康的感觉非常强烈。

今天是五月二十六日，周末。周末正是出租汽车赚钱的日子。路上乘客很多，路程也大多不远。然而，周末的冉明生开着红色夏利疾速驶出汽车修理厂，一路上凡人不理，径直开回家去。今天这个周末他不想赚钱。今天晚上有黄健翔解说的"德甲"，这是必须要看的。冉明生喜欢小黄的嘴，远远超过老宋。这就好比出租汽车的升级换代，从大发到桑塔纳，只不过几年时间。

天色暗了下来，他回家心切，渐渐加快车速。

冉明生朝着回家的方向驶去。他的家住在这座城市的新达公寓。那里是新兴的商品房住宅小区。冉明生的家住在一楼，二室二厅二卫一厨。就目前中国北方城市的市民生活来说，四十二岁的冉明生确实是小康了。

一个身穿米黄色风衣的男人站在路旁，朝着驶来的出租汽车招手，表情显出几分焦急。冉明生不理不睬，疾驶而过，拒载。

冉明生反感米黄色风衣。

那位身穿米黄色风衣的男子，望着冉明生疾驶而去的车影，急得使劲跺脚："你为什么拒载呢？你为什么拒载呢？"

已经驶进小区，他驾着红色夏利绕到楼后，停在自家窗前。他自言自语说了声油漆未干，就按了一声喇叭，意在引起妻子的关注。今天星期五，学校是没有晚自习的。妻子是高中二年级的语文老师，此时应当在家。

没有动静。看来妻子还在学校里诲人不倦。他锁上车门，站在自家窗外，点燃一支香烟。人届中年的冉明生只有在大口吸烟的时候，才显出几分威风凛凛的样子。因此他不能戒烟——为了威风凛凛。

近来，他的烟瘾越来越大。一天两盒万宝路居然不够。从吸烟纳税的意义上讲，他已经站在为国捐躯者行列里了。在充满烟雾的生活中，他毫无悔改之意。他认为抽烟是男人欲望的体现。男人不能没有欲望。

冉明生中等身材相貌平平，他认为自己这种大路货的相貌大路货的身材，最适合成为歹徒——作案之后逃匿，不易给公安机关留下任何特殊的生理特征线索。譬如说长得很高或很胖，都容易落网。这样想着，冉明生竟然萌生一丝犯罪心理，他走进楼道，伸手从怀里掏出钥匙打开自家单元铁门的时候，很像一个入户行窃的犯罪嫌疑人。

自家单元的铁门显得非常结实。

四十二岁的冉明生小康之后，依然喜欢幻想。幻想对他来说充满刺激。小时候正赶上"文革"后期，没事儿的时候他看过许多苏联小说。譬如说《西伯利亚狼》《一束红玫瑰》，还有《不可捉摸的人》和《狼獾防区的秘密》。于是，当他走进家门的时候，自幼饱受小说影响的冉明生自然透露出几分机警。他大智若愚的目光漫无目标地环视着客厅里的景象。

没人。

妻子名叫丁玉芸。皮肤白皙而体态丰腴的丁玉芸此时没有在家。冉明生走进家门换上拖鞋，径直坐在沙发上。这时候他看到茶几上的烟缸里躺着一支烟蒂。他拿起来看了看，是555牌的。

555是洋烟。北京人叫它"外烟"，原产英国。咦，家里什么时候来了一个吸555牌香烟的客人呢？这样想着，他点燃香烟吸了起来。万宝路腾起的烟雾在他面前环绕着，变幻不定。

他又看了一眼555牌烟蒂。这时候，他想起小时候读过的苏联小说《侦察员的功勋》。

555。这应当是一个男人的烟蒂。女士吸这种牌子的不多，大多吸

"莫尔"啊"紫罗兰"什么的。555牌烟蒂的出现，应当认为家里来过男性客人。冉明生这样想着，心就变成一间小房子，挤满了乱七八糟的东西。他起身走进厨房，猫腰从柜子里摸出一瓶黄澄澄的药酒，就是据说能够滋阴壮阳的那种药酒。然后他打开一听牛肉罐头，站在煤气灶前喝了一盅。

妻子丁玉芸还是没有回来。就这样冉明生连续喝了四盅，足有二两酒。药酒的魅力渐渐发散开来，平时喜欢幻想的冉明生思维渐渐活跃起来。他找了一把不锈钢镊子，走到烟缸前，十分细心地将那支555烟蒂夹起，放进一只透明的塑料袋里。他在电视剧里多次见到官方勘查犯罪现场，无论日本警视厅还是美国联邦调查局，都是这样做的。这时候的冉明生并没有意识到，他这样做无啻亲手启动了这个故事的按钮——那桩错综复杂的案件已经发生了。

不知为什么，装进透明塑料袋里的555牌烟蒂，引发了冉明生内心深处一股莫名的醋意。于是他又喝了一盅药酒，然后点燃一支万宝路。

晚间七点钟，中学生冉亦青背着一只硕大的书包，吭哧吭哧走进家门。

冉亦青的父亲名叫冉明生。冉亦青脱下两只臭烘烘的球鞋大声问道："爸，你车呢？你车是不是让警察给扣啦……"

冉明生心不在焉嗯了一声。

儿子就以为爸爸的夏利真的给警察扣了，开始嘟哝："您开车总是违反交通规则，怎样才能提高您遵纪守法的意识呢？唉……"

冉明生继续喝着酒，吃光了一听牛肉罐头。

冉亦青说："爸，酒后不许驾车！"

冉明生火了："妈的，谁说我酒后驾车啦！"

冉亦青怔了怔："我是说您喝了酒，晚上就不要出车啦。"

冉明生猛然被儿子感动了。他不再吼叫，只是默默喝酒。

晚间八点钟，妻子丁玉芸还没回来。冉明生给冉亦青煮了一碗方便面，是康师傅的，又煎了两只鸡蛋。鸡蛋就没有品牌了，但肯定是母鸡下的。冉亦青看了看摆在桌上的这份快餐，并未过分刁难父亲，埋头吃了起来。冉亦青这种主动配合的精神令冉明生感到满意。他开始在心中勾勒那种父子连心的生活，心情不禁悲壮起来。假若没有丁玉芸，生活不过如此吧。

这时候冉明生心里恨不能让妻子立刻回家。丰腴白皙的丁玉芸是个女人味道十足的妻子，冉明生对此十分满意。

八点四十分，门铃响了。冉亦青起身开门，看到门外站着舅舅。

冉亦青就叫了一声舅舅。这时候坐在电视机前的冉明生知道警察来了。冉亦青的舅舅即丁玉芸的弟弟，虽然身穿便衣却是货真价实的警察。他名叫丁玉祥，当年曾是一支青年足球队的正选前锋，后来断腿挂靴，进了市公安局的刑警大队。谁都知道市公安局刑警大队的大队长吕家宝是个超级球迷，喜欢接纳退役球员。

丁玉祥的表情里透出几分疲惫，仿佛刚刚破了一宗大案。冉明生知道，丁玉祥天生就是无精打采的，一派颓唐。真不知道当年他在足球场上是怎样带球过人然后直接射门的。冉明生身为姐夫，对妻弟丁玉祥的这种形象很不满意，认为一个人民警察起码应当具有朝气蓬勃的精神，否则广大人民群众危难之时怎能从你身上汲取勇气与力量呢？

丁玉祥今天仍然穿着便衣。他十分懒散地坐在沙发上，一眼看见啤酒，伸手拿起一罐儿，嘭的一声打开，喝了起来。

冉明生坐在沙发上说："我的人民警察同志，您辛苦啦。"

丁玉祥喝着啤酒，满脸若无其事的表情说："他妈的，今儿阳光公寓又死了一个男的，照样儿是谋杀案。"

冉亦青听到谋杀案三个字，立即兴奋起来。他跑到舅舅面前连声追问，是不是大少爷被大少奶奶给谋杀啦。

丁玉祥知道这是外甥港台电视剧看得太多的结果，就继续喝着啤酒。冉亦青随手又打开一听，谄笑着递给舅舅。

舅舅受到外甥啤酒的感动，说："我要是知道大少奶奶把大少爷给谋杀了，那案子不早就破啦。"

冉亦青笑了。这时警察丁玉祥懒洋洋伸手从茶几上端起水杯，咕咚喝了一口，突然一眼瞥见那只装着555牌烟蒂的透明塑料袋，不由得惊奇地咦了一声。

他妈的，这里又不是阳光公寓的杀人现场，怎么也有一支555牌烟蒂啊？

现在是五月二十六日的晚间九点四十分。中央电视台五频道黄健翔解说的"德甲"已经开始。

凯德斯劳腾VS勒沃库森。

二、无关的往事

冉明生看到那支555牌烟蒂，心底泛起一股醋意。说起这股醋意还是颇有几分来由的。一支555牌烟蒂无疑说明今天家里来了外人，而且是一个男人，于是冉明生首先想到任长来。是的。冉明生坚决认为，留下这支555牌烟蒂的男人不是别人，一定就是那位风度翩翩的任长来。

任长来是什么人呢？任长来乃是丁玉芸中学时代的同学，如今是这座城市里一家上市公司的副总经理，颇有几分名气。这几年来，这位上市公司的副总经理成了冉明生的一块心病。是的，只要听到任长来的名字，冉明生心里便立即充满妒意。男人的嫉妒往往是妻子引起的。丁玉芸给丈夫带来的醋意，果然很酸。

这几年兴起了"同学会"。无论小学同学、中学同学还是大学同学，只要是昔日同窗，年年都要聚会聚会。人们变得如饥似渴，以满足不惑之年的怀旧心理。

据说，任长来是丁玉芸的初恋情人。当然这仅仅是"据说"。然而无论是真是假，反正事业有成的任长来通过"同学会"这种恰如其分的方式，十分合理地出现在人到中年的丁玉芸的生活里。

社会上已经出现流行语："同学会同学会，婚外恋搞出一对对。"是的，如今的中年男女已经疯狂。冉明生认为这就是"同学会"造成的巨大恶果。

事情正是这样。去年的那次"同学会"结束的时候已经很晚了，任长来身穿一件米黄色风衣驾驶一辆白色别克轿车，送丁玉芸回家。当然，关于高级轿车、豪华住宅、八十万年薪以及米黄色风衣的绅士风度，其实都是丁玉芸回家之后绘声绘色讲给冉明生的。出租汽车司机听着妻子的动情讲叙，心里好似打翻了五味瓶。

冉明生默默无言注视着表情兴奋的妻子。他觉得自己一下就被任长来给打败了。尽管如此仍然没有完全引发冉明生的警惕心理。真正使这位出租汽车司机感到威胁并且认为危机已经降临的，应当说是在"同学会"之后的那个夜晚。

记得那一天的黄昏时分，天上突然飘起一阵细雨。行驶在二环路上的出租汽车司机冉明生心血来潮，掉转车头朝着妻子的学校驶去。至今，冉明生仍然记得，他掉转车头之后违章行驶，被骑着摩托车巡路的交通警逮住，当场罚了二百元。他认为破财属于不祥之兆，便继续朝着妻子的学校驶去。

学校传达室的老汉告诉冉明生，丁玉芸中午就离开学校，说是外出开会去了。不知为什么，冉明生心里竟然产生了一丝警觉，立即驱车离开妻子的学校，驶上二环路。二环路上冉明生的生意很好，一路上总是遇到招手叫车的乘客，几乎没有空载。晚上七点钟，他终于驶入一条无人小路，停车吸烟。他吸的当然是万宝路牌香烟。从特定意义上讲他吸万宝路是跟 555 牌赌气。因此他停在这条无人小路，必然想起那位身穿米黄色风衣的男人。丁玉芸今天下午离校外出声称前去开会，她会不会是去跟任长来那家伙幽会呢？

既然内心产生怀疑，冉明生便行动起来。他熄灭手里的香烟，启动汽车朝着回家的方向疾驶而去。他很爱丁玉芸。他真的不愿意看到丁玉芸成为一个不贞的妻子。

驶上光明立交桥的时候，一辆白色别克轿车从后面超过。他妈的又是白色别克。冉明生急了。他仇恨这个世界上一切白色别克轿车。于是他提速急追，可是下桥之后那辆白色别克轿车便转弯驶进星光大酒店的停车场了。

一路上细雨蒙蒙。冉明生回到家里，果然是空无一人。他坐在沙发上吸烟。晚间七点钟的时候，冉亦青背着一只硕大的书包，回家了。冉亦青向父亲询问"妈妈怎么还没回来"，冉明生支吾着，问儿子是不是想吃康师傅牌方便面。

冉亦青一如既往，集中精力吃着康师傅牌方便面，然后回到自己房间写作业去了。

冉明生记得十分清楚，妻子是晚间十点零八分走进家门的。体态丰腴的她手里拎着一柄陌生的花伞走进家门，气喘吁吁的样子。那时候外面的细雨已经停止，空气里的湿度正在衰减，人的心情也渐渐干燥起来。

丈夫躺在卧室里的双人床上，佯寐。闭目细听着客厅里妻子的动静。丁玉芸似乎叹了一口气，自言自语说了声"累死啦"。之后，响起一连串脚步声——丁玉芸径直走进卫生间，洗澡去了。

躺在双人床上的冉明生轻轻叹了一口气，侧耳细听着卫生间里传出的水声，焦急地等待着出浴的妻子。

这时候，冉明生几乎暗暗认定丁玉芸已经有了婚外恋情——她径直走进卫生间洗澡，很显然正是为了哗哗冲尽另一个男人今天留在她身上的气息。

丁玉芸哗哗哗洗了很久，终于披着浴衣走出卫生间，然后穿着那双价格不菲的绣花拖鞋大步走进卧室。

妻子上床，依照多年惯例躺在丈夫身旁，显出十分疲惫的样子。丈夫睡眼惺忪，漫不经心地问："你今天很累吧？"

妻子叹了一口气说："是啊，今天上午四节课，下午四节课，为了给那几位差生补习功课，我呢特意给他们增加了晚自习，这一天呀可真是累死人啦。"

丈夫侧身，脊背冲着妻子说："既然累了一天那就趁早休息吧。"

丁玉芸确实很累，她含糊不清地嗯了一声，很快就睡着了。

冉明生躺在床上，心里明明白白——为人师表的妻子已然红杏出墙了。第三者无疑就是那位身穿米黄色风衣显得仪表堂堂的上市公司副总经理任长来。

这就是妻子丁玉芸的"前科"。

三、可疑的人物

阳光公寓的凶杀案，发生在 B 座 2 幢 1403 室。这是一套二百六十平方米的住宅，业主置业以来并未居住，而是将它出租给一个韩国人。后来那个韩国人搬走了，一个中国人继而成为这里的房客。

这个房客是中年男人。他平时少言寡语，使人觉得此公是个哑巴，其实他不是。这个中年男人在这里住了两年，春秋季节总是穿着一件米黄色风衣，进进出出脸上挂满郑重表情，一派天将降大任于斯人的样子。案发之后阳光公寓的保安员提供证言，声称除了那件米黄色风衣，这个房客几乎没有给人留下任何特殊印象。

刑侦大队的警察丁玉祥走进阳光公寓凶杀现场，凭着多年办案经验他便认为这死者系"他杀"，然而他不想过多表现自己的英明果断，只是叼着烟卷站在一旁，脸上挂着漫不经心的表情。两个年轻的警察自我表现欲望极其强烈，一直在喋喋不休，仿佛是在舞台上表演小品。丁玉祥嫌烦，猫腰蹲在地上，伸出镊子将丢在地板上的那支555牌烟蒂装进透明的塑料袋里。

一个年轻的警察大声问："老丁老丁那是什么牌香烟?"

丁玉祥哼了一声说："生意人是不抽这种牌子的，555。"

是的，绝大多数生意人是吸万宝路的，一般不吸555。这就叫社会经验。丁玉祥漫不经心说着，然后走出阳光公寓。他认为应当离开案发现场了。一个真正的刑警走进案发现场三分钟之内必须发现应当发现的东西，否则你就应当转业去干别的了。

两个年轻的警察叫来阳光公寓的小区保安员，问他躺在厨房里的死者是不是这里的房客。保安员先是点头，然后摇头说，只认识这件米黄色风衣而已。至于身穿这件风衣的死者是不是这里的房客，保安员表示难以确认。

两个年轻的警察面面相觑。依照阳光公寓小区保安员的逻辑，这个世界上身穿这种米黄色风衣的中年男子，很多。躺在厨房里的这位身穿米黄色风衣的死者，很可能是住在这里的那位房客，也很可能不是住在这里的那位房客。

然而，米黄色风衣无疑已经成为这宗凶杀案里的极为重要的人物标志。

是啊，在这个可爱的世界里，身穿米黄色风衣的中年男子真是多如牛毛。两个年轻警察深知，必须立即弄清死者的真实身份，否则侦破工作必然落入盲人摸象的境地。

（小说进展到此处，已经出现了两位身穿米黄色风衣的中年男子，一位是冉明生周末驾车回家路上拒载的"打的者",另一位则是丁玉芸的中学同学"任长来"。其实本案还有第三位身穿米黄色风衣的中年男子,只是他尚未出场罢了。)

这时候,另一个小区保安员气喘吁吁跑来,向两位年轻警察报告重要线索,说今天下午四点钟左右他看到身穿米黄色风衣的中年男子乘坐一辆黄色夏利出租车回到阳光公寓。

黄色夏利出租车?两个年轻的警察同时认为,这是一条极其重要的破案线索。

四、神秘的烟蒂

刑警丁玉祥平时显得吊儿郎当,一旦办案还是颇为认真的。他脸上漫不经心的表情,往往给人造成误解,以为他缺乏敬业精神。这样,就影响了他的提拔——多年以来仍然充当"大头兵"。对此刑警丁玉祥不以为然,他依然我行我素,从不患得患失。

他将阳光公寓案发现场的烟蒂送到市公安局技术处,然后留下自己的 BP 机号码,便到姐姐丁玉芸家里吃晚饭去了。足球运动员出身的丁玉祥对姐姐制作的炸酱面很感兴趣,一有借口就跑过来吃饭。可惜,这天晚上姐姐丁玉芸不在家,就连外甥冉亦青的晚饭也只能依靠那位姓康的师傅。

姐夫冉明生在家。这位出租汽车司机喝罢几盅药酒,满脸通红而且显得心事重重。丁玉祥此行扑空,吃不上姐姐的炸酱面,只得喝着外甥献上来的啤酒。他一连喝了几听"青岛",等待着市局技术处的传呼。为了打发时光,丁玉祥跟冉明生,南一句北一句聊着,这几乎是一场没有任何实质内容的对话。冉明生心里明白,早在丁玉芸嫁给他之前,丁玉祥便对这桩婚事表示强烈反对。当时冉明生是第八运输场的汽车司机，驾驶一辆东风牌大卡车。丁玉祥当时在体工大队踢球。他多次劝说姐姐千万不要嫁给冉明生这样的男人。

丁玉祥心里更是明白，他与冉明生之间的芥蒂丝毫没有随着时光流逝而淡化，相反却被时光高度浓缩了——平时内心对垒情绪很重，双方只是做表面文章而已。

"你认识任长来吗？据说是一家上市公司的副总经理。"冉明生坐在沙发里，突然朝着丁玉祥发问。

任长来？丁玉祥摇了摇头，连声说不认识。

冉明生笑了，当然这笑容里掺杂了酒精的作用。"你怎么不认识任长来啊？他可是你姐姐的老同学呀。"

丁玉祥说："什么任长来啊，他要是我姐姐在幼儿园时期的同学，那时候我还没出世呢。"

丁玉祥的巧言推脱，令冉明生的心里很不痛快。是啊，毕竟一笔写不出两个"丁"字，别看他是公安局警察，到时候还不是照样包庇坏人。谁是坏人呀？勾引良家妇女的任长来就是坏人。别看任长来穿着一件米黄色风衣显得风度翩翩，这更加证明他是一个不折不扣的情场高手。

看到冉明生气鼓鼓的样子，丁玉祥便不再言语，只是默默喝着啤酒。青岛啤酒还是不错的，它的股票也很好，抗跌能力比较强。

冉明生起身到卫生间去了。

丁玉祥笑了——他看到茶几上的透明塑料袋里，分明装着一支555牌的烟蒂。

咦，他妈的，这里又不是阳光公寓的杀人现场，怎么也有一支555牌烟蒂啊？

他顺手将这个装有555牌烟蒂的透明塑料袋放进自己的皮包里。这时候他听见自己的BP机响了。这是一只汉显传呼机。丁玉祥看了看屏幕留言。他妈的，这不是市局技术处而是那两个仍然在案发现场的年轻警察发来的传呼，言简意赅："应当立即追查黄色夏利出租车。"

已经是晚间十点多钟了，丁玉芸还没回家。丁玉祥喝得微醺，起身离开姐姐家，前往市公安局技术处。

这时候，丁玉祥觉得很好玩。他妈的，我这个警察级别不高却拥有两支 555 牌烟蒂。

刑警丁玉祥在姐姐家里喝足了外甥贡献的啤酒。丁玉芸还是没有回来。丁玉祥起身离开姐姐家门，打车前往市公安局技术处。这时候他的内心突然产生了一股强烈的恶作剧心理——我若是将姐姐家里的这支 555 牌烟蒂交给市局技术处一并化验，那样将得出什么结果呢？

丁玉祥嘿嘿笑了。

真是敢想敢干，啤酒喝得微醺的丁玉祥果然这样做了。于是，两支来自不同现场的 555 牌烟蒂，第二天上午同时出现在市公安局技术处的鉴定报告书里。

丁玉祥手持鉴定报告书，大惊失色。

丁玉祥傻眼了。什么！这两支出自不同现场的 555 烟蒂，其残留物居然属于相同唾液？他妈的，如此说来真的要并案侦查啦？

没错，这是两支神秘的烟蒂。

五、路边的风景

这是昨天下午四点五十二分，本市路边的风景。如果必须指出具体地点，那么只能承认这里是本市并不著名的一条大街，然而仍然是一派车来人往的景象。背景是一座接近竣工的大楼。这座尚未竣工的大楼，分 A 座和 B 座，估计售价在每平方米八千元上下，当然是人民币。

大楼 A 座方向。一位身穿米黄色风衣的中年男子站在距离大楼不远的地方，看样子是在等人。我们姑且称他为 A 座男子。很显然，这位身穿米黄色风衣的中年 A 座男子极其热爱烟草，他不失时机地掏出一盒 555 牌香烟，迅速点燃然后吸了起来。这时候，一辆红色夏利出租汽车从远处驶来。正在吸烟的这位中年 A 座男子随手将烟蒂丢在脚旁，招手叫车。然而这辆红色夏利出租车竟然拒载，丝毫没有减速，疾驶而过。

身穿米黄色风衣的中年 A 座男子，急得使劲跺脚："你为什么拒载呢？你为什么拒载呢？"

中年 A 座男子快步离开这里，扬长而去。

大楼 B 座方向。一辆红色夏利出租车驶到路旁，缓缓停稳，然后车门打开走出一对中年男女。这位身穿米黄色风衣的先生，我们姑且称他为 B 座男子。身穿米黄色风衣的中年 B 座男子挽着女士的胳膊下车，然后点燃一支 555 牌香烟，大口吸着。女士稍显羞涩，低头朝前行走着。无须片刻时光，中年 B 座男子和女士的身影便消失在远方。走了。

大楼 A 座与 B 座之间。一位身穿米黄色风衣的中年男子挽着一位女士的胳膊，站在大街旁，朝着大街上驶来驶去的出租车，招手。无须片刻时光，他和她便钻进一辆红色夏利出租车，驶远了。

是的，我们完全有理由认为这里先后出现了三位身穿米黄色风衣的中年男子，然而我们也完全有理由认为这里出现了两位，同时我们还可以认为其实只有一位身穿米黄色风衣的中年男子。是的，现实生活具有更为广泛的答案，譬如说我们的世界里中年男子很多，米黄色风衣却只有三件。

六、本报最新消息

（记者张月凯）我市日前出现一只嗜烟成癖的白色哈巴狗，街头巷尾传为笑谈。据该犬主人陈先生介绍，一次他偶然之间将一支点燃的

555牌香烟衔在它的嘴里，这只爱犬出人意料地大口吸食起来，颇有吞云吐雾之势，引起人们极大兴趣。从此，该犬吸烟成瘾，一日无烟，必然狂吠不止。主人爱怜宠物，每天必备555牌香烟，以供爱犬享用。据说，这只三岁的白色哈巴狗日耗"555"十几支，其烟龄已达半年之久，狗窝遍布烟蒂。日前，本市动物园特意派出两名专家登门拜访，打算深入研究这位"狗烟民"。

七、变色的汽车

警　察（表情严肃）：今天找您谈话，其实并没有什么重要事情。我们只想问一问，您为什么要在五月二十六号那天把自己的夏利出租车由黄色改为红色呢？

冉明生（笑了笑）：这么说，你们走访了汽车修理厂的工头儿。是的，我在五月二十六号那天的下午把夏利出租车开进汽车修理厂，改变了它的颜色。您问我为什么把黄色的改成红色的，今天我真的不好回答。因为……

警　察（紧急追问）：因为什么？

冉明生（思索着）：因为……因为我当时没有什么想法，只是凭着一股情绪，就做出了决定。

警　察：情绪？

冉明生（继续思索）：我想，我可能是对黄色不满意吧。因为我生在新社会，长在阳光下，心里毕竟是热爱红色的。真的，我也说不清楚当时为什么把汽车开进修理厂。其实，每逢周五啊周六啊这样的周末正是出租车营运的高峰。唉，这恐怕就是神差鬼使吧。

警　察（口气尖锐）：今天的问题没有谈透。你根本无法解释你把黄色改成红色的思想动机。一个人无论他做什么事情，总是要有动机的。这就如同世界上没有无缘无故的爱也没有无缘无故的恨一样，你做什么事情，也要有自己的动机吧？

冉明生（为难地）：唉，我真的无法解释自己……

警　察（突然地）：我实话告诉你吧，五月二十六号那天有一辆黄色夏利出租车涉及一桩重大案件！

冉明生（一惊）：这么说，你们怀疑我杀人之后改变了夏利出租汽车的颜色？这真是太可笑了……

警　察（笑了）：你心里有鬼吧？

冉明生（大叫）：你们不能诬赖好人！是的，我心里虽然仇恨那个身穿米黄色风衣的男人，可是我不可能动手杀他啊！请你们相信我，我是不会动手杀他的！

警　察（得意地）：这么说你早就知道阳光公寓出了凶杀案啦？我问你，你是什么时候认识那个身穿米黄色风衣男人的？

冉明生（语塞）：我……

八、丁玉芸的自述

每个人总要有每个人的秘密，这就叫私生活。如今我们渐渐开始懂得人人拥有私生活的权利了。不过，现实生活还是没有那么简单，有时候我们常常感叹生活的无奈。你让我怎么说呢，五月二十六号那天我走进家门的时候，真正体会到无可奈何的滋味。

因为，我手里没有钥匙。我只得叩门。丈夫冉明生给我开门的时候，满脸狐疑神色。我不知道他的这种表情是怀疑我还是怀疑钥匙，反正令我内心忐忑不安。我知道这就叫作夫妻之间的"信任危机"。

其实我在五月二十六号的那天下午，一直都在怀着焦急的心情等待着我的钥匙的归还，这种心情不啻等待香港回归。可是，我在学校一直等到晚间八点钟，仍然不见刘校长回来。刘校长的名字叫刘亦燕，她在我们第二百五十中学担任了三年校长，作风干练，吃苦耐劳，取得了全市统考总分第一的骄人成绩。如果你必须让我指出刘亦燕校长的不足之处，那么我只能说她是一个独身女士。其实并不能说独身是女人的什么不足之处。

我记得五月二十六号那天上午，召开了全校师生大会，地点在大礼堂。刘亦燕校长做了长篇报告。她的口才真好，赢得了几次掌声。我从心里敬佩她的工作能力，总想寻找机会跟她增加接触。当然，我是怀有几分私心的——今年评定高级教师职称的工作即将开展，我决定申报，并且企盼这次能够一举成功。

这样，刘亦燕校长自然成为我心目之中的关键人物。她确实非常关键。因此，我开始暗暗观察她的一举一动。

终于，我发现刘亦燕校长的生活并不平静。无论她是女强人还是强女人，首先她都是一个女人。

女人有时候其实是很弱的。譬如我几次看到刘亦燕校长坐在办公室里手持汉显传呼机，偷偷哭泣。

有一次刘亦燕校长严重失态，指着 BP 机大声说："我必须跟这个人当面谈谈，这是我给他的最后一次机会啦。"

我一时不知如何是好，只得递去一只真丝手帕请刘亦燕校长擦拭眼泪。刘亦燕校长渐渐冷静下来，说："丁老师，我请求你不要将今天看到的眼泪告诉别人，行吗？"

我当即表示绝对不会把今天在校长办公室里看到的情况告诉任何人："我向你保证刘亦燕校长。"

从此，我与刘亦燕校长之间的距离，一下就拉近了。人与人之间，这就是我们通常所说的契机。

我敢断定，刘亦燕校长是有男朋友的，至于她的男朋友究竟是什么人，我则不得而知。必须指出，我与刘亦燕校长虽然同为女性，但是我们很少一起上街。记得去年冬天她站在华联商厦橱窗前指着一件衣服说，丁老师这就是今年流行的最新款式。

我记得那是一件米黄色的男式风衣。我还记得刘亦燕校长当时轻轻叹了一口气。唉，米黄色的风衣。

九、风衣·米黄色·男人

这个世界上身穿米黄色风衣的男人，很多，尤其是在春季和秋季的大街上，身穿米黄色风衣的男人们走来走去，而且吸着各种品牌的香烟。如果只是远远观察，那么根本无法看清他们的真实面孔。由于警方急于寻找的不是身穿米黄风衣的男人而是身穿米黄风衣的中年男人，因此难度倍增。风衣·米黄色·男人。关键词是"中年男人"，关键词也可以是"米黄色风衣"。

（阳光公寓凶杀案里的死者，身穿米黄色风衣躺在厨房里。厨房往往是家庭主妇的领地，男人死在这里，总令人感到这里不是他的归宿。显而易见，这位身穿米黄色风衣的中年男子是被钝器击伤致死的。钝器伤人致死，人们很容易将凶手怀疑为女人。是的，男人杀人往往使用利器。钝器属于女人——这几乎成为一种常识。）

十、五个人物的内心独白

A. 冉明生："他妈的，我必须借这个机会揪出那个身穿米黄色风衣的中年男人，彻底斩断他跟丁玉芸的全部联系！"

B. 丁玉芸："冉明生怀疑我与任长来关系暧昧。确实，那天晚上任长来亲自开车送我回家，他身穿米黄色风衣，气质高雅，风度潇洒。"

C. 丁玉祥："阳光公寓里被杀身亡的那个身穿米黄色风衣的中年男人究竟谁呢？这案子真他妈的令人头疼。"

D. 刘亦燕："那天，他穿上我给他买的米黄色风衣，显得风度翩翩。看来中年男人只要衣着得体，还是很有魅力的。"

E. 冉亦青："老师说，未成年人吸烟有害健康。难道成年人吸烟就不危害健康吗？如今的公共场所遍地烟蒂，人们往往视而不见。"

十一、推理与假设

此时正是子夜时分，人们的想象力显得异常活跃，尤其是警察。两个年轻的警察坐在一间临街的小酒吧里，喝的是啤酒。

案件渐渐清晰起来了。阳光公寓凶杀案的死者身份虽然尚未认定，然而这位身穿米黄色风衣的中年男子无疑属于高级白领阶层，而且死因与情杀有关。情杀就是因情而杀，心理因素往往十分复杂。通过这段时间的侦查，进入这两位年轻警察侦查视野的涉案人物，渐渐浮出水面。但是，丁玉祥从姐姐家里提取的那支555牌烟蒂，一下子改变了案件的基本走向。丁玉祥因此退出此案的侦察工作——他是丁玉芸的弟弟，必须"回避"。

于是，这两位年轻的警察血气方刚，今夜坐在临街的小酒吧里喝酒，多少带有弹冠相庆的性质。没错，由于"代沟"这两位年轻警察的内心对丁玉祥充满反感。你丁玉祥有什么了不起？你不就是比我们多穿了几年警服嘛。嘻嘻，你丁玉祥是何等精明的人物啊，只有老天爷知道你为什么从姐姐家里提取那一支555牌烟蒂送到市公安局技术处化验，结果使得案情一瞬之间发生巨变而且还把姐姐一家人牵涉进这桩凶杀案中。这就叫自己跟自己开了一场国际玩笑。丁玉祥你聪明一世糊涂一时，因此说你是一个真正的大草包。

关键还是那两支 555 牌烟蒂，为这两位年轻的警察提供了推理与假设的基本前提。两位年轻的警察喝着啤酒，开始分析案情。

A 警察的推理与假设：

我认为发生在阳光公寓里的凶杀案是这样开始的。首先我必须指出，这是一起情杀案，对，因情而杀。这里的一号人物是丁玉芸，她是本市第二百五十中学的教师，同时也是丁玉祥的姐姐。我认为正是丁玉芸引发了血案。

根据我掌握的情况足以说明，出租汽车司机冉明生其实是很爱丁玉芸的，因此他非常重视妻子的贞洁。"同学会"之风刮起，丁玉芸与当年同学即本市某上市公司副总经理任长来重逢，从此双方有了交往。当然，丁玉芸认为这种男女之间的往来是正常的社交活动。对此，冉明生内心的醋意很浓。

我认为，这宗案件的杀人者系男性，很显然他就是冉明生。为什么我认定杀人凶手是这位出租汽车司机呢？这完全是由于丁玉芸的红杏出墙。五月二十六日的下午，丁玉芸中午便离开学校回到家中。她在家里跟一位身穿米黄色风衣的中年男子幽会。这个中年男子是谁呢？我想你已经心知肚明。五月二十六号的下午，我敢断定冉明生一定是提前获得了信息，因此他驾车停在自家附近，等待着。这时候的冉明生内心是非常矛盾的，一方面他认定奸情存在，妒火中烧；另一方面他又不希望亲眼看见那位身穿米黄色风衣的中年男子与妻子幽会之后从自己家里走出的情景。可是，冉明生不愿看到的景象最终还是出现了——那位身穿米黄风衣的中年男子风度翩翩走出楼门，并且回头朝着站在窗里含情脉脉的丁玉芸挥了挥手。

这一对情人依依惜别的场景，对冉明生刺激极大。我认为他的杀机恰恰是这一时刻迸发而起的。妈的，冉明生决定杀掉这个给自己佩戴绿色头盔的身穿米黄色风衣的中年男子。

我必须明确指出，虽然这位身穿米黄色风衣的中年男子与丁玉芸频频私会，但是他并不认识出租汽车司机冉明生。

是的，身穿米黄色风衣的中年男子走出小区。这时候一辆黄色夏利出租车从后面缓缓驶来。他挥手叫车，然后从从容容坐进冉明生驾驶的出租车里，朝着阳光公寓疾驶而去。二十八分钟之后到达阳光公寓小区，身穿米黄色风衣的中年男子下车。冉明生并没有立即离去。他将汽车停在隐蔽之处，然后手持钝器伺机上楼，凶狠地击杀了正在吸烟的身穿米黄色风衣的中年男子。

什么，你问我这位身穿米黄色风衣的中年男子为什么要租住阳光公寓的房子？其实理由非常简单，一个单身男子除了拥有自己的住宅，往往另租一套房子。为什么这样做呢？就是为了拥有男女幽会的场所。

当然，我不排除阳光公寓里有一条会吸烟的哈巴狗。

B 警察的推理与假设：

我的看法恰恰与你相反。我认为五月二十六号的下午，丁玉芸并没有回家，那位身穿米黄色风衣的中年男子也没有到丁玉芸家里去。根据我掌握的情况，当天中午丁玉芸溜进刘亦燕校长的办公室，趁着这里没人悄悄给情人打了一个电话，她在电话里表示自己非常想念对方，并且恳求立即见面。这种女人的心血来潮，终于导致阳光公寓的血案发生。

身穿米黄色风衣的中年男子在电话里告诉丁玉芸，幽会地点仍然在阳光公寓。丁玉芸喜不自禁。她稍事打扮，随即走出学校大门，"打的"赶赴阳光公寓。大约下午二点十分，饱受内心情爱煎熬的丁玉芸终于到达指定地点。她抬头看到 B 座 2 幢 1403 房间的窗子已经打开，立即判断情人已经抵达，心里很是喜悦。

是的，深浸在喜悦之中的丁玉芸根本没有看到远处停着一辆黄色夏利出租车——驾驶室里坐着自己的丈夫冉明生。

冉明生怒火满腔，他的胸膛仿佛成为一只火药桶，随时随地都会发生爆炸。他从汽车里取出一只扳手，杀心萌动。

毕竟是成年人了，冉明生没有轻举妄动。他坐在黄色夏利出租车里，等待着时机的到来。大约两个小时以后，丁玉芸从楼里走出，容光焕发的样子。冉明生当然知道这是女人性欲得到充分满足之后的必然表现。他一声不响坐在车里，注视着妻子远去的背影。

大约下午四点二十分，冉明生叩开"米黄色风衣"的房门。他手里拎着扳手，声称自己是煤气公司的安全检查员，前来检查管路。身穿米黄色风衣的中年男子嘴里衔着一支555牌香烟，满脸无奈表情，他只得跟随这个冒牌的煤气公司安全检查员走进厨房。

冉明生突然挥起扳手，朝着对方的脑袋猛烈打击。他总共打了七下，出手力量很重。

身穿米黄色风衣的中年男子突然遭受钝器打击，毫无思想准备，只是哼了一声便歪倒在厨房的灶台前，死了。干干净净的厨房地面上，有一支青烟未绝的555牌烟蒂。

快步离开杀人现场，冉明生开着黄色夏利出租车驶进汽车修理厂，要求工头儿将黄色改为红色。

然后，冉明生开着自己的红色夏利出租车，回家。

是的，我的推理与假设跟你不一样。然而唯一共同之处就是阳光公寓的被杀者的身份一致——身穿米黄色风衣的中年男子。

是的，我也不排除阳光公寓里有一条会吸烟的哈巴狗。

十二、丁玉祥的视点

丁玉祥虽然"回避"了，可是那两位年轻刑警的推理与假设，还是传到他耳朵里。这个足球运动员转业的老牌刑警听罢两位年轻警察的各自推论，不由得笑了。嘴上无毛，办事不牢。难道侦破阳光公寓这样的恶性凶杀案只得依靠这种一厢情愿的推理与假设吗？真是乱弹琴。

丁玉祥毕竟经验丰富，他针对那两位年轻警察的假设，提出两点质疑，一举击中要害。

首先，你们的第一个推理与假设是丁玉芸跟身穿米黄色风衣的中年男子在家里幽会，丁玉芸的丈夫冉明生隐蔽在黄色夏利出租车里，等待着。等到身穿米黄色风衣的中年男子走出丁玉芸的家门，坐进冉明生驾驶的出租车，驶向阳光公寓。你的前提条件是身穿米黄色风衣的中年男子并不认识冉明生。出租车到达阳光公寓，冉明生伺机进入身穿米黄色风衣的中年男子的居室，手持钝器在厨房里将其击杀。

其次，你们的这个推理与假设存在一个重大漏洞。我问你，你有什么证据能够证明，五月二十六号下午在丁玉芸家里与那位身穿米黄色风衣的中年男子幽会的女人就是丁玉芸本人？既然如此，我在这里提出另外一个推理与假设，五月二十六号下午在丁玉芸家里与那位身穿米黄色风衣的中年男子幽会的是 L 女士。

（年轻的 A 警察听罢，无言以对。）

你们的第二个推理与假设是身穿米黄色风衣的中年男子与丁玉芸在阳光公寓幽会，冉明生隐蔽在楼下的出租车里。丁玉芸做爱之后离去。冉明生手持扳手上楼，冒充煤气公司的安全检查员在厨房里击杀身穿米黄色风衣的中年男子。

我必须指出，你们的这个推理与假设同样存在一个重大漏洞。我问你，你有什么证据能够证明前往阳光公寓赴约的就是丁玉芸本人呢？既然如此，我在这里也提出另外一个推理与假设，五月二十六号下午前往阳光公寓赴约的是 L 女士而不是丁玉芸。

（年轻的 B 警察听罢，目瞪口呆。）

丁玉祥继续说道，你们心里一定暗暗认为，我这样说是在为自己的姐姐和姐夫开脱罪责。不是。我以老足球运动员和老警察的名义向你们

218

发誓，我绝非徇私枉法之徒。每逢射门之时我是能够做到大义灭亲的。请你们相信我吧。

十三、冉明生与丁玉芸

冉明生：今天我必须跟你摊牌了。真的，一个男人的忍耐是有限度的。我们结婚多年，我是很爱你的。尤其人到中年，我发现自己越发爱你了。可令我感到失望的是你居然在外面另有所爱……

丁玉芸：不、不。你千万不要这样认为。一个整天疑神疑鬼的男人是无法成就大事业的。你认定我在外面另有所爱，难道你手里有什么证据吗？

冉明生：我只是一个出租汽车司机，今生今世恐怕也没有什么大事业了。你问我手里有什么证据，我恰恰认为这是你做贼心虚的表现。我告诉你吧，五月二十六号那天下午家里突然出现一支555牌烟蒂，难道这还不是最好的证据吗？

丁玉芸（怔了怔）：我不吸烟，我怎么会知道家里突然出现了一支555牌烟蒂呢！我向你发誓，五月二十六号那天下午我根本没有走进家门。难道你就不认为这是咱们的儿子冉亦青在偷偷吸烟吗？

冉明生（也怔了怔）：哦……

丁玉芸：如今中学生吸烟者，不在少数。因此全社会一致呼吁加强青少年思想教育，令学生深刻认识吸烟给健康造成的莫大危害。哎呀明生，我认为你应当立即戒烟。这样也给儿子树立一个榜样。

冉明生（陷入深思）：嗯……

十四、本报最后消息

本报日前报道本市出现一只嗜烟成癖的白色哈巴狗，误将该犬主人

219

任先生报道为陈先生，特此更正并向任先生致歉。关于那只奇异的白色哈巴狗，本报记者将跟踪报道。敬请读者继续关注。

十五、五月二十六日——服装市场即景

一摊贩大声吆喝着："看啦看啦，米黄色男式风衣，今年最新款式啦！跳楼大甩卖，六十八块钱一件啦，存货不多，欲购从速啊。"

一位中年女士站在不远处，目光呆滞，自言自语："唉，贬值啦贬值啦。这种风衣随着人的感情一起贬值啦。这人世间的男女之情，长来长往长往长来，可为什么总是始乱终弃呢？难道昔日的山盟海誓就像今天服装市场上的减价风衣一样，贬值啦？"

（应当指出，这个服装市场坐落于丁玉芸家附近的一条小街上。这条小街恰恰是丁玉芸上下班的必经之路。）

十六、关于两支 555 牌烟蒂的最新技术鉴定报告

市公安局技术处第三鉴定室的三位技术人员经过彻夜工作终于拿出最新技术鉴定报告。这次最新技术鉴定报告的内容无论是对丁玉祥还是对那两位年轻警察来说，都是令人惊讶的。

最新技术报告说，通过对这两支 555 牌烟蒂的残留液体进行精密分析，认为它与人的唾液无关，而是属于某种动物涎汁。

丁玉祥读罢最新技术鉴定报告，首先想到的是报纸上说的那只嗜烟成瘾的白色哈巴狗。

两位年轻的警察也产生同样思路，他们立即着手寻找那只烟瘾极大的白色哈巴狗。其实他们真正寻找的是这只白色哈巴狗的主人，也就是那位曾经报道为"陈先生"后来更正为"任先生"的中年男子。

（就这样，发生在阳光公寓的凶杀案的侦破线索，由于一只白色哈巴狗的介入，似乎渐渐明朗起来。）

十七、丁玉芸关于五月二十六日中午情景的表述

是的，五月二十六号那天下午对我来说确实是一个惊心动魄的日子。我是永远也不会忘记这一天的。记得那天临近中午，我匆匆去刘亦燕校长的办公室打电话。请不要问我这个电话到底打给什么人，免开尊口。我是不会把自己的内心秘密告诉任何人的。

这一次我大意了——没有叩门便走进刘亦燕校长的办公室。我的突然出现使坐在办公桌前的她感到措手不及，脸上布满惊慌的神色。我意识到自己的冒失，便放弃了打电话的念头。这时候，我的脸色也是很尴尬的。

就这样，五月二十六号中午，我们居然成为两个尴尬的女人。

刘亦燕校长为了避免尴尬，首先打破僵局。她说："丁老师你有什么事情吗？"

我说："刘校长，我没有什么事情。你还没有吃饭吧？"

这时候，刘亦燕校长神情恍惚。她没有回答我的问话，似乎陷入巨大的思想矛盾之中，久久不能自拔。

我等待着。

刘亦燕校长终于张口。这位女强人的双唇微微颤抖着说："丁老师，我要跟一个人谈一件重要的事情。如果你家的房子能够借给我，我只用三个小时就可以把钥匙还给你。"

我听到她的这个要求，当时毫不犹豫便拿出自家的钥匙递给她。我说："刘校长你不要客气，我丈夫出车我孩子上学，他们都要晚上七点钟回来，今天下午我家是不会有人打扰你的。"

刘亦燕校长接过我的钥匙，说她最迟下午五点钟便将钥匙还给我。

我记得刘亦燕校长是中午十二点钟离开学校的。当天下午我没课，独自坐在办公室里给学生们判卷子。大约一点十分，一个古怪的念头从我心底萌生而出："刘亦燕校长借用我的房子，她究竟是跟什么人谈话呢？我敢断定，她是跟一个男人谈话。如果不仅仅是谈话，那么完全可以认为这是一次男女幽会。"

不知道为什么，我产生了强烈的窥视心理，不由自主起身穿上外套，信步走出办公室。我下楼的时候，遇到一个女生请求辅导作文，我约她下午五点钟到办公室找我。因为我知道下午五点钟刘亦燕校长是必然要将钥匙还给我的。

我想到自己今年即将申报高级教师职称。我还想到倘若手头掌握了刘亦燕校长的隐私，那么她一定对我怀有几分畏惧心理的。我就这样想着，走出学校大门扬手叫了一辆出租车。我的心早已飞到我家门前的那株大杨树下——那里是观测四方的最佳地点。

下午四点钟。我隐身在我家附近的那株大杨树后面，目不转睛注视着不远处的我家楼门。此时，我敢断定刘亦燕校长已在我家。我甚至能够想象她坐在我家客厅沙发上手持小刀给她那位男友削苹果的情景。

大约过了十分钟，我突然看到刘亦燕校长走出我家楼门。一位中年男子跟在她身后，穿着一件今年新款的米黄色风衣。我惊呆了，屏住呼吸隐蔽在那株大杨树后面，不敢出声。

我看见那位身穿米黄色风衣的中年男子怀里抱着一只白色哈巴狗，低声与刘亦燕说着什么。但是我无法听清他与她的谈话内容。这时候驶来一辆黄色夏利出租车，我看到刘亦燕和那位怀里抱着白色哈巴狗的中年男子，一起钻进出租车，走了。

这时候我看了看手表，正是五月二十六号下午四点十八分。

我猛然感到一阵眩晕。

十八、刘亦燕的内心活动

一个人的内心活动，有时候是瞬间万变的。五月二十六号那天中午，我从丁玉芸老师手里拿到她家的钥匙，内心一阵后悔。我不应当将自己的私生活暴露给丁玉芸啊。我们毕竟是同事。同事之间的关系，此一时彼一时。我虽然跟她说借房间是为了找人谈话，可是如今婚外恋成风，有谁能够相信我的这种谎言？我知道没人相信。

既然如此，我也就不后悔了。手里拿着那串钥匙，我仍然感到激动不已。是啊，下午一点五十分我们就见面了。我在电话里约他在那座尚未竣工的高层大楼前会面，然后一起乘车前往预定地点。

他按时到达。我看到他站在高层大楼的 A 座 B 座之间，就快步迎上前去。他身穿一件米黄色风衣，气宇轩昂，风度潇洒，真的令我怦然心动。阳光之下，他朝我微笑着，一派绅士风度。

我热烈地说："咱们已经十天没有见面了。"

他修正说："应当是九天零八小时。"

真的，我非常喜欢他身上散发出来的那种轻微的官僚气质。男人活到这种年纪还是可以端得几分架子的。尤其是具有他这种社会地位的中年男子，更是应当如此。

我站在大街边，挥手叫了一辆黄色夏利出租车。大约用了二十五分钟，我们就到了。我当然不会告诉他，这是我找学校同事临时借用的房子。他很有修养，并不询问详情。我手持钥匙开门的时候，心儿一阵颤抖。是的，这毕竟是我第一次借房跟他约会啊。面对新生事物我真的毫无经验。

我承认，我坐在沙发上给他削了一只很大的苹果。他吸着 555 牌香烟，笑吟吟接过我递去的苹果，顺势吻了我。这时候我完全忘记自己是为人师表的中学校长，一阵眩晕便倒在他热烈的怀抱里。我与他多次做爱，然而如此强烈的眩晕却是第一次出现。

不知为什么，他一下子便冷静下来，伸手将我从他怀里推出，连声说我们应当立即离开这里。我不知道他的这种情绪变化究竟是为什么，便神色紧张地环视着丁玉芸家的客厅。

"没人呀。"我再次扑在他宽大的怀抱里，小声说着。

我听到他浑厚的声音："亦燕，我们走吧。我们马上离开这里。"

自从我成为他的情人，我还没有反对过他。这一次我终于坚持己见，问他为什么要离开这里。

他居然起身推开我，拿起那件米黄色风衣穿在身上。我只得妥协，不言不语随他离开这里。

我们并肩走出小区。他站在路旁，扬手叫了一辆黄色出租车，然后十分绅士地为我拉开车门。我手里紧紧握着一串钥匙，坐进出租车里。

他终于向我发问："这里是谁的家？"

我告诉他，这里是我的一个同事的家。但是我并没有说出丁玉芸的名字。我认为随便就说出一个人的名字，不好。

黄色夏利出租车载着我们，朝前驶去。

我真不记得当时他的怀里抱了一只白色哈巴狗。如果必须要我回忆，那么我只记得他曾经将我紧紧抱在他的怀里，并且热吻。

十九、一个灵魂的弥留之际

此时，我趴在厨房的灶台上，睁不开眼睛。我头痛欲裂——这种疼痛只有濒死之人能够体验到。是的，这就是前往地狱之前的疼痛。我知道自己即将前往地狱。一个经手挪用四千七百万人民币的人，当然要下地狱的。可我是奉命行事啊。我是上市公司的副总经理，同时兼任上市公司董事会秘书。如果不是吴金龙董事长下令，我怎么敢伸手挪用那笔巨额资金呢。我知道，这钱一分一厘都是广大股民的血汗钱。中国证监会一旦发现我们公司的不法行为，我是难逃其责的。自从挪用那笔巨额资金，我便预感到我将充当替罪羊而惨遭不测，可是我万万没有想到今天竟然倒在阳光公寓的厨房里，而且身穿米黄色风衣。

我知道，我遭受的第一次打击，是她在我背后突然出手。女人因爱而恨，然而女人的力量不大，她的钝器打击似乎不足以致命。那只白色哈巴狗跳上灶台，伸出舌头舔着我的额头。我知道这畜生能够救主，我抱着几分生还的希冀。

出乎意料的事情再度发生——我遭到了第二次打击，这也是一只钝器。我就是被这一只钝器送进地狱的。

此时，我已经躺在厨房里了。四周静悄悄的。我感到瓷砖很凉，它正在冷却着我的体温。我终于懂得了，什么叫作钝器。我感到我的灵魂已经逸出我的身体，正在朝着前方飞腾着，忽高忽低。

永别了，这个美丽的世界。永别了，我的上市公司和股民们。

二十、米黄色风衣·白色哈巴狗·出租汽车司机

两位年轻的警察前往华炬大厦，乘坐电梯到达这座写字楼的第十三层。依照西俗，十三属于很不吉利的数字。然而华炬大厦是社会主义的写字楼，信奉唯物主义，因此这里对"1313"这个数字并不回避。于是两位年轻的警察十分顺利便找到这家上市公司的副总经理办公室1313房间。

没人。

两位年轻的警察相视一笑。没人是正常的。因为那位身穿米黄色风衣的副总经理任长来已于五月二十六号下午遭到钝器打击，倒在阳光公

寓的厨房里，死了。

这家上市公司的保卫部长接待了来访的警察。他说自从五月二十六号中午以后，公司没人见到任长来副总经理，因此可以认为他失踪了。两位年轻的警察显得很老练，不言不语提取了保卫部长的证词，起身告辞。

保卫部长送客，陪着两位年轻的警察走到电梯门前，说身穿米黄色风衣的任副总经理失踪了，他饲养的那只白色哈巴狗的下落，我们也不得而知。

是啊，动物是人类的朋友。尤其是那只白色哈巴狗。

两位年轻的警察进入电梯，走了。保卫部长的手机立即响了。他看到手机屏幕上的汉字显示，立即转身前往 1414 房间，那里是该公司董事长吴金龙的办公室。

吴金龙董事长坐在宽敞的办公室里，脸色铁青。保卫部长站在他的面前，一时语塞。

这位令人琢磨不透的吴董事长终于开口发问："关于任副总经理的死亡，警方没有提出什么疑点吗？"

保卫部长满怀信心回答："您放心吧。任副总经理倒在厨房灶台前，他遭受的第二次打击同样是出于钝器，因此警方是难以察觉的。"

"事关重大，我们万万不可掉以轻心。"吴金龙董事长沉着脸色低声说道。

二十一、三个片段

片段之一：

本市刑警大队二中队四小队召开紧急会议，听取两位年轻警察关于阳光公寓的案件汇报。会议子夜时分召开，居然呈现野马脱缰之势，凌晨时分争论正酣，这样的争论持续到清晨。主持会议的领导只得宣布，每人一碗方便面，吃饱了再说。两位年轻的警察表示，不吃方便面，现在就去抓捕犯罪嫌疑人——冉明生。

紧急会议的主持者眉头紧锁，陷入沉思。

片段之二：

刘亦燕呈现高度精神紧张状态，拒绝进食，夜不能寐，口中念念有词："天啊，据说他是穿着米黄色风衣死的。那件风衣是今年情人节那天我送给他的礼物哇，真没想到这竟然成了他的寿衣。"

片段之三：

清晨的阳光照耀在丁玉祥的脸上。此时他坐在刑警大队门前的台阶上，悠悠吸着香烟。当然，他吸的香烟也是555牌的，这仿佛是足球运动员的热身。他知道，此时三楼会议室里的紧急会议即将结束，现在正是关键时刻。

丁玉祥起身丢掉555牌烟蒂，走进刑警大队的大门。他必须跟刑警大队的大队长一针见血地谈一谈——因为他知道谁是真正的罪犯。

二十二、对影成三人

清晨。冉明生驾驶着红色夏利出租车，行驶在这座城市的二环路上。此时他身旁坐的不是别人而是丁玉芸。有那么一首流行歌曲激情唱道："不经历风雨，怎么见彩虹。"是啊，男出租汽车司机与女教师的夫妻关系，经过风风雨雨坎坎坷坷，双方似乎同时认识到"国家需要和平，家庭需要安定"这个道理，关系趋于缓和。

今天早晨便是这样，冉明生主动提出开车送妻子上班，丁玉芸激动地哭了。

驶下二环路，冉明生看了看手表，不晚。依照这种车速，七点三十分之前赶到第二百五十中学，不成问题。

此时的冉明生哪里知道，有两位年轻的警察已经隐蔽在第二百五十中学的传达室里，等待这辆红色夏利出租车的到来。

冉明生驶入一条林荫道，侧脸看着坐在身旁的妻子："玉芸，你知道我为什么要把这辆原本黄色的汽车改成红色吗？"

丁玉芸似乎若有所思："噢，你说为什么啊？"

冉明生意味深长地说："我是为了你啊。"

丁玉芸思忖着，然后不解地注视着丈夫。

这时候，这辆红色夏利出租车已经驶到第二百五十中学大门前。

两位年轻的警察，手里拎着亮闪闪的手铐，站在车前。

丁玉芸表情一惊。

冉明生笑了笑，说："玉芸，他们终于来抓我啦。玉芸，我告诉你吧，我真的非常爱你。为了你，我愿意承担所有罪责。今天这个场面你明白了吧？关键时刻我会挺身而出的。"

丁玉芸脸色惨白，一语不发。

冉明生推开车门，不言不语迎着警察手里那银光闪烁的手铐走去。

两位年轻的警察表情严肃，朝着冉明生亮出一双手铐。

冉明生笑着说："我知道你们一定会来抓我的。我很高兴。"说罢，他回头看了看坐在红色夏利出租车里的妻子，表情越发悲壮。

一辆警车鸣笛开来，十分霸道地停在第二百五十中学的大门口。警车停稳，丁玉祥还是那种吊儿郎当的样子，慢慢悠悠推开车门走下警车。跟随他下车的是刑警大队的大队长。

刑警大队的大队长朝着那两位年轻的警察摆了摆手说："你们不要动弹啦，这儿归丁玉祥指挥。"

刘亦燕校长脸色煞白，气喘吁吁冲到大门前，一时说不出话来。

值勤民警礼貌地拦住，说："我们这是执行公务，刘校长请您保持镇定。"

这时候，丁玉祥走到红色夏利出租车前，伸手拉开车门，朝着姐姐点头致意："您请下车吧。"

丁玉芸表情木然，推门下车，站在弟弟丁玉祥面前。

丁玉祥面无表情，咔的一声给姐姐戴上银光闪烁的手铐。

围观的人群发出一声惊呼。

丁玉祥指着警车对丁玉芸说："您请上车吧。真是对不起，我是警察，关键时刻我必须做到大义灭亲。"

丁玉芸似乎并不责怪自己的弟弟，她眼睛里充满泪水，扭头朝着冉明生大声说："冉明生，我对不起你！今天我对你实话实说，结婚十几年来我从来没有爱过你。如果说我爱你，那也只是从这几天开始的，然而我已经走到绝处。你多多保重吧冉明生，这次我肯定是死罪，你一定要把冉亦青培养成人啊！"

冉明生眼含热泪，朝着妻子点了点头。

丁玉祥指着冉明生说："我知道你很爱丁玉芸，我也知道案发之后，你暗暗采取措施，决心代妻顶罪。可是你终究瞒不过我的眼睛啊。所以那天我从你家里提取了一支 555 牌烟蒂。"

丁玉芸听罢，不由得号啕大哭起来。她在丁玉祥的搀扶之下，进入警车。警车则在众目睽睽之下，鸣笛而去。

冉明生叹了一口气。

刘亦燕校长终于冲出学校大门，朝着远去的警车大声喊着："你们为什么抓走丁老师啊？丁老师是班主任，学生们还等她上课呢！"

冉明生走上前来，说："刘校长您不要激动，您的那位身穿米黄色风衣的男友名字是叫任长来吧？"

刘亦燕校长点了点头："我听说任长来已经死在阳光公寓啦。"

冉明生表情悲凉地说："是啊，丁玉芸在阳光公寓手持钝器杀死了任长来。在此之前，人们一致认为是我杀死了任长来。"

刘亦燕校长此时仍然不解其中奥秘，问："我真不明白，丁玉芸她为什么要杀死任长来啊?"

冉明生不声不响走向自己的红色夏利出租车,伸手拉开车门,转身扭头朝着刘亦燕校长苦笑着说:"因为她爱他。"

冉明生坐在自己的红色夏利出租车里,继续说:"因为,丁玉芸不能容忍她所钟爱的男人欺骗她的感情。尤其是当她看到您与任长来并肩走出家门的时候……"

刘亦燕校长听罢,发出一声惊诧的尖叫。

围观的人们呆呆注视着这场面,仿佛一群雕像。

二十三、并非谢幕

冉明生轰的一声驾驶红色夏利出租车离开第二百五十中学,疾驶而去——将那块伤心之地甩在身后。

驶上二环路的时候,冉明生突然发现一辆黑色别克轿车跟在后面,不远不近的样子活像一只猎狗。他主动驶下二环路,黑色别克仍然不远不近地跟踪着。

冉明生自言自语说:"丁玉芸被捕了,你们跟踪我干什么呀?我又不是中国证监会的官员。"

冉明生再次驶上二环路,那辆上市公司的黑色别克轿车终于失去了耐心,放弃跟踪目标,走了。冉明生心里一阵轻松,空载行驶。

这时候他一眼瞥见一只白色哈巴狗,宛如丧家之犬,孤独地蹲在过街天桥下面。

他减速停车,决定收养这只可怜的畜生。此时过街天桥上,冉亦青跟着几个男同学从路南走向路北。他们嘴里叼着香烟,嘻嘻哈哈的模样,将一团团烟雾抛在身后。

冉明生急了,不由自主朝前追了几步,脱口骂了一声"小畜生"。

冉亦青当然没有听到父亲的骂声，走远了。冉明生当然也不知道儿子究竟吸的什么品牌的香烟。

当冉明生再度朝着过街天桥下面望去的时候，那只白色哈巴狗已经没了踪影。他颇为感慨，心情极其复杂地站在那里。这时候，来了一位骑着摩托车的交通警察，大声指责着，说他违章停车。

冉明生转身朝着摩托车跑去，上缴人民警察的罚款去了。

那辆黑色别克轿车突然出现，朝着冉明生迎面驶来。

北京诺言

一

几个人约好了，晚间六点钟"水滴"停车场会面。"水滴"是这座城市新近落成的奥体中心的代称。由于它形似一滴水而得名。久旱逢甘露。这一滴水凭借迎接奥运之东风，立即成为这座城市标志性建筑，长了广大市民的志气。

"嘻嘻，停车场见面……"放下电话，刘象笑了。于蚌这家伙约定停车场会面，就为了让大家看见他开来一辆新车。二十六岁的于蚌是车迷，多次声称开车是他二十七年的梦想，包括在娘胎里。果然苍天开眼，于蚌终于谋到一个送货员的差事，开上了 WM 保健品公司的送货车。是啊，人人都有梦想。刘象的梦想是开飞机，只可惜自己是陆地动物，没有翅膀。

今天是二○○七年八月八号，距离北京奥运会三百六十五天。这座城市是北京奥运会的协办城市。因此在"水滴"举办"距离北京奥运会一周年倒计时演唱会"。众多歌星云集。贵宾票三千八百八十八元，普通票呢，最低也要人民币三百元。

演唱会晚间七点半开演。为什么约定六点钟会面呢？当然是为了等候退票。自从四个人结成这个取名"快乐"的小团伙,一有大型演唱会他们就去现场等候退票。这种行动很像大灰狼蹲守猎物,因此简称"蹲票"。有时候遇上"黄牛"交了霉运,蹲票就捡了大便宜——五百元的入场券八十元拿到手。据说,今天于蚌开来一辆新车,这次蹲票也显出几分新意。

刘象是《卫生与健康》杂志的广告员,对外则号称编辑。这位号称编辑的小伙子特意穿了一件红色T恤按时走进奥体中心,看到"水滴"停车场已经成为万国汽车博览会。日常生活中刘象的交通工具只有两个轱辘,此时望着一辆辆四个轱辘的钢铁动物,身材魁梧的他顿时自卑起来。怪不得于蚌那家伙如此迷恋汽车呢,这玩意儿确实讨人喜欢。

"这辆是凯——美瑞。"细胳膊细腿的萧码迎面出现了。萧码说话有些口吃,将"凯"字拉得很长。"那辆是思——域,本田系列的。"

"敢情你来得比我还早哇?"遇事争先的刘象看到萧码提前到达,心里挺不舒服的。

萧码盯着一辆马6,不说话了。他是一家保洁公司的员工,据说月薪只有一千多元。一千多元的眼睛盯着一辆价值二三十万元的马自达,刘象认为这是癞蛤蟆想吃天鹅肉,或者说武大郎惦记嫦娥。

一辆银色厢式货车驶进停车场,萧码嘟哝着"松花江"来了。刘象抬头看着这辆银色厢式货车停稳——驾驶员于蚌从"松花江"里跳出来,满脸中国宇航员重返地球的豪迈神情。

刘象挖苦说:"哇塞,我还以为宇航员回来啦!"

又矮又胖的于蚌得意地笑了,四处寻找着什么。刘象神经过敏地告诉于蚌,赵娟还没来呢。

"我可不敢追求赵娟,那样你非杀了我不可。"于蚌知趣地说。

刘象心里似乎踏实了几分,嘻嘻笑了。

"这种车是不允许开进中环的。"萧码面对崭新的"松花江"小声说。

赵娟还是没有出现。这三个"80后"小伙子只得朝着"水滴"大门走去。今天的演唱会戒备森严，台阶上拉出一道黄色警戒线。等候退票的人们远远站着，好像一只只寻找水源的非洲羚羊。手握入场券的"黄牛"们围绕着羚羊们窜来窜去，寻找商机。

有几个"黄牛"被便衣警察带走了。刘象高瞻远瞩地说："黄牛们下了汤锅。假若我们今天等不到退票的话……"

"那就按既定方针办呗。"圆脸于蚌一边说一边寻找赵娟的身影。所谓既定方针就是等不到退票便去餐馆"喂脑袋"，AA制。

演唱会开始入场了，一下子人流迎面涌来。"赵娟怎么还不来呀？"刘象焦急地掏出手机拨打着。"靠！她怎么关机啊？真不像话……"

萧码知道小资赵娟是不会乘坐公交车来的，便伸出目光望着远处的出租车停车场。说起赵娟的小资生活，她严格遵循一套口诀："住小户型，吃哈根达斯，喝星巴克，看伊朗电影。"好像还有"开宝来车，用十二寸笔记本，听外星摇滚乐队"什么的，不一而足。

一辆紫色桑塔纳出租车停在远处，一袭白衣白裙的赵娟下了车。她的高跟鞋也是白色的，戴着白色太阳帽。这一团白色汇入滚滚人流，仿佛一块浮冰。

看到这块白色浮冰漂过来，刘象快步迎上前去大声叫着"娟儿！娟儿！"

赵娟中学时代便得到"冷面美人儿"的美称，如今依然保持着这个荣誉称号。此时冷面美人儿看到大呼小叫的刘象，一派淡然的表情。

于蚌笑嘻嘻说："赵娟儿，人家刘象给你打电话你怎么关机呢？"

"我手机丢了……"赵娟依然面无表情说，"你们等到退票了吗？"

于蚌抢着说没有，萧码跟着说没有。刘象大声驳斥说："你们不要悲观失望嘛，退票会有的！退票会有的！"

人群里还有黄牛偷偷卖票，价格高得吓人。临近开演了，还是没有蹲到价格适中的退票。

刘象继续乐观地说："娟儿，我一定让你按时进场！"

赵娟不动声色说了声谢谢。这时一个身躯肥胖的中年男子走了过来。赵娟扭脸看到自己在九河广告公司的顶头上司，脸上仍然没有笑容。

"庞经理你也来听歌啊？赶快进场吧……"

庞经理好像挺色的，嘻嘻哈哈问赵娟是不是没有入场券。赵娟窘了，没说话。庞经理立即掏出两张入场券热情邀请"冷面美人儿"一同进场。赵娟儿不慌不忙告诉对方，一会儿朋友就来，有票。

庞经理无奈地叹了一口气说："小赵，你总是对我冷冰冰的，我很失望啊。"

赵娟冷冷说了声抱歉。庞经理怏怏离去。刘象冲着赵娟儿高高竖起大拇指对她的清高表示赞赏："好样儿的，冰清玉洁！"

于蚌不声不响快步追上庞经理，要求购买那张入场券。这位胖男士经理哼了一声，说了声讨厌。五短身材的于蚌失败地转了回来。

"庞经理是大色鬼，你追他做什么！"赵娟颇为不满地批评于蚌。

于蚌急了："女士优先，我找他买票还不是为了让你进场！你拿着好心当作驴肝肺……"

这时驶来一辆红色旅行车，稳稳停在黄色警戒线前面。车门打开，一个小伙子跳下车来大声朝着人们说："有谁愿意帮我抬一下轮椅……"

萧码快步上前，协助小伙子从车里抬出一架不锈钢轮椅。人们看到轮椅里坐着一位面容姣好的红衣女子。于蚌压低声音说轮椅西施来啦。

赵娟瞪了于蚌一眼说："你不要拿残疾人开玩笑好不好？"

这位被于蚌称为"轮椅西施"的红衣女子惊异地望着前方的奥体

中心体育场说："水滴真漂亮啊，这里不愧是北京奥运会的协办城市……"

萧码觉得她的普通话非常标准，悦耳动听。轮椅西施笑着对萧码说了声谢谢："请你把我推进体育场好吗？"

"噢……"萧码有些拘束地推动轮椅，缓缓走向入场口。轮椅西施问他是不是奥运志愿者。萧码摇头说是等候退票的。

"你是哪位歌星的粉丝？"轮椅西施淡淡地笑着，认为萧码属于追星族。"我有多余的票你跟我一起进去吧！"

萧码立即停下轮椅，掏出几张钞票绕到她面前说："真的？不过……我要是跟你进去就把他们三个人甩下了。你把多余的票统统让给我吧！"

"你很义气，宁可自己放弃也要和大家在一起，是吗？"轮椅西施审视着这个略显口吃的小伙子。

"我们是一个号称快乐的小团体，挺好的。我还是留下吧。"萧码收回钞票重新推起轮椅说，"大家一起玩儿，有时候必须放弃个人利益嘛。"

轮椅西施郑重其事地坐在轮椅里郑重其事地说："好啦，我有四张多余的票转让给你，你们可以一起进去啦。"

萧码咧嘴笑了，转身朝着三个朋友挥手喊道："好——事——儿！"

"她的票是原价卖给咱们吧？"刘象跑上前来大声询问着萧码。

轮椅西施坦白地说："我每月依靠政府发放'低保'过日子，但是我不会给入场券加价的，还是原价三百元，你们放心好啦。"

一群人冲上前来，抢购轮椅西施的入场券。她涨红面孔拃挲着双手连连表示没有多余的票了。人群里有人小声嘲讽说这年头就连瘸子也成了黄牛。萧码急了，目光饱含怒火转身寻找着说话的"公鸭嗓"。

赵娟惊诧地从萧码脸上看到杀气，不由哦了一声。她印象里的萧码虽然轻微口吃，却从来都是温和表情。今天真是一个特殊的日子。

"公鸭嗓"吓得一转身，跑了。

"水滴"体育场里人山人海，演唱会即将开始。一位主持人手持话筒大声宣布，今天的门票收入全部捐给这座城市的助残事业，包括为这座北京奥运会的协办城市修建三十五条轮椅专用通道和五十三座盲人语音钟。

轮椅西施坐在轮椅里抬头注视着身材并不强壮的萧码："你听你听，全社会都在帮助残疾人，我很想改善一下生活质量，你们愿意帮助我吗？"

于蚌嬉皮笑脸插言："没问题，萧码是雷锋叔叔的转世灵童！"

"那么请你告诉我，雷锋叔叔是干什么的？"轮椅西施笑着问道。

"你这是问卷调查吧？"于蚌伸手挠了挠鬓角说，"雷锋好像是开汽车的解放军，后来被电线杆子砸死啦。"

"你是怎么知道的？"

于蚌抢答道："我看过电影《离开雷锋的日子》！"

轮椅西施点点头说："回答正确，加十分。"

二

"快乐"小团伙的四个人坐在餐馆里，那阵式好像牌局。刘象喝了一口啤酒模仿着轮椅西施的口吻说："我很想改善一下生活质量，你们愿意帮助我吗？嘻嘻……"

于蚌寻思着说："凡是主动要求别人帮助的，大概都属于弱者吧？我看她年纪轻轻坐了轮椅也挺可怜的……"

"你惜香怜玉啦？她不就是把入场券卖给咱们了嘛，这充其量属于甲方乙方的交易。"赵娟说罢端起一扎啤酒，大口喝着。

刘象却是惜香怜玉了，伸手阻拦："娟儿，你不要喝这么多啤酒，脂肪肝！"

"我喝酒关你什么事儿。"赵娟说着掏出钱包，"入场券是萧码垫的钱吧？还是 AA 制大伙跟他结账吧。"

萧码摇了摇头说："她白送咱们四张入场券，根本没要钱……"

赵娟又叫了四扎啤酒，"于蚌，人家坐轮椅的四张入场券不要钱，你还说人家是弱者？我看咱们有胳膊有腿的，不要自以为是！"

刘象知道赵娟平时很少喝酒的。她今天突然豪饮，一定怀有什么心事。

赵娟端起酒杯醉眼惺忪说："轮椅西施送票不要钱，人家的境界比我们高多了。来，干杯！"

刘象响应干杯号召说："我们的境界也不低，你有什么想法就说吧！"

"助残呗！"于蚌指着几只空酒杯说，"我开车不喝酒，你们放开喝吧，今天我结账。"

萧码不解地说："今天你结账？你这就是助残啊……"

"是啊，要是于蚌结账，我们就都成了残疾人！这太有讽刺意味啦……"赵娟好像醉了，咯咯笑着，而且越笑规模越大。

"呵呵……"刘象有些摸不着头脑，咧了咧嘴陪着赵娟笑。

赵娟双手捂脸，继续咯咯笑着。刘象顺手端起啤酒吆喝萧码干杯。萧码毫不犹豫地干了，然后指着赵娟告诉刘象说，她不是笑她哭了。

刘象伸长脖子观察着双手捂脸的赵娟。这位冷美人儿双肩微微颤抖，果然在无声抽泣着，好像内心怀着巨大的委屈。

于蚌企图开玩笑调节气氛，嘻嘻哈哈对赵娟说："你买不起高档洗面奶，也不要以泪洗面嘛。"

赵娟突然放开双手端起一扎啤酒，咕咚咕咚喝了起来。

238

刘象颇为关切地说："你有什么困难不要闷在心里，说出来大家一定帮助你的！"

"我有什么困难！我再困难也是外企白领。人家轮椅西施白白送给四张入场券，你们还不是麻木不仁？她是残疾人啊。"赵娟负气地说着，缓缓抬头注视着刘象。

"我们绝对不会麻木不仁的！"刘象满脸慷慨激昂的表情。"可是，我想帮助人家轮椅西施，不知道她姓甚名谁家居何处啊！"

萧码又结巴了："我问了，她她叫曹娜，家家住长山路流水巷三十五号……"

刘象借着酒兴霍地站起操着领袖腔调说："好啊！既然她是残疾人，索性咱们每人每月赞助她一百元钱！说话算话，不放空炮。"

"每月一百元？不行，一百元我肯定放空炮。"于蚌观察着赵娟脸色说道，"咱们四个人就你属于白领阶层，你说呢？"

脸色惨白的赵娟嗯了一声，不言语。

"好啦，每人每月五十元吧！说话算话，不放空炮。"乘着酒兴刘象拍板决定，一时忘了征求赵娟意见。

"拉钩上吊，一百年不许变！"刘象满脸孩子气，看上去挺可爱的。他扭脸关照赵娟说，"大丈夫一言既出，驷马难追"。

赵娟呜了一声缓缓歪在刘象怀里，好像不省人事了。刘象抱住冷面美人儿说："赵娟你从来不喝酒的，这一醉就失去知觉啦！"

于蚌跑去开车了，说立即送赵娟去医院。

于是，三个蓝领抬着一个白领将她塞进汽车，去了医院。一路上，赵娟不停地呻吟着。刘象听不清呻吟的内容，大声问萧码。

"她好像反复说着一句话……"萧码极力向刘象转述着，"她说，说话算话，不放空炮，说话算话，不放空炮……"

"不就是每人每月给曹娜五十元钱嘛！"刘象紧紧握着赵娟的手说，

239

"你放心吧，我们说话算话，不放空炮！"

于蚌一边开车一边大声说："这很像地下党联络员牺牲之前的场面，当心鬼子进村啦！"

萧码不言不语，却自有见解。他断定赵娟一路念叨"说话算话，不放空炮"的原因与失恋有关。这位冷美人儿很可能爱上一个信誓旦旦的公子哥，结果被人家给甩了。于是，"说话算话，不放空炮"这句话深深触动了她。

女人，有时候挺可怜的，尤其是平日趾高气扬的美女，一旦惨遭抛弃好像世界末日到了。

第二天，人们似乎完全忘记昨夜的事情，刘象、于蚌、赵娟，这几位"80后"各自开始了自己忙碌的生活。

还有萧码，他有时候说话略显口吃。

三

今天是十八号。萧码一大早儿起床，骑着自行车来到刘象供职的《卫生与健康》杂志社，收取每人每月五十元的"承诺金"。

刘象正在为拉不到广告而心绪不宁。萧码一时口吃说不出话，只得从怀里掏出事先做好的纸牌子，举给刘象看。刘象看到纸牌子上写着"诚信为本，一诺千金，赞助曹娜，我们四人"。

刘象显然忘了："曹娜是谁呀?"

萧码说起"轮椅西施"。刘象恍然大悟，伸手摸出钱包，可是没钱了。

"你先给我垫上吧，下月一起还你。"刘象忙着接电话了。

离开刘象的杂志社，第二个目标是于蚌。

WM保健品公司坐落在高新技术开发区，规模不小。前来收款的萧码被门卫拦阻，说公司员工工作时间不得会客。萧码抬头看见大院里于蚌扛着扫帚走来，就喊了一声。于蚌扔下扫帚转身就跑，萧码急了。

"于——蚌！每人每月五十块钱……"

门卫抄起步话机向经理室报告，说有人找于蚌讨债，他扔掉扫帚跑了。

萧码一屁股坐在草坪上，耐心等待着。就这样等到下班时间，于蚌终于露面了，灰头土脸的样子。

萧码迎上前去说："每人每月五十块钱，说话算话，不放空炮……"

于蚌气急败坏搡了他一把："什么说话算话不放空炮？我他妈的已经被公司除名啦！"

站在马路边，于蚌情绪激动地告诉萧码，那天晚上他开车送赵娟去医院，被人举报了，说他公车私用。第二天就从送货司机贬为厂区清洁工了。

"当清洁工，我认啦。股票有低就有高，我相信自己迟早还会当上司机的。可是你刚才站在公司大门口嚷嚷每人每月五十块钱，门卫趁机告发我。值班经理以我欠外债影响公司声誉为由，一下把我除名啦！靠，我连饭碗都没了哪里去掏五十块钱呢。"

"那你就到我那家保洁公司去干吧。"萧码并不口吃地说着，"除名归除名，可是咱们承诺每人每月五十块钱，不能说话不算话吧？我上午找到刘象，他当场交了五十元。"

于蚌苦笑了。谁不知道刘象追求赵娟，他毫不犹豫掏了五十块钱，这是做出豪爽的样子给赵娟看。"我不追求赵娟也不用做样子给她看，我没钱。"

轻轻叹了一口气，萧码扭身走了："既然如此，这五十块钱我给你垫上吧。"

气喘吁吁追上萧码，于蚌大义凛然地说："我人穷志不短，这助残

241

的钱我不能落下！这月五十块钱你先给我垫上，下月我给你一百。"

萧码嗯了一声，扬手叫住一辆出租车，走了。于蚌望着远去的出租车影儿，笑了。"萧码这家伙打着出租车四处给轮椅西施敛钱，这投入也太大啦！"

当晚，于蚌走进一家电子游戏厅，转身出来了。他坐在马路牙子上给萧码发短信逼问道："你东奔西走给轮椅西施敛钱，是不是爱上她啦？"

萧码回复短信并不结巴：别叫人家轮椅西施好不好？人家名叫曹娜，曹娜是"70后"大姐姐。

又矮又胖的于蚌立即发出短信说如今风行姐弟恋嘛。

萧码打来电话送进于蚌耳朵里两个字：庸——俗。然后就挂断了。

"庸俗？我交了五十块钱承诺金就不庸俗啦？"于蚌将那五十元助残费称为"承诺金"。是啊，人为什么要承诺呢？酒后失言，一张嘴五十块钱就没了。这才是祸从口出呢。

下岗青年于蚌沿着大街走进一座街心公园。这里正在举行一场自发的烛光诗会。于蚌百无聊赖，挤进人堆儿里发现了曹娜。这位残疾女青年坐在轮椅里，正在准备朗诵诗歌。

于蚌掏出手机悄悄拨通刘象电话，小声告诉他轮椅西施诗兴大发，即将登台献诗。电话里刘象兴味索然地表示，自己已经对诗歌失去兴趣，改听郭德纲相声了。

于蚌拨打赵娟电话，她手机关机了。这时候于蚌突然反问自己，我为什么要把轮椅西施的信息告诉大家呢？难道曹娜在我们生活中占有重要地位吗？

哦，因为我们每人每月要给曹娜捐献五十块钱，所以她成了困扰我们生活的重要人物。靠，我们为什么要对她承担义务啊，就凭着酒兴一句话？

242

坐在轮椅里的曹娜被推到前面，烛光里她的白衣白裙显出几分圣洁。于蚌呆呆望着她，静心倾听那首名为《爱的森林》的长诗。

"有一天，小草儿长成大树，那是因为爱；有一天，小鸟长成凤凰，那也是因为爱；爱，能够将独木变成森林，爱也能够在一滴水里盛下一个太阳……"

不知为什么，于蚌心头一热，一种暖暖的情感弥散全身。他跟随着大家热烈鼓掌，一时忘记了将他套牢的五十元债务。

他一下变成一个阳光大男孩儿，拨开人群朝着曹娜打了一个招呼，当场创作一首"顺口溜"，大声朗诵出来。

"讲话不离稿，那是当领导；我念顺口溜，实话实说好。实话要实说，友谊才牢靠；说话不算话，不如闭嘴好。"

人们不明白于蚌的这段顺口溜是什么意思，还是宽厚地鼓了掌。坐在轮椅里的曹娜笑着朝于蚌招手，请他打电话叫萧码来这里。于蚌立即拨通萧码手机，压低声音说轮椅西施请你送她回家。

不消片刻，萧码果然乘坐一辆出租车赶来了。于蚌心里说，招之即来，来之能战，你小子还是机械化部队，真他妈的不惜成本啊。

萧码推起曹娜的轮椅，低头跟她交谈着，那样子就像一对老朋友。于蚌呆呆望着远去的轮椅，竟然被感动了。一股久违的情感涌上心头，有几分生涩，又有几分温暖，还有几分莫名其妙。

平时，大家一致认为萧码缺乏女人缘。此时于蚌不由改变了以往的看法。我与萧码认识很多年了，今天才发现我并不真正了解他。萧码与曹娜认识只有几天啊，却好像认识了几十年。这就是所谓缘分吧。

夜深了。于蚌躺在街心花园的长椅上给刘象打电话，东一句西一句聊着。越聊心里越乱，终于按捺不住向刘象吐露了自己复杂的心情。

"我挺羡慕萧码的，但是我不羡慕他的结巴……"

电话里刘象不以为然，认为萧码没有什么值得羡慕的。不就是一个保洁公司员工嘛。之后，他突然问道："你羡慕我吗？因为我在追求赵娟……"

于蚌坦率地告诉刘象："我觉得你面对赵娟过于自卑啦。是啊，赵娟家境优越人才出众，绝对白雪公主。可是，赵娟并没有同意做你的女朋友嘛，所以我不羡慕你。"

刘象叹了一口气："萧码这家伙，一根筋。咱们酒后许诺每人五十块钱，说一说就过去了。可是他每月成了催账鬼！我估计，曹娜恰恰看中萧码这一股子劲头儿。咱们就祝贺这一场姐弟恋吧……"

"好吧。不知道赵娟对这样一场姐弟恋有何看法。"于蚌思忖着说。

刘象颇为沉闷地说："这十几天没有赵娟的消息，她不会乘坐嫦娥一号环绕月球去了吧？前几天有人在城西棚铺区看见赵娟，好像挺焦急的样子。"

"萧码按月敛钱，他可能有赵娟的消息，我一会儿打电话替你问问他。"于蚌从街心花园长椅上爬起，看见两个身穿制服的巡警站在自己面前。

他对着电话里的刘象说："警察叔叔来啦……"

四

距离北京奥运会只有三百零五天了。《卫生与健康》杂志广告员刘象拉来一笔企业赞助，开始筹备一场名为"绿色环保迎奥运"的万人演唱会。他得知于蚌丢了饭碗失业在家，便聘他担任这次活动的外场设施管理员。因为这是广场演唱会，所以需要很多露天设施。

于蚌租了一辆银灰色"普桑"，开着汽车四处奔走。只要有车可开，便是于蚌的幸福生活。他吹着口哨在一个十字路口遇到红灯，接到萧码打来的电话。一个身材瘦小的交警敲着车窗要求他接受罚款。他知道开车打电话违章，索性继续通话。萧码要求他交纳本月五十元的承诺金。

哦。于蚌蓦然想起轮椅西施曹娜以及酒后许诺的五十元人民币，叹了一口气。萧码这家伙真是土命人心实。说出的话就收不回来了。每人每月五十块钱。这钱不多，可是太麻烦。我们当初为什么许下这种八竿子打不着的诺言呢？许下诺言为什么非要兑现不可呢？如今有多少人说话不算话啊……

真是没有办法。于蚌便在心里盼望北京奥运会早早召开。奥运会召开了，这"北京诺言"也到期作废了。

"我正忙着呢，那五十块钱你给垫付吧，到时候我一起还给你！"

"你已经欠我一百五十块钱啦。我又不是银行让你按揭……"电话里萧码嘟哝着，好像并不情愿替于蚌垫付这笔劳什子人民币。

于蚌挂断电话接受交通警察的处罚。此时他并不知道，刘象拉来企业赞助得到领导表扬，得到一笔奖金。这家伙兴致高涨竟然主动交了十个月的"承诺金"。号称《卫生与健康》杂志编辑的刘象情绪忽高忽低，有钱的时候是一条龙，没钱的时候是一条虫。

半路上，萧码接到曹娜电话，叫他马上去人民医院接她。萧码二话不说打车前往，却在人民医院的楼道里遇到赵娟。

赵娟满面憔悴地哀求着一个胖护士不要停止治疗。胖护士毫无通融地表示，人民医院不是慈善机构，患者家属不补交欠款一千五百零三元七角四分，病房只得停止输液。

身穿一件黑色风衣的赵娟低头哭了起来。她双肩颤抖，很像老式电影里的贫困女孩儿。跑进医院大厅的萧码看到这个场面，一步迈到胖护士面前。

"你马上领我去补交欠款吧！"他注视着胖护士的胸牌大声说道，"王浣护士你听着，你们不能停止输液，我现在就给你押上一万块钱……"

赵娟惊讶地望着从天而降的萧码，立即擦去脸上泪水，满脸尴尬表情。

"我家经济状况不太好……"赵娟终于说出自己的真实处境。

原来，外表一派小资风采的赵娟，母亲因病退休常年卧床，没有"医保"，只好卖掉两室一厅的房子，在棚铺区租了两间平房居住。前天父亲突然发病住院，两天就花去一万八千元。医院说没钱就停止给药，处境很是危急。

萧码口吃起来，安慰赵娟不要着急，遇到困难不要灰心，大家一定伸出援助之手的。赵娟不好意思了，认为萧码在保洁公司上班，每月收入不高还热心帮助别人，真是"80后"的楷模。

这时候，曹娜乘坐轮椅来到萧码面前。爱好虚荣的赵娟立即转身奔向病房照料父亲去了。

曹娜望着赵娟背影，问萧码出了什么事情。萧码如实告诉了曹娜。

这位轮椅西施叹了一口气，说："女孩子的虚荣心真是误事啊。我也以为赵娟家境优越，没想到因病致贫啊！"

萧码问曹娜打电话叫他来有什么事情。曹娜突然笑了，好像心里装着什么秘密。萧码不解地望着这位大姐姐，一时理不清头绪。

"你真是一个大好人！"曹娜笑着告诉萧码说，"你还不明白啊？我无意之间看到赵娟遇到困难，就悄悄打电话让你马上赶到医院的……"

噢。原来是这样。萧码呵呵笑了。"要不是你打电话叫我赶到医院，我恐怕一辈子也不知道赵娟的真实处境，谢谢你啊。"

曹娜主动更换话题说："你为朋友们花了不少钱，是从哪儿借的钞票啊？"

"我有钱，你不用为我担心。"保洁公司员工萧码颇为大度地说着，然后告辞走了。

坐在轮椅里的曹娜，很是感慨地望着萧码远去的背影。你一个保洁公司员工兜儿里能有多少钱啊。真是难为你啦。

　　走出人民医院大厅，萧码掏出手机拨通刘象的电话。他认为刘象正在追求赵娟，此时正是猛男援助美女的大好时机。爱情，往往在特殊时期迸发火花。

　　刘象接电话了。他不等萧码说话，当头爆出一条惊人消息。"我今天在大马路市场看见曹娜，敢情她好端端行走在大街上，根本不是下肢残疾！"

　　萧码蒙了，一屁股坐在花坛边上，又犯了口吃毛病："刘、刘、刘——象，你有没有搞错啊？"

　　"我又不是瞎子！反正我看见她两条腿好好的，还穿着紧包屁股的牛仔裤呢。"刘象进一步描述着，显得特别理直气壮。

　　电话里萧码不与刘象争辩。他知道世界上没有两片相同的树叶，但是却有极其相近的人。这样想着，萧码宽厚地笑了，觉得刘象不用这样疑神疑鬼。

　　自己的爆料没有引发萧码的惊诧，刘象立即补充说："还存在一种可能，那就是曹娜是双胞胎，她还有一个姐姐或者妹妹……"

　　嗯。萧码同意刘象的这个说法，就将赵娟的情况告诉了他。刘象说了一声我马上就到，然后挂断电话。

　　毕竟是朋友嘛。萧码终于放心了。他站在马路边给曹娜打电话，想问她是不是双胞胎。

　　曹娜电话关机了。

五

　　以前，刘象以为赵娟家境优越出身高贵，自己根本配不上人家。如今，他知晓家住棚铺区的赵娟属于城市贫民的女儿，心情豁然开朗。鱼配鱼，虾配虾。他顿时增添了继续追求赵娟的勇气。

大步跑进人民医院重症室，刘象不顾护士驱赶，主动打来热水给赵娟的父亲擦拭身子，这样子分明就是即将上岗的乘龙快婿。赵娟不好意思阻拦，只得闪到一旁。

肥胖的护士长走进来瞥了一眼刘象，说："这年头女婿比儿子强啊。"

羞得赵娟扭过身子四处寻找地缝儿，恨不得立即钻进去。

刘象俯身朝着昏迷不醒的赵父说："谢谢您老人家主动生病给我创造这样的大好机会，我一定好好对待您女儿，保证白头偕老，既没有第三者也不闹婚外恋……"

赵娟又气又恼压低声音说："刘象！你不要乘人之危啊……"

一阵脚步声。于蚌领着一群小伙子跑到重症室门外。他们都是"绿色环保迎奥运"万人演唱会的外场人员。看到自己兵多将广，号称编辑的刘象随即得意起来。

刘象大声将自己在大马路市场看到曹娜两条腿行走的消息告诉了于蚌。不等于蚌发言，这一群小伙子就炸了锅。

"你们分明是碰上一冒充残疾人的女骗子，还傻了巴叽学雷锋，每人每月五十块钱。"

"嘻嘻，惜香怜玉吧？这叫养鹰被鹰啄了眼珠儿，玩蛇被蛇钻了屁眼儿。"

受到众人挖苦，刘象与于蚌面面相觑，一时说不出话来。

"你们住口！刘象是咱们的头头儿。"于蚌大声反击说，"不许你们这样讥笑领导！"

刘象将于蚌拉到一旁说："萧码一定是被曹娜给迷住了。他非说曹娜可能是双胞胎什么的。我看事情恐怕没有这么简单，你马上着手调查这件事情，咱们每人每月损失五十块钱不打紧，关键是挖出曹娜的真实背景，不要让她继续蒙骗别人。"

于蚌雷厉风行，走出人民医院大门，开着那辆租来的"普桑"去找萧码进一步核实曹娜的情况。

前面一辆白色宝马。喜欢好车的于蚌自惭形秽，三挡车速跟在后面，不敢超车。驶近前方十字路口，白色宝马没打转向灯就右转了，一时走神的于蚌措手不及，差一点追尾。他提速追赶上去，抢在白色宝马前方停了下来。

推开车门，萧码伸腿从白色宝马车里走出来，引得于蚌一声惊叫。他跑上前去盯着萧码说："我靠！怎么是你啊？"

萧码仿佛被人识破了底细，表情局促不安。于蚌看到这辆白色宝马车空无一人，就问萧码这是找谁借的车。萧码支支吾吾，一阵口吃。

一辆摩托车载着巡逻的交警来了，说萧码违章停车请他出示驾照和行车证。萧码掏出驾照递上去，说没带行车证。交警立即追问这辆白色宝马是谁的。

于蚌看到萧码表情紧张了，竟然口吃得说不出话来。于蚌暗暗思忖着，坏了，这辆车不会是萧码偷来的吧？他迫于每月每人五十块钱的压力也不至于偷盗高级轿车啊。我看不会的，萧码绝对不是那种偷鸡摸狗的人。

这位交警看到萧码的紧张表情，顿时提高警惕朝前迈了一步，继续大声追问这辆高级轿车的来历。

萧码艰难地回答道："这车，是我家的……"

"什么！这辆车是你家的？"就连于蚌也不相信萧码的话，瞪大眼睛注视着夜色里的萧码。

这真是一个不寻常的夜晚。曹娜的疑点还没有调查清楚，萧码又掉进这件"宝马案"了。于蚌焦急地搓着双手，催促萧码快说实话。

"这辆车……就是我家的。"萧码艰难而固执地说着,脸孔出现几分扭曲。

于蚌不无讽刺地反问:"乖乖,这么说你爸爸是大款啦?你爸爸要是大款,我舅舅就是李嘉诚!"

萧码苦笑了:"您干脆把我逮走吧!"

果然,交警要求萧码将白色宝马停到安全位置,之后颇具震慑力地说:"这个星期丢了九辆白色宝马!"说罢,就驾起摩托车驭着萧码走了。

"见鬼啦!曹娜出了问题,萧码也出了问题,这事儿成了无头案啊!"于蚌仰天长啸,仿佛感叹世事多艰。

半夜,睡梦之中于蚌手机响了。听筒里传来萧码口吃的声音。他告诉于蚌问题已经解决了,请放心睡觉吧。

于蚌连忙问道:"你说问题解决了,到底怎么解决的?那辆白色宝马车被查封了吧?"

"凭什么查封啊?"电话里萧码反问道,"既然你是目击者,我索性告诉你这辆宝马真是我家的……"

根本不理会于蚌的反诘,萧码继续说:"这几天曹娜手机关机去向不明,我倒开始怀疑她了……"

"你不要贼喊捉贼!那辆宝马到底怎么回事儿?看来,我不动用老虎凳你是不招啊!"于蚌大声喊叫起来。

电话听筒里传来萧码的声音:"你别喊叫了,我爸爸是萧能之,我不愿意做啃老族,我去保洁公司做工就是为了不沾他的光……"

萧能之?挂断电话于蚌躺在床上寻思着。萧能之好像是广浩金融投资公司董事长,全市十大富豪他排名第九,拥有十七亿身家啊!

于蚌翻身坐起。他妈的,这世界完全乱啦,就连说话结巴的萧码也成了大富翁的公子,那么我调查曹娜还有什么意义?她很可能是英国王室成员呢。

六

工头儿派三个民工去清洗金光大厦的玻璃幕墙。萧码认为这种高空作业必须配备安全绳和防滑靴。他一句话就被保洁公司解雇了。

拨打曹娜手机，还是关机。这时候他终于意识到自己还是非常关心这位被别人称为"轮椅西施"的大姐姐。

失业的萧码走进一家大型超市，意外地遇到于蚌。他很是自豪地告诉萧码，自己找到新的工作，正在推销韩国进口的保健品。

"你不是跟随刘象组织万人演唱会吗？怎么又给韩国人打工啦。"萧码感到意外。

于蚌极其不满地说："我无法忍受刘象的官僚作风！不就是组织一场群众演唱会嘛，他那架子也太大了。我最瞧不起这种小人得意的样子！哼，他走他的阳关道，我走我的独木桥。分手呗！"

好朋友出现隔阂，萧码一时不知说什么好。他告诉于蚌有一个电视剧组需要工作人员，比如剧务什么的。于蚌疑惑地注视着萧码。

"你真是大款的儿子？那么我就从心眼儿里佩服你啦。有山吃山，有水吃水。我要是有一个好爹，肯定做不到你这种样子。"

之后，于蚌跟随萧码去了一个名为《北京诺言》的电视剧组。他俩同时被剧组聘为剧务，一天报酬人民币六十元。

主管剧务工作的副导演要求剧务们工作时间关闭手机。萧码和于蚌不敢违命。剧务工作既繁忙又琐碎，一天往往工作十六个小时。就这样，他们与外面世界失去联系。

拍摄电视剧与排演话剧完全不同，它不是沿着剧情发展而是根据场景归类进行拍摄。于是，于蚌做了十几天剧务也弄不清楚这部名为《北京诺言》的十八集青春电视剧究竟讲的什么故事。

为了加快拍摄进度，摄制组兵分两路。于蚌去了 A 组，主要负责盒饭供应。萧码留在 B 组，拍摄"追债"一场戏。

追债？全世界到处都在追债。每人每月五十块钱。萧码想起自己给于蚌和赵娟垫付的款项，更觉得囊中羞涩。有时候萧码产生一种幻觉，以为这是一笔虚拟世界里的款项，似乎并不真实存在。

然而，毕竟银根吃紧啊。看来这笔款项还是真实存在的。萧码无奈地笑了。

于蚌忙里偷闲打来电话，兴高采烈地告诉萧码说："昨天拍摄'酒后失言'一场戏，急需一位乘坐轮椅的残疾女青年角色，其实只是遇到车祸的一个镜头，可是现场没人愿意出演替身，说是不吉利。我关键时刻挺身而出，佩戴假发扮成姑娘，扮演残疾女青年。俗话说救场如救火啊。导演当场奖给我二百块钱，还说我很有表演天赋呢！"

乘坐轮椅的残疾女青年？萧码不由想起多日不见的曹娜，心里更加惦记她了。剧组要求关闭手机，这些天他与曹娜彻底失去联系。

三天之后，剧务主任突然通知萧码走人，让他找会计结账。萧码结结巴巴询问原因。剧务主任知道萧码是一个雏儿，就告诉他剧组人员过剩，每天都要裁人。这时候，刘象打来电话，张口借钱。萧码当即表示为难。

刘象很不高兴："我这场万人演唱会不能半途而废啊。你不要装穷了，谁不知道你是萧能之的公子……"

"萧码啊，我为什么筹办这样一场毫无收益的群众演唱会呢？还不是为了做出成绩求得赵娟的芳心！可是赵娟突然换了手机号码，我四处寻找不到她的踪影，他父亲也转到别的医院去啦……"

"哦，原来是这样……"萧码沉吟着，不愿意说出自己的判断。自从大家得知赵娟家庭的真实情况，这位争强好胜的姑娘便完全失去自尊。她不愿意让别人知道她是贫家女儿，因此她必须彻底离开这一群朋友，迅速进入另外一个陌生空间成为一个陌生的角色。

电话里，刘象极其伤感地说："无论穷富，我真的离不开赵娟啊……"

这是一个单相思者的哀鸣。萧码不知如何安慰这位失恋者，只说了一句"祈盼奇迹发生吧"，就挂断了电话。

此时，他越发惦念多日失去联系的曹娜。

虽然跟《北京诺言》剧组结了账，萧码还是留在这里不走，继续观看拍戏。其实，他已经觉得这部电视剧的剧情似曾相识，对它充满好奇。他很想了解这部十八集电视剧的全部剧情故事，宁愿无偿劳动也泡在剧组不走。

人与人，生活与生活，真的颇为相似。萧码甚至认为第十五集里的一个小角色跟自己极其相似，比如说话也有几分口吃。

于蚌跑来了，气喘吁吁说他在电视剧组里见到曹娜，她根本没坐轮椅，而是一个身体健全的姑娘。

莫非曹娜是骗子？好似一件玉器无声迸裂了，萧码无法接受这个结局。

"假如她真是骗子，我们有责任当场揭穿她的面具。你打电话叫来刘象和赵娟，咱们一起去拍摄现场!"萧码语气坚定，一下成为这个取名"快乐"的小团伙的领袖。

刘象很快到达集合地点，见面还是找萧码借钱。萧码连连摆手。

"你是不是萧能之的儿子？我看你是假冒伪劣!"刘象借不到钱，急了。

萧码不言不语，任凭刘象数落自己。于蚌连续拨打手机，终于无可奈何地告诉萧码，赵娟换了公司换了手机号码，"快乐"小团伙与她彻底失去联系。

刘象失去心中偶像的踪迹，一屁股坐在边道牙子上，似乎对生活失去信心，一下将火气转向萧码。

"曹娜是一个大骗子，假装坐轮椅冒充残疾女青年，骗取我们每人每月五十块钱。她为什么欺骗得手啊？你萧码应当承担全部责任。你想跟她来一场姐弟恋，我们跟着捐款啊！"

"我看你这是恼羞成怒。"萧码不无鄙夷地望着身心疲惫的刘象说，"曹娜是不是骗子，我们一定要搞清楚的。至于赵娟不愿意让别人知道她出身贫寒，完全可以换一个新的生存环境嘛。"

四个人组成的"快乐"小团伙，缺失一人。于是三个小伙子径直赶往十八集青春电视连续剧《北京诺言》A组拍摄现场，寻找曹娜的踪影。

走在前往拍摄现场的大街上。突然，远远看见曹娜推着轮椅迎面大步走来，轮椅上坐着一位残疾姑娘。

"隐蔽！"刘象一挥手，三人闪到临街店铺里。透过玻璃窗，他们看到曹娜推着轮椅走了过去。

刘象机警地说："跟着她！"

就这样跟随着，来到矗着一尊青铜雕像的新文化广场。这里已经聚集一大群人，等待召开电视剧《北京诺言》记者招待会。

于蚌小声说："咱们混到人群里去吧，这女骗子的生意越做越大啊。"

刘象迈不开脚步，落后了。萧码回头惊异地打量着他。

"我心里特别紧张，这两条腿就是不听使唤……"刘象满脸窘迫地说。

萧码不解地说："你不是去抓女骗子嘛，你代表正义你怎么胆怯啦？"

"是啊，我关键时刻总掉链子，所以追求不到赵娟嘛。"

于蚌激动起来。"我关键时刻不掉链子,我冲上去抓住那女骗子……"

　　一个保安走过来制止于蚌说:"这里不许大声喧哗,你有请柬吗?"

　　于蚌立即蔫了,转身对萧码小声说:"咱们千万不要打草惊蛇啊。"

　　萧码不声不响挤进人群里,目不转睛注视着身材挺拔的曹娜,以为自己是在梦里。

　　刘象挤到萧码身后说:"她若真是大骗子,你可要大义灭亲啊!"

　　电视剧《北京诺言》记者招待会开始了。主持人介绍来宾名单,曹娜竟然是这部十八集青春电视连续剧的编剧。

　　"她真能骗啊!居然把自己骗成编剧啦……"刘象义愤填膺,小声说道。

　　轮到编剧发言了。曹娜起身将坐在轮椅里的残疾女青年介绍给记者们。"这位就是这部电视剧女主人公的原型,她叫费玲。我接受编剧任务之后,为了体验生活摇着轮椅去水滴体育馆寻找'残疾女青年'的真实感受,意外遇到一个由三个小伙子一个姑娘组成的取名'快乐'的小团伙。他们主动提出为我这个残疾女青年捐款,每人每月五十元。于是我假戏真做,索性开始了一段乘坐轮椅的时光。"

　　人群里,萧码呼出一口气,舒心地笑了。于蚌与刘象,不约而同"哎哟"叫了一声。

　　曹娜动情地说:"正是在这一段乘坐轮椅的时光里,我看到了人们身上美好的闪光。他们捐给我的款项,我一分不差地将它存在这只银行存折里,虽然只有八百元,但是我觉得它胜过亿万黄金!"

　　说到这里,曹娜从怀里掏出一只存折。记者们纷纷举起相机,啪啪拍照着。一个记者高声喊道:"这又是一部电视剧的素材!"

　　身材瘦小的萧码转身挤出人群,快步离开新文化广场的记者招待会。刘象和于蚌紧紧跟在后面,仿佛两个马仔追随着团伙老大。

三个小伙子坐在边道牙子上，望着驶来驶去的车流。

　　刘象没话找话说："靠，咱们无意之间成了活雷锋……"

　　"你还说人家曹娜是女骗子呢，真是有眼无珠。"于蚌趁机批判道。

　　萧码轻轻摇了摇头，望着车水马龙的大街，突然感觉心儿成了一间空房子。

　　于蚌关切地注视着萧码，不知说什么好。这时候，萧码缓缓站起，心头一派茫然。

　　"咱们去吃饭吧，我请客。"萧码引着这两个伙伴走向过街天桥，前面有一家豪华酒楼。

　　坐在酒楼大堂里，萧码点了一桌子菜，还要了一瓶五粮液。刘象瞪着于蚌，于蚌望着刘象，谁也不敢动筷子。

　　之后，刘象诚恳地说："萧码啊，即使你不愿意借钱给我，我也相信你是大富翁的儿子啦。"

　　萧码古怪地笑了。"我觉得电视剧这玩意儿挺逗，它能把故事编得那么圆满。我也给你们编一段儿吧。这段儿的女主人公是赵娟……"

　　听说故事与赵娟有关，刘象伸长脖子，听着。

　　"那天，赵娟在医院照料病人，其实那是她的生父。赵娟自幼被人抱养，她的养父是本市第一富豪赵金起，拥有三十四亿身家！所以，平时赵娟给人以富家小姐的印象，并不是假装的……"

　　于蚌听得入了戏，大声问道："萧码，你说的是真事儿啊？"

　　刘象突然埋头趴在桌上，呜呜哭了起来。

　　萧码端起酒杯带头喝酒，抄起筷子带头吃菜，局面趋于稳定了。

　　三个人喝得微醺，摇摇晃晃走出酒楼。酒楼门外停着一辆红色跑车，好像是进口牌子，看着特别高档。一袭黑衣的赵娟推开车门从车里走出，佩戴一条粉红色丝巾。一个西服革履的中年男子迎上前来。

　　萧码大声对刘象说话，引开了他的视线。快步走向过街天桥，萧码放缓脚步低声对于蚌说:"你千万不要告诉刘象,我们看见赵娟了……"

于蚌频频点头,然后善解人意地问道:"从今以后,我也不要跟你提起曹娜的名字啦,一切都过去了……"

"你知道距离北京奥运会还有多少天?"萧码唐突地反问。

于蚌颇为实际地说:"管它还有多少天呢,反正我们已经不用捐款了,每人每月五十元的时代,一去不复返啦。"

萧码伸手揪了揪头发,好像有一股力量不知用在何处。

这三个小伙并肩走上过街天桥,萧码带头唱起一支老式的幼儿园歌曲。

"我们的祖国是花园,花园里花朵真鲜艳,和暖的阳光照耀着我们,每个人的脸上都笑开颜,娃哈哈啊,娃哈哈啊,每个人脸上都笑开颜!"

迎面的行人们纷纷躲避他们。萧码听到有人小声说,"这三个人给娃哈哈矿泉水做广告呢!"

萧码立即大声叫道:"咱们别唱啦!这首歌儿好像不属于咱们了。"

刘象不明底里地问:"侵权啦?"

一辆红色跑车,沿着长街疾驶而去。

赵苐的树

前年，五十六岁的赵苐迎来乔迁之喜，全家搬入新的住宅小区。说是全家，其实只有他和老妻，两口人的规模而已。新的住宅小区属于安居性质。安居小区当然比不得康居小区。康居小区不但汽车多，而且绿地大，楼前楼后的，一年四季郁郁葱葱的样子。赵苐的安居小区绿地就很小了，补丁似的。

绿地越少，越金贵。记得物业公司当年贴出告示，不允许居民在小区里随意植树，那语气也不很礼貌，好像是在管理金矿。赵苐认真阅读了告示，以为物业公司的意思是统一规划。可是一晃两年过去，楼前楼后的只是蜻蜓点水似的栽了几株，便敷衍过去了。赵苐找到物业公司管理员，很想讨得一个说法。可对方总是嘿嘿笑着，说明年。这空旷的笑容使得赵苐终于明白了，所谓统一植草统一栽树乃是一句托词。让物业公司植树那是指望不得的事情。

就这样一拖延再拖延，五十六岁的赵苐势不可当地变成五十八岁。

赵苐想不通。你物业公司自己不栽还不允许别人去栽，这是什么道理？于是就暗暗生气。赵苐的这种心情明显具有愤世嫉俗的倾向。提前退休的赵苐原本不是愤世嫉俗人士，否则他就不会同意提前退休了。提前退休的赵苐终于有了心思，那就是在小区里种树。日有所思，夜有所梦，赵苐在睡梦里曾经多次进入大森林，而且采得几颗蘑菇，很鲜亮

258

的。赵芾醒来便将大森林的故事讲给妻子听。于是他的枕边也泛起绿色。人各有志。听他一次次说梦，妻子的注意力往往转移到鲜亮的蘑菇是否有毒这个问题上，大森林呢只是故事背景而已。

赵芾也不知道应当如何说服妻子，请求她将注意力集中在树身上。妻子也退休了，可她是以五十五岁的法定年龄而正常退休的。赵芾坚决认为，法定年龄的正常退休与非法定年龄的提前退休，那是不一样的。提前退休的赵芾有时候觉得自己分明被剥夺了几年时光，或者说变成一个提前出生的人，心情总是怪怪的。

今年清明节之前，春风里还没有裹夹着青草的味道。赵芾在花木市场里遇到一个卖树苗儿的老头儿。那粗似拇指的树苗儿，没叶儿，光杆儿，一株株都是很倔强的派头儿。卖树苗儿的老头儿说出一连串名字，有苹果，有杏儿，有山楂，有梨，还有柿子，那口气仿佛是在出售一堆水果。赵芾一下子动了心，问了问一株才售两元钱，当然不是美元。赵芾毫不犹豫地掏出十元人民币，说买，然后递给卖树苗儿的老头儿。赵芾本人其实也快成为老头儿了，但他并不这样认为。买树苗儿的与卖树苗儿的相比，心态很不一样。面对一株株幼小的树苗儿，赵芾仿佛也青春了。

卖树苗儿的老头儿伸了粗黑大手收了钱，审查似的问他要哪几种树苗儿。赵芾想了想，当即表示一样儿要一株，这样就全面了。于是苹果、杏儿、山楂、梨、柿子，一共五株树苗儿洋枪似的捆绑在赵芾的自行车上。卖树苗儿的老头儿大声告诉赵芾，回去一定要把这五株树苗儿浸泡在水桶里，让它们的根须吸足了水分，这样栽下去成活率高。赵芾嗯了一声，骑着自行车回家去了。

赵芾的植树行动，应当说跟这座城市的沙尘暴天气有关。沙尘暴这东西蛮有意思的，情人之间还难免爽约呢，沙尘暴则忠贞不渝，该来的时候它必然就来了，很钟情。沙尘暴在这座北方城市春天里的准时赴约，无疑使得缺乏诚信观念的人类狼狈不堪。城市就是这样，每当汗水与沙尘在大街上相遇，人们的面孔便显得内容丰富了，那情形很像你将北非撒哈拉的地图贴在自己脸上，人人呈现兵马俑的样子。当然，只比秦俑多了一口气儿，那是呼吸。

骑着自行车驶进安居小区大门，身穿黑色制服站岗值勤的保安，竟然异乎寻常地向赵苇敬了一个礼。平日里保安只向驶入驶出的小轿车敬礼，以汗水为燃料的自行车他们是不予理睬的。莫非是这五株树苗儿令保安肃然起敬？赵苇思索不透。当然，他没有延续《聊斋志异》的思路去深入探求。否则这五株树苗儿一夜之间肯定成精。

赵苇妻子看到丈夫扛着一捆树苗儿走进家门，以为打柴的樵夫回来了。打柴的樵夫走进家门的第一件事情就是找出一柄铁锹，汗不擦水不喝，说现在就去植树。赵苇妻子是退休的小学语文教师，多年的汉语拼音教学生涯使她很有口才。她对赵苇这种突然爆发的只争朝夕的精神很不适应，便故作紧张地问他是不是鬼子已经进村儿了。赵苇受到妻子挖苦，并不介意，他对自己这种雷厉风行的劲头儿，很满意。他工兵似的拎着铁锹来到楼后空地，挥汗如雨一连挖了五个坑，累得他成了一个名副其实的老头儿。赵苇此时完全忘记了自己提前退休的遭遇。他麾下那五株小树苗儿，就这样亭亭玉立在楼后的那片土地上了。

你为什么要种树呢？赵苇妻子俨然旁观者的口吻，不冷不热问道。

赵苇满头大汗。是啊，我为什么要种树呢？他一时无法回答前小学语文教师的提问，显得非常被动。

你栽种的是什么树啊？吃晚饭的时候妻子突然发问。赵苇想了想，一揽子回答说都是果树。

这么说你是打算成为城市果农啊。妻子追问说。赵苇又想了想，认为自己并不打算成为城市果农。可是，既然我不打算成为城市果农，那为什么急急忙忙栽下这五株小树呢？可能是我老了吧。

这天夜里，多年以来睡眠状况极佳的赵苫竟然失眠了。前小学语文老师躺在他身旁讥讽说，你栽了五棵小树儿就翻来覆去睡不着觉，假若有朝一日你承包了大兴安岭森林，我们地球肯定容不下你啦。

赵苫呼的一声猛然从床上坐起。妻子以为地震了。

哎呀，卖树苗儿的老头儿告诉我一定要把这五棵树苗儿在水里浸泡浸泡。我怎么给忘了呢。赵苫黑夜里小声责怪着自己，宁死也不原谅自己的样子。

妻子操着给小学生批改作文的语气说，你今年已经五十八岁了，做事情还是这样粗鲁莽撞急于求成，我说你什么时候才能真正成熟起来呢？你这样子就是给你一片森林你也管理不好啊。

黑夜里赵苫不声不响，仿佛理亏得很。第二天一大早儿他不洗脸不刷牙，披起衣裳就跑去看望那五株小树苗儿，他环绕着五株小树儿行走着，满怀歉意的表情。很久以来，动物向植物致以歉意，这是罕见的。

这种满怀歉意的生活就这样开始了并且继续着。赵苫等待着小树们的发芽。

一天天的大好时光过去了。五十八岁的赵苫今天浇水明天培土后天施肥，就是不见那五株树苗儿发芽抽枝。他有时候伸手握一握小树儿柔软的肢体，就认为它们还睡着呢，只是一时没有苏醒罢了。

既然没死，那就睡吧。赵苫认为，植物有时候比动物更容易睡觉。

这座城市春季很短，一场沙尘暴和两场春雨过后，满地春意一瞬之间无影无踪，倏地进入了繁花似锦的夏季。安居小区里的槐树啊柳树啊还有白蜡青蜡什么的，一派枝叶茂盛的大好面貌。赵苫种植的五株小树苗儿却一派无动于衷的表情。他不言不语围绕着小树行走，探亲似的。我看你们应该醒一醒啦。不要睡了不要睡了，大好时光就这样睡过去了。

妻子一如既往充当着当代讽刺家的角色，说这不是你栽的五株小树

261

苗儿，这是你插的五棵小木棍儿。

赵茜不解。你说，小树苗儿跟小木棍儿究竟有什么区别呢？

当然大有区别。小树苗儿呢是有生命的小木棍儿。小木棍儿却是死去的小树苗儿。妻子毕竟当过小学语文教员，说话极富逻辑，咬文嚼字，无懈可击。

他妈的。赵茜几乎绝望了，脱口说出这样一句粗话。在此之前，他是从来不说粗话的。

这只能怪你自己。你的悲剧完全是你自己酿造的。你看你还是反思一下吧，假若你不栽种这五株小树苗儿，就没有植树不活的悲剧。没有植树不活的悲剧你就没有内心痛苦，没有内心痛苦你就仍然快乐地生活着。可如今这一切都不可挽回了。你呢最终得到的只是五棵小木棍儿而已。妻子好似一位资深女巫，毫无保留地评点着赵茜的生存状况。

赵茜感到无所适从。一连几天，他几乎不言不语，进食量锐减。夜幕降临他走出家门独自站立在黑暗里，似乎是在寻找着那五株被妻子称为"小木棍儿"的小树的灵魂。夜色愈来愈浓了，浓得一塌糊涂。他的身影与那五株小树儿渐渐融合，最终被无形的夜色彻底吞没。

人在黑夜里很容易就想起了往事。当年跟随着奶奶去郊外挖野菜。当年带领着弟弟在校园种蓖麻。沉积已久的泥土气息蓦然从内心泛起，赵茜被湿润了，脚下仿佛生了根。

这五株小树就这样无声无息地死了？我不相信。这五株小树苗儿是我栽种的。我认为它们没死，它们就没死。别人说它们死了，那是不算数的。赵茜就这样寻思着，沉睡多年的他似乎一下子苏醒了。是的，奶奶已经死了三十年，弟弟也死了二十年。可我不认为他们死了，他们就永远活着，活在极其遥远的地方，尽管永世不得相见。

这是一个不同寻常的夜晚。第二天赵茜的阴暗心情渐渐转为多云天气。他开始修理那辆百病缠身的自行车。一个夏日上午，他骑上那辆大病痊愈的自行车，头顶着炎热的大太阳，上路了。

起初他并不知道自己要驶向何方。进入了繁华的市区，他才开始打听本市花卉研究所的地址。他根本不知道这座城市里是否拥有那样一家花卉研究所，但他认为这座城市里理所应当拥有这样一家花卉研究所。

他找到一座 IC 卡电话亭拨通 114，问到花卉研究所的电话。他通过电话问到花卉研究所的地址，心情变得晴朗起来。

我认为这座城市应当拥有一家座花卉研究所，那必然就有的。这个强烈的念头仿佛汹涌而来的潮水哗哗哗灌溉着赵苇的心田，也驱动着他的这辆老式自行车。就这样骑行了三个街区，赵苇的人生哲学越发坚定起来。我认为我的五株小树没死，那必然就不死的。

这样想着，他猛然冲动起来，全然忘记了十字路口的红灯，径直地骑行过去，大摇大摆如入无人之境。

果然有这样一家花卉研究所，而且坐落在一个清静街区。这种难得的清静使得赵苇对它产生了难以遏制的信赖。清静使人信赖。五十八岁的赵苇被迫提前退休的主要原因就是单位实在太喧嚣了，令人想起战场。

花卉研究所这地方，绿荫掩映，庭院深深。这在高楼耸立的大城市里显出了不合时宜的独有情致。赵苇随即向传达室老头儿打听果树专家的情况，得到的答复却令他失望。

传达室老头儿说，我们花卉研究所里没有研究果树的专家。

赵苇听了，满头大汗，几乎将这位传达室的老头儿视为敌人。这位传达室的老头儿一定认为赵苇也是老头儿，便惺惺惜惺惺地告诉他，寻找果树专家应该去农林研究所。赵苇想起了那五株小树苗儿，觉得有了新希望。

这时候，一位面容清丽的中年女士不声不响来到传达室，说是取当天报纸。她看了看赵苇，轻描淡写地问他有什么问题。赵苇看了看中年女士，如实讲述了那五株小树苗儿的故事。中年女士听罢面无表情，却说当年上山下乡在农村管理了几年果园。

赵苻一听，认为自己西天取经终于找到了真佛。

赵苻跟随这位中年女士来到花卉研究所的资料室。不知为什么他的心情渐渐激动起来，仿佛失散多年的地下党员重新找到了组织。中年女士说她是这里的资料员，然后从书架上拿了一册《果木知识》杂志，递给他。

赵苻诚惶诚恐接在手里，一下子变成了小学生。

中年女士自称姓姜，赵苻立即叫了一声姜老师。中年女士羞涩地笑了，说请不要叫我姜老师。赵苻看到对方脸上终于有了令人鼓舞的表情，便翻了翻手里的《果木知识》说，姜老师我不是城市果农，我只想让我那五株小树苗儿活下来，绿化绿化。

姜老师思索了一下，说我们这座城市春季植树，据不完全统计成活率只有百分之六十五。不过本地民间俗语这样说，当年活，明年未必活；当年不活，明年未必不活。

赵苻目不转睛地注视着姜老师，好像一时难以理解这种高深的学问。

姜老师又羞涩地笑了笑，然后很有耐心地解释说，中国北方地区春季种树，如果当年夏季发芽抽枝，那它很有可能是假活，待到第二年春天反而死了；如果当年夏季没有发芽抽枝，这也不能说明它死了，待到第二年春天很有可能就活了。我当年插队落户在农村果园里栽树，多次遇到这种情况。

赵苻听了姜老师的讲解，立即孩子似的拍手大笑，说姜老师你说得太好啦。既然这样我就回去耐心等待吧。

姜老师说，我们必须学会耐心等待。应该发芽的，到时候必然发芽。当年知青大返城，我就是耐心等待到最后时刻的。

赵苒呆呆地注视着姜老师，这很像一个小学生注视着自己的班主任。姜老师又说，这一期《果木知识》杂志上有一篇文章专门讲解果树知识，施肥啊剪枝啊除虫什么的，我给您办理一个借阅手续，拿回去看吧。

赵苒一时不知道如何表达自己的感激之情，只得反复搓弄着自己一双大手，红领巾似的笑着。姜老师似乎并不认为自己成了助人为乐的雷锋。她表情恬静地请赵苒在借阅卡上签了字，就转身去做别的事情了。

他注视着姜老师的背影，居然轻轻叹了一口气。

怀里揣着《果木知识》杂志，他骑着自行车回家。阳光很强烈。赵苒不知不觉从自己的工作单位门前驶过。自从退休离开这里，赵苒甚至不愿想起这种地方。今天借到了《果木知识》而且认识了姜老师，赵苒心情极好，于是世界随之美丽起来。他决定故地重游，推着自行车大摇大摆走进工作单位大门。传达室的老头儿看见赵苒，从窗户里伸出脑袋主动跟他打招呼。赵苒不卑不亢，朝着大院深处走去。

大院深处的那株老槐树腰板挺直，依然站立在那里，并没有退休。是啊，大槐树毕竟是大槐树，多少年来就这样俯视着来来往往的人们，落叶就是它的眼泪。一想到这里赵苒突然伤感起来。他推着自行车在大院里转了一圈儿，迎面遇到一个个陌生的面孔。他骑上自行车，风扫落叶似的走了。

回到家里，赵苒趁妻子不注意，伸手将《果木知识》藏在床角下，仿佛地下党的秘密文件。他抓过一条毛巾擦着满脸汗水，雄赳赳气昂昂走出家门前去看望那五株小树儿。妻子望着丈夫的背影便感到几分陌生，立即尾随而去。

楼后的空地里那五株被妻子讥讽为"小木棍儿"的小树儿，一成不变地站立在那里。赵苒伸手依次摸着五株小树儿，轻轻念叨着"当年活，明年未必活；当年不活，明年未必不活"这四句谶言，内心的期待

265

就渐渐结实起来。

妻子满脸狐疑地审视着赵苐。喂，今天你跑到什么地方去啦？

赵苐笑而不答，胸有大器的样子。妻子急于了解底细，就追问。赵苐还是笑而不答，前小学语文教师越发摸不着头脑了。

夏天，就这样过去了。赵苐妻子认为，这是一个不清不楚不明不白的夏天。赵苐则趋于活泼，即使面对那五株迟迟不见发芽抽枝的小树儿，他也不急，内心牢牢记住姜老师的教诲。有时候，姜老师清丽高雅的面容浮现在眼前，赵苐就躲到角落里认真阅读那册《果木知识》，小学生念书似的。妻子当然惊诧不已，偷偷翻阅这册杂志。关于蚜虫防治啊，关于春季剪枝啊，关于冬水浇灌啊，她读得一头雾水，还是弄不明白丈夫为什么将这册定价六元八角的杂志奉为《圣经》。

夏天过去，秋天来临。天气渐渐凉爽了。那五株小树苗儿还是无动于衷。赵苐并不气馁，仍然坚持浇水。妻子认定小树们已经死了，即使浇水也是枉然。赵苐不急不躁，耐心给妻子讲解"当年活，明年未必活；当年不活，明年未必不活"的道理。妻子连连摆手，根本不听。

赵苐一下子激动起来。我告诉你吧，这是姜老师说的。

姜老师是谁？妻子问。

赵苐缓缓将目光投向远方。妻子不明底里，以为那位姜老师此时就站在远处，便追随着丈夫目光，也向着远处望去。

远处，有一片小树林。

妻子收回目光，继续询问着。姜老师是谁啊？姜老师是谁啊？

赵苐的目光仍然停留在远方。他若有所思地说，姜老师是谁？姜老师就是姜老师。

丈夫的回答显然不能使得妻子满意。于是妻子朝着远处瞥了一眼说，噢，姜老师原来是栽在远方的一棵树啊。

你说什么？赵苐听罢似乎受到强烈震撼，瞪大眼睛看着妻子。

我说什么？我说姜老师原来是栽在远处的一棵树。妻子有口无心地说。

赵苇低头思索着，仿佛受到很大启发。他颇为感慨地注视着妻子，目光似乎是一张大嘴。前小学语文教师难以接受这种目光，气急败坏地说，你看我干什么啊？我又不是栽在远处的一棵树！

赵苇莫名其妙地笑了。

第二天，妻子从外面带回一个消息，说物业公司为了统一规划全面实施小区绿化工程，决定动手清除居民们随意栽种的各种花草树木，三天之内就要采取行动。

赵苇感到震惊。物业公司不植树，我自己植了，他们却要采取行动，这是没有道理的。一株小树儿就是一个生命，既然已经植下了，怎么可以随便清除呢？清除就是扼杀啊。

妻子不怀好意地笑了。你说人家扼杀生命，可你这五株小树儿已经死啦。

我的五株小树儿没死！赵苇突然大声叫喊起来。当年活，明年未必活；当年不活，明年未必不活。这是人家姜老师说的。

妻子被赵苇的怒吼吓了一跳，转身溜走了。

既然有了敌情，赵苇立即加以防范。这是一个人的防御战。他从早到晚守护着自己的五株小树儿。如果必须将赵苇比喻为村口站岗的儿童团员，那么他只是身上多了一把年纪而手里少了一把红缨枪而已。为了防止来犯之敌发动偷袭，中午时分更不松懈，他顶着太阳端着饭盒蹲在五株小树儿旁边，吃上几口饭菜，瞥一瞥周围的动静，随时准备抵抗的样子。一个动物和五株植物，就这样组成一个战斗小组。

赵苇是组长。

一连三天，处于自卫战争状态的赵苇就这样守护在自己的小森林旁，坚定而沉着。妻子终于坚持不住了，满脸忏悔地跑到赵苇面前说，我告诉你吧物业公司三天之内不会清除你这五株小树的。

赵苐毫不松懈说，三天之内不会，那么三天之外呢？只要危险存在我就不会放松警惕。

妻子蔫了，只得苦笑着承认自己传播了谣言，无论三天之内还是三天之外，物业公司都不会采取清除行动。

赵苐看了看妻子，笑了。丈夫的笑容，妻子感到陌生。于是秋天就在赵苐这种充满韧性的笑容里，悄悄逝去了。

五株小树儿静悄悄。

冬天到来了，赵苐多年不愈的冬季轻微哮喘症，居然消失了。他早早动手给这五株小树身上缠了草绳。这种切实有效的果树防冻措施，是他从姜老师的《果木知识》杂志上看到的。元旦之后赵苐几次想去看望姜老师，转念又放弃了。明年春天这五株小树苗儿一发芽，我就跑去给姜老师报喜，那多好啊。

是的，当年活，明年未必活；当年不活，明年未必不活。

内心有了这种信念，赵苐不知不觉强大起来了。他不再抱怨冬天无雪，不再指责暖气突冷突热，不再咒骂有线电视信号起伏不定，一言以蔽之，那五株小树似乎使赵苐变成一个拥有信仰的人，宽宏大量从容恬静，极有可能成为一个脱离了低级趣味的人。丈夫的如此变化，使得妻子心生敬畏。她唯一的措施就是努力改善家庭伙食。譬如改东北大米为泰国香米，改普通青菜为无公害蔬菜，改饲养鸡蛋为散养鸡蛋，如此而已。

赵苐沉浸在春天的期待里，因此他对妻子这一系列苦心的改善措施，毫不知晓。

过春节了。大年初一他骑着自行车前往花卉研究所，很想给姜老师拜个年。不知为什么他心里想念着那位面孔清丽气质高雅的女士。来到花卉研究所大门外，他笑了。我真糊涂，春节期间单位放假，姜老师肯定回家过年去了。

于是，站在花卉研究所大门前，赵苇心里想象着姜老师在家过年的情景。他甚至看到她身穿一件紫花上衣正在厨房烧菜，一阵香气扑面而来，诱人食欲。这时候，赵苇猛然发现花卉研究所院子里的花草树木也都枯黄了，一派光秃秃的样子。他的心头一颤。是啊，即使在专家云集的花卉研究所，面临严冬，那原本生机勃勃的植物也要落叶凋零的。人生四季。这就是冬天的残酷无情。

立春之后，老天爷的态度变得和蔼了，这座城市的气象报告说，又一个暖冬就这样过去了。谷雨过后，镇定从容的赵苇心情渐渐紧张起来。他一天天围绕着那五株小树苗儿转悠，分明是在寻找着生命的迹象。

临近清明，赵苇解开了缠绕在那五株小树儿上的草绳。小树们不言不语，像姜老师一样沉静。这时候他的心儿怦怦跳着，似乎等待着春天的最后审判。此时他终于明白，冬天的无情只是落叶而已，春天的无情则是不让你发芽。

他在五十八岁的时候，竟然明白了春天的意义。

这时候的赵苇面静若水，心情却极其复杂。尤其清明之后，他干脆从家里搬出一只凳子坐在那五株小树苗儿附近，监护着。

终于有人走来，向小树们表示关心。赵苇只是嗯嗯应承着，一心一意盯视着去年栽种的那五株小树儿，唯恐走失。

清明那天，果然雨纷纷。赵苇看到路旁的小草儿泛绿了。小草泛绿之后应该就是小树儿发芽了。他深知自己的人生已经进入极其关键的阶段，变得坐卧不安。一天晚上妻子告诉他今年的沙尘暴即将来临。赵苇随即披衣走出家门，拿着手电筒前去看望那五株小树儿。

妻子放心不下，紧紧跟随在丈夫身后。

那五株小树儿矗立在夜色里，样子很昂扬的。这时赵苇蓦然感觉自己老了，那一株株小树苗儿仿佛就是他的子孙。他快步走向前去，伸出手电筒照亮了小树儿们。

发芽了吗？妻子扯了扯丈夫的袖口，小心翼翼问着。她的口吻很像一个安分守己的童养媳。

赵苒注视着灯光之下的小树儿们。那幼嫩的树枝，仿佛就是小孩儿的胳膊，单纯地张扬着。

发芽啦！赵苒突然大声喊了起来。发芽啦！然后便是呜咽。五十八岁的老头儿突然爆发的哭泣，一下子给无边夜色增添了沉甸甸的内容。

妻子紧紧抓住丈夫胳膊，忘情地注视着手电筒照耀之下的世界。

是的，有一株小树儿果然发芽了。这对老夫老妻互相搀扶着，精疲力竭地观看着。啊，一尖尖新绿顽皮地从树枝里钻出来，展露出娇嫩的面容。赵苒情不自禁伸手去摸，妻子一把拉住他。她担心丈夫弄坏那一尖尖具有深刻内容的新绿。

赵苒举着手电筒，目光痴痴地注视着崭新的生命。妻子渐渐冷静下来，小声问丈夫发芽的这一株是什么树。赵苒不假思索地回答说，我的树。

沙尘暴果然如期而至，好比情人赴约。赵苒早有防备，拿来塑料薄膜罩住小树苗儿，以免沙尘侵犯。三天之后天气好转，赵苒跑去揭开塑料薄膜，哇呀大叫了一声。

那五株小树儿，一株株全都发出鲜绿的新芽。啊，小树儿说话了——赵苒历时一年的植树行动，经过漫长的期待终于在第二年春天有了结果。

一旦发芽，小树们很快就枝叶繁茂起来。小区里的邻居们闻讯赶来，七嘴八舌起哄似的表示着祝贺。

这五株都是什么树啊？人们问道。

苹果，杏儿，山楂，梨，柿子。赵苤说了一连串水果的名字。

哪一棵是苹果，哪一棵是杏儿？哪一棵是山楂，哪一棵是梨，哪一棵是柿子？人们不厌其烦地询问着，很乱。赵苤只得闭嘴。当然是闭自己的嘴。他知道别人的嘴那是不让你闭的。

这时候，赵苤又想起了姜老师。他拿来剪刀，小心翼翼从一株株小树上剪下一片片叶子，轻轻夹在那册《果木知识》杂志里，然后骑上自行车，前住花卉研究所给姜老师报喜去了。他要请姜老师亲眼看一看这五片树叶儿——我栽种的五株小树儿全都活了。他还要当面告诉姜老师，"当年活，明年未必活；当年不活，明年未必不活"这句民间俗语说得太好了。他更要郑重其事地向姜老师说一声谢谢，您使我明白了一个人生大道理。一路上，心里想着那位面容清丽气质高雅的姜老师，赵苤的心久久不能平静。

春天的花卉研究所仍然十分清静。赵苤将自行车停在大门外，走到传达室门前。传达室的老头儿显然忘记了这位手里拿着《果木知识》杂志的老头儿，拉开玻璃窗问赵苤有什么事情。赵苤回答说找姜老师。

姜老师？传达室老头儿表情疑惑，说，我们这儿没有姜老师。

有，就是资料室的那位姓姜的女同志。赵苤解释着。

噢，她已经不在了。传达室老头儿毫无表情地说。

她不在了，她调到别的单位去啦？赵苤焦急地说，我向姜老师借了这册《果木知识》杂志，今天我要还给她。

传达室老头儿看了看赵苤手里的《果木知识》说，小姜她已经不在了，资料室去年冬天也撤销了。你这册《果木知识》肯定没有地方还了。我看你就留着它做个纪念吧。

赵苤好像猛然遭受一记闷棍的打击，缓缓地说，请你告诉我姜老师的家住在什么地方。

她是独身女士，从来就没有家。传达室老头儿轻描淡写地说。

271

她从来就没有家？赵苗翻了翻手里的《果木知识》，木头人儿似的看着夹在里面的五片树叶儿。他绝望地盯视着传达室老头儿说，这么说我永远也见不到姜老师啦？

　　传达室的老头儿点了点头。

　　赵苗目光似火，不言不语怒视着传达室老头儿。对方难以忍受他这种杀人的眼神，吓得转身跑到院子里去了。

　　离开花卉研究所，赵苗感觉心儿飘浮在空气里，东摇西晃好像一只断线的小风筝。他骑着自行车漫无目的地朝前驶去，一直骑行到黄昏。

　　黄昏里，他看到郊区的公路边有一片健壮的树林，就朝着它们一路冲刺而去。驶近树林，他停下自行车，沐浴在夕阳里。

　　选定了一棵挺拔的青蜡树，他扔掉车子坐在树下，从怀里拿出那册《果木知识》，翻阅着。这时候他看那五片树叶儿已经枯萎，几乎成为五片书签。他心头不由一颤。多么鲜活的生命啊，这么快便蒸发了，而且一去不复返。

　　他骑上自行车在这一片树林里行驶着。树林里骑车，那是很难的，几乎寸步难行。他固执起来，碰碰撞撞地骑行在树与树之间，一次次跌倒在树林里。天色黑下来了，他终于推着车子穿越了这一片树林，走进一片开阔地带。

　　他记住了这一片树林。伤痕累累地骑上自行车，他回家去了。

　　当天晚上，他将那册夹着五片树叶儿的《果木知识》放在自己枕下，睡了。夜里，他再次梦见了那座大森林。在一株倒地死亡的大树身上他再次看到鲜亮的蘑菇。这时他终于懂得了，原来蘑菇是大树死去之后留在人间的子孙啊。梦境里，他流连忘返，竟然蹲在大树身前采了一颗紫色蘑菇，轻轻放进怀里。

　　一连几天，赵苗都骑着自行车来到郊区公路旁边的这座树林里，自己也说不清楚寻找什么。他几乎成为树林里的一只动物，身上洒满斑驳的阳光。一个看守树林的老汉远远走来，哇哇喊叫着大声告诉他这里没有蘑菇。赵苇猛然受到启发。哦，我来这里莫非是寻找那一颗紫色蘑菇？

嗯，紫色。

妻子将可口的饭菜摆在桌上，赵苇食欲正常。她小声问道，这几天你跑到什么地方去啦？赵苇埋头吃饭，只是呜了一声。

上床睡觉。他似乎嗅到枕下《果木知识》杂志里夹着的五片树叶儿散发着大森林的清香，感到几分陶醉。这时候妻子不失时机地问道，这几天你是去找姜老师了吧？

赵苇从床上呼地坐起，惊异地注视着妻子，然后笑了。

转天上午，提前退休的赵苇又去了花木市场。一个老头儿大声叫卖着树苗儿，却没人理睬。赵苇看到这树苗儿身高两米，很是粗壮，便大步走上前去询问这是什么树苗儿。对方说这是北方树种，枫。枫？赵苇没听明白。卖树苗儿的老头儿说就是秋天叶子变成紫色的枫树。

秋天叶子变成紫色的枫树？赵苇哦了一声明白了，说我买。对方说四十元钱两株。赵苇掏出二十元钱，说买一株。卖树苗儿的老头儿笑了笑，说都是一买两株，成双成对嘛。赵苇摆了摆手，说只买一株。

栽树嘛，人家都是成双成对的，我还没见过只买一株紫枫的人。

一株就是一株嘛，为什么必须成双成对呢？赵苇激动起来，脸庞涨成紫色，急声急语说，我只栽一株！我只栽一株！

卖树苗儿的老头儿叹了一口气。唉，人老了就是固执啊。

赵苇继续辩解着。原本就是一株的，你为什么非要我栽两株呢？

怀里抱着这一株二十元钱买来的树苗儿，赵苇回家了。

其实已经过了栽树的节气。赵苇不急不躁，耐心地将紫枫泡在水桶里，请它尽情地吸足水分。第二天他扛着铁锨在楼后空地上，选了一个上好的位置，开始挖掘树坑。他挖得很深，仿佛是准备埋藏稀世珍宝。

他的汗珠儿落入树坑，亮晶晶地消失在土壤里了。

妻子给他送来茶水。他告诉她这是枫树，这枫树可不寻常啊，它的叶子进入深秋就变成了紫色。

妻子思索着说，是的，只有一年到了头，它才能够变成紫色啊。

赵苫栽下了这一株枫树。这分明是一株孤独的枫树，形单影只地站在那里，没有任何援军，全凭自己的力量发芽。这一株紫枫身旁不远的地方，便是那五株枝繁叶茂的小树。

这一株枫树生命力极强，当年它的枝头便发出了绿芽。进入盛夏，它那极其鲜嫩的叶子，青翠欲滴，使人想起江南春茶。小区里居民们当然喜欢绿色，纷纷前来询问这是什么树。赵苫说是紫枫。有人不以为然，说叶子明明是绿色的嘛，怎么说是紫枫呢。

赵苫告诉大家说，一旦秋天来临它的叶子就会变成紫色的。这一群根本没有真正经历过秋天的人，当然不会相信赵苫的解释，嘻嘻哈哈四散而去了。

赵苫看着，这株枫树孤孤零零站在风里，就笑了。绿色好，可绿色毕竟太单薄了。他目光转向远方，仿佛遥遥看到了那厚重如铁的紫色。

图书在版编目(CIP)数据

别墅／肖克凡著. — 北京：中国文史出版社，
2020.3

(中国专业作家小说典藏文库·肖克凡卷)

ISBN 978 - 7 - 5205 - 1648 - 8

Ⅰ. ①别… Ⅱ. ①肖… Ⅲ. ①短篇小说 – 小说集 – 中
国 – 当代 Ⅳ. ①I247.7

中国版本图书馆 CIP 数据核字(2019)第 265368 号

责任编辑：蔡晓欧　薛未未

出版发行：**中国文史出版社**

社　　址：北京市海淀区西八里庄 69 号院　邮编：100142

电　　话：010 - 81136606　81136602　81136603（发行部）

传　　真：010 - 81136655

印　　装：北京东君印刷有限公司

经　　销：全国新华书店

开　　本：720 × 1020　1/16

印　　张：17.75　　字数：238 千字

版　　次：2020 年 3 月第 1 版

印　　次：2020 年 3 月第 1 次印刷

定　　价：59.80 元